MEIN CYBORG, DER REBELL

INTERSTELLARE BRÄUTE® PROGRAMM: DIE KOLONIE - 6

GRACE GOODWIN

Mein Cyborg, der Rebell Copyright © 2019 durch Grace Goodwin

Interstellar Brides® ist ein eingetragenes Markenzeichen von KSA Publishing Consultants Inc. Alle Rechte vorbehalten. Dieses Buch darf ohne ausdrückliche schriftliche Erlaubnis des Autors weder ganz noch teilweise in jedweder Form und durch jedwede Mittel elektronisch, digital oder mechanisch reproduziert oder übermittelt werden, einschließlich durch Fotokopie, Aufzeichnung, Scannen oder über jegliche Form von Datenspeicherungs- und -abrufsystem.

Coverdesign: Copyright 2019 durch Grace Goodwin, Autor

Bildnachweis: Deposit Photos: doodko, Angela_Harburn

Anmerkung des Verlags:
Dieses Buch ist für volljährige Leser geschrieben. Das Buch kann eindeutige sexuelle Inhalte enthalten. In diesem Buch vorkommende sexuelle Aktivitäten sind reine Fantasien, geschrieben für erwachsene Leser, und die Aktivitäten oder Risiken, an denen die fiktiven Figuren im Rahmen der Geschichte

teilnehmen, werden vom Autor und vom Verlag weder unterstützt noch ermutigt.

WILLKOMMENSGESCHENK!

TRAGE DICH FÜR MEINEN NEWSLETTER EIN, UM LESEPROBEN, VORSCHAUEN UND EIN WILLKOMMENSGESCHENK ZU ERHALTEN!

http://kostenlosescifiromantik.com

INTERSTELLARE BRÄUTE® PROGRAMM

*D*EIN Partner ist irgendwo da draußen. Mach noch heute den Test und finde deinen perfekten Partner. Bist du bereit für einen sexy Alienpartner (oder zwei)?

Melde dich jetzt freiwillig!
interstellarebraut.com

1

Makarios Kronos von Rogue 5, Die Kolonie, Kampfarena

AUßER SICH VOR Wut und Lust standen sich einige Krieger in der Kampfarena unter mir gegenüber. Neben mir auf der Tribüne saß Kampflord Bruan, holte hundert Credits aus seiner Tasche und warf das Geld einem großen Prillonen zu, der drei Reihen unter uns saß.

„Hey, Stone. Einhundert auf den Atlanen Tane."

Die anderen nannten ihn Stone wegen

seines ausdruckslosen Gesichts. Keine Emotionen irgendwelcher Art. Das konnte ich nachempfinden. Der Kerl war mehr Maschine als Mann, aber da hatte ich nichts zu urteilen. Ich war ein Monster, selbst im Vergleich zu ihm.

Stone nickte und tippte die Daten in ein Tablet in seiner Hand. Die Wetten liefen schon seit Stunden, seit dem Moment, als der Prillon-Krieger, der unten in der Arena rumbrüllte, seine erste Herausforderung ausgesprochen hatte. Sieben Krieger hatten sich seiner Herausforderung gestellt. Das Turnier würde bald beginnen. Acht Cyborgs würden kämpfen, bis einer übrigblieb. Aus acht würden vier werden. Aus vier zwei. Und die letzten beiden würden am Ende um den ultimativen Preis kämpfen.

Ein Kampf, wenn nötig bis zum Tod, und der Gewinner würde das Recht erhalten, eine Frau, Gwendolyn von der Erde, in Besitz zu nehmen. Sie war eine Schönheit. Eine Kriegerin. Ihr Körper war durchtrainiert und stark, und doch kurvenreich.

Meine Finger zuckten jedes Mal, wenn sie an mir vorbeilief, mit einem Bedürfnis, sie zu berühren. Ihr Blick war unerbittlich, herausfordernd. Und dieser Herausforderung wollten sich viele der Krieger hier nur zu gerne stellen. Ähnlich wie Stone und ich zeigte sie kaum Emotionen. Nein, das stimmte nicht ganz. Sie zeigte Emotionen: Wut, Zorn, Abscheu. Eine Frau wie sie sollte doch lächeln, in ihren Augen sollte Glück strahlen. Ich würde mein rechtes Ei dafür geben, sie lachen zu hören. Verdammt, sie vor Lust schreien zu hören. Sie hatte wohl seit ihrer Ankunft hier keine Freuden erlebt—sexuell oder anderweitig—so wie so viele von uns. Sie war Soldatin gewesen, bevor der Hive sie gefangengenommen hatte. Bevor sie integriert worden war. Verändert.

Dunkles Haar fiel in Locken ihren Rücken hinunter. Es schimmerte im Licht und sah so weich aus. Ich stellte mir vor, wie ich eine Faust voll davon griff und sie am Fleck festhielt, während ich...

Scheiße. Nein. Ich stoppte den Gedanken, bevor mein Schwanz reagieren konnte. Das würde kein gutes Ende nehmen. Für keinen von uns beiden, selbst wenn ich es sein wollte, der ihr... Gefühle schenkte. Andere Gefühle als die, die im Bauch rumorten und brannten, bis nichts mehr übrig war.

Bruan versetzte mir einen kräftigen Schlag auf die Schulter und riss mich so aus meinen Gedanken. „Warum stehst du nicht in der Arena, mein Freund?"

„Nach dir", entgegnete ich schlagfertig und hob die Hand, als wollte ich ihn in die Mitte des Kampfplatzes schicken, sodass auch er an die Reihe kam.

Die Atlanen hier hatten mich gewissermaßen adoptiert, aber selbst sie kannten mein Geheimnis nicht, kannten nicht die Wahrheit, warum ich mich nicht dort hinunterbegeben und diese acht Männer zu Brei schlagen würde. Mir nicht das holen, was ich so sehr begehrte, dass es mich im Bereich meines Herzens schmerzte—und definitiv in meinen Eiern—und nicht aufgehört hatte, seit meine Augen sie erstmals erblickt hatten. *Gwen.* Aber die Wahrheit war nicht leicht zu verstehen. Der Grund, warum ich es nie wagen würde, mir selbst eine Gefährtin zu nehmen. Und es stimmte, dass die Welt meiner Vorfahren, Forsia, und Bruans Planet Atlan gewissermaßen als Cousins galten, die in benachbarten Bereichen des Weltalls kreisten, aber ich war nicht wirklich—oder nicht gänzlich—Forsianer. Nein, ich war auf Rogue 5 geboren worden und somit eine gnadenlose Mischung aus Hyperion-Biest und Forsia-Krieger. Ich sah vielleicht von der Größe her Bruan und anderen Atlanen ähnlich, aber da hörten die Ähnlichkeiten auch schon wieder auf. Meine Hyperion/Forsia-Herkunft war so selten, dass meine Art offiziell gar nicht existierte. Soweit ich wusste, gab es nur drei lebende Exemplare von uns. Allesamt männlich. Allesamt gefährtenlos. Allesamt dazu verdammt, einsam zu sterben. Niemals Kinder zu haben. Was ein Segen war.

Ich würde meine Existenz keinem Feind wünschen, schon gar nicht einem Sohn. Das letzte Halbblut-Monster von Rogue 5, das versucht hatte, sich eine Gefährtin zu nehmen, hatte sie während der offiziellen Besitznahme-Zeremonie versehentlich umgebracht. Das einzigartige Gift in unserem Biss war in ihren Blutkreislauf gedrungen, und sie war in seinen Armen gestorben, während sie sich nicht trennen konnten, weil sein Schwanz in ihr angewachsen war und sie ineinander verkeilt waren. Ihr Körper und ihr Blut, mit dem Gift infiziert, das für uns Mischlinge einzigartig war, hatten sich nicht schnell genug anpassen können. Sie war gestorben, und er war daran zerbrochen, zerfressen von Schuldgefühlen und Selbsthass.

Verzweiflung. Er hatte gewusst, dass die Möglichkeit bestand, sie versehentlich zu töten. Aber der Drang, sie zu beißen, in Besitz zu nehmen... sich vollständig zu paaren, war zu stark gewesen. Er war das Risiko eingegangen und hatte alles verloren.

Nein. Ich würde mir niemals eine Gefährtin nehmen. Niemals ein Zugehörigkeitsgefühl entwickeln. Mich niemals eingliedern. Nicht auf Rogue 5 in meiner Legion, den Kronos. Nicht auf Forsia, wo ich nicht erwünscht war. Nicht hier auf der Kolonie, unter meinen ebenfalls im Exil lebenden Atlan-Cousinen. Ich war glücklicher alleine, auf meinem Handelsschiff, zwischen den Sternen herumreisend, wie ich es den Großteil meines Lebens getan hatte.

Bis der Verräter für meine Gefangennahme durch die Koalitionsflotte gesorgt hatte. In meiner Brust grollte die übliche Wut, und mehrere Köpfe drehten sich zu mir herum. Ein rascher, schneidender Blick reichte, dass sie sich wieder abwandten und die Augen wieder auf die Arena richteten.

Dieser verdammte Verräter. Wenn ich den erst fand...

Als wäre es nicht schlimm genug gewesen, der verdammten Koalition in die Hände zu fallen, hatten die auch noch beschissene Abwehr-Schilde gehabt und das gesamte verdammte Schiff war dem Hive in die Hände gefallen, während ich im Gefangenenquartier verrottete. Aber dem Hive war egal, wer an Bord war, ob Koalitionskrieger oder ein Rogue 5-Schmuggler wie ich. Wir waren alle biologisches Rohmaterial, das man foltern und verwandeln konnte, in ihren Krieg eingliedern. In hirnlose Drohnen verwandeln. Mit mir und ein paar anderen gelang ihnen das sogar beinahe. Verdammt, mit vielen war es ihnen gelungen. Wir hatten Glück und konnten entkommen. Das Glück, den Rest unseres Lebens hier auf der Kolonie verbringen zu dürfen, verwandelt. Teilweise integriert und im Exil lebend. Gefangen. In der Falle, auf der gleichen Kolonie-Basis lebend wie die einzige Frau, die ich je gewollt hatte, aber nicht haben konnte.

Bruan lachte, und das gutmütige Grollen in seiner Brust zerrte mich aus dem Dunkel meiner Gedanken. Seine massive Gestalt bebte vor Belustigung. „Sie sind Narren. Sie kämpfen um eine Menschenfrau, aber sie wissen nichts darüber, wie man ihr Herz erobert."

„Und du weißt das?", fragte ich.

Bruan, Tane und ich waren die einzigen Überlebenden von besagtem Koalitionsschiff. Drei von über zweihundert. Am Leben, aber verseucht. Unsere Folter und Flucht verbündete uns wie Brüder, auch wenn wir von verschiedenen Welten stammten. Auf der Kolonie glaubten alle, dass ich nichts weiter war als ein überdimensionaler Atlane, der gnadenlose Selbstbeherrschung ausübte und niemals in Biest-Modus ging. Ich war kein Atlane. Ich verwandelte mich nicht in ein Biest, wenn ich die Beherrschung verlor. Nein, mein Kontrollverlust war intimer, aber ganz genauso lebensbedrohlich für jede Frau, die das Pech hatte, dabei auf meinem Schwanz zu reiten.

Bruan und Tane hatten es nicht für nötig empfunden, die restlichen Krieger hier über meine wahre Herkunft aufzuklären. Nur der Gouverneur und die Ärzte wussten, dass ich gar kein Atlane war, und das passte mir ganz gut so. Je weniger sie wussten, verdammt, je stärker sie glaubten, dass ich mich jeden Moment in einen riesigen, rasenden Killer verwandeln konnte, umso besser.

Bruan lächelte nun, sein Blick war beinahe wehmütig. „Ich habe den Gouverneur und Ryston mit ihrer Gefährtin Rachel gesehen. Ich habe Hunt und Tyran mit Kristin gesehen. Den Everis-Jäger mit der Menschenfrau Lindsey. Caroline mit Rezz. Ich beobachte sie alle mit ihren menschlichen Gefährtinnen, und ich lerne daraus."

Bruan deutete auf die acht Krieger, die einander in der Arena gegenüberstanden, sich unterhielten und die Reihenfolge der Kämpfe auslosten. Die Regeln festlegten. Lachhaft, da sie ja alle bereit waren, einander für eine Frau zu töten, die an keinem Mann auf diesem Planeten Interesse gezeigt hatte. „Gwendolyn wird sie alle abweisen. Selbst unseren Bruder Tane. Sein Sieg wird leer sein."

„Tane wird nicht siegen", fügte ich hinzu und meinte den Kampf, nicht Gwens

Zuneigung. „Sie werden ihr Bestes tun, die Regeln so festzusetzen, dass er eingeschränkt kämpft. Sie werden ihm das Recht verwehren, als Biest zu kämpfen." Wenn eine Frau zum Preis stand, würden die Regeln allerdings vergessen sein, sobald der Kampf losging. Anscheinend dachte Bruan ähnlich, denn er sagte: „Ein Biest hält sich nicht an die Regeln anderer. Er wird gewinnen."

Ich lehnte mich zurück und bewertete insgeheim die Krieger vor uns in der staubigen Arena. Keiner von ihnen war verdammt nochmal gut genug für Gwen. Nicht einer, nicht einmal Tane. Ich hoffte, dass Bruan recht hatte. Dass sie sie alle abweisen würde, egal, wer siegte, und hoffentlich, bevor einer starb. Sie brauchte sich nicht auch noch einen Kampf auf Leben und Tod aufs Gewissen laden, nicht zusätzlich zu den Implantaten, die der Hive in ihrem Körper hinterlassen hatte.

„Also, mein Freund. Wenn du die Menschenfrauen wirklich so gründlich beobachtest, was hast du dann gelernt?" Ich fragte aus Neugier. Sonst nichts.

Er schnaubte leise, und ich war nicht sicher, ob es aus Frust war oder schlechter Laune war. „Menschenfrauen haben gerne das Gefühl, dass sie unabhängig sind. Ein Gefährte muss seine Erdenfrau beschützen, ohne dass sie das mitbekommt."

„Warum?", fragte ich verwirrt. „Es ist die Pflicht und das Recht eines Gefährten, seine Gefährtin zu beschützen."

Er hielt die Hand hoch. „Um eine Menschenfrau für sich zu gewinnen, muss ein Krieger äußerst behutsam vorgehen und gründlich vorausplanen. Sie sind verwegene und furchtlose Gefährtinnen. Sie werden sich in den Kampf gegen den Hive stürzen, wenn sie die Notwendigkeit sehen, ihre Gefährten oder Kinder zu beschützen. Sie sind zu tapfer für ihre kleinen, weichen Körper. Zu verwegen für ihr eigenes Wohl", knurrte er geradezu. „Sie sind körperlich zerbrechlich, aber geistig stark. Sie riskieren zu viel, aber lieben uneingeschränkt. Sie sind ein wahres Mysterium. Wild. Leidenschaftlich. Um sie zu zähmen, braucht es ausgesprochen starke, geduldige Männer."

Ja, das war das richtige Wort. Zähmen. Gwen brauchte jemanden, der sie zähmte. Sie zur Ruhe brachte. Sie besinnungslos vögelte, damit all ihre Sorgen verschwanden. „Und du willst Gwendolyn zähmen?" Ich fürchtete mich vor seiner Antwort, aber ich kannte die Wahrheit. Jeder Mann auf der Kolonie wollte sie. Gelüstete nach ihr. Begehrte sie.

Bruan nickte, den Blick auf den ersten Kampf gerichtet, der unter uns begann. „Wer würde das nicht wollen?" Bruans Lächeln war das eines ausgehungerten Mannes. „Sie ist atemberaubend. Ich würde sie ficken, bis sie so oft meinen Namen schreit, dass alle anderen Worte vergessen sind."

Es schien, dass wir in vielen Dingen ähnlich dachten. Ich bezweifelte, dass er der einzige andere Mann war, der sie in seiner Vorstellung fickte. In Besitz nahm. Ihre enge Pussy mit seinem Samen füllte, um sie zu markieren. Als sein Eigentum, und seines alleine. Wenn ich das täte, würde sie höchstwahrscheinlich daran sterben. Jedem anderen auf der Kolonie würde sie nichts als Lust bereiten. Scheiße. Ich konnte meinem Freund seine Begehren nicht verübeln. „Sie ist ein Cyborg", sagte ich. „Eine Kriegerin. Sie wird anders sein als die anderen Menschengefährtinnen, die passend zugeordneten Interstellaren Bräute, die über das Testzentrum direkt von der Erde kommen, und nicht aus einem Hive-Gefängnis. Sie wird anders sein." Ich stellte das Offensichtliche fest, nicht weil ich sie für irgendetwas anderes als perfekt hielt, sondern da ich es nicht wagte, mein Interesse an ihr offen zu bekunden.

Bruan zog angewidert eine Braue hoch und sah mich an. „Beleidigst du die Frau etwa?" Das Knurren seines Biests lag in seiner Stimme, und die Knochen in seinem Gesicht verschoben sich unter seiner Haut, während er das Biest unterdrückte.

Ich schüttelte den Kopf. „Nein."

„Gut. Tu das nicht." Er beruhigte sich

umgehend. Bruan hatte zwar nicht gesagt *sie gehört mir*, aber gewarnt hatte er mich trotzdem. Das Monster in mir bäumte sich zur Antwort auf, aber ich hielt eisern an meiner Selbstbeherrschung fest und ließ mir nichts anmerken. Ich hatte kein Anrecht auf die Frau. Würde ich auch nie. Nichts würde das ändern können. Mir war lieber, ein guter Mann wie Bruan würde sie gewinnen, als ein anderer, geringerer Mann. Ich würde mein Bestes tun, ihn nicht dafür zu hassen, dass er sie anfassen durfte. Bruan hatte die Hölle durchlebt. Folterungen. Hatte überlebt. Er hatte Glück verdient. Wenn schon nicht auf Atlan, dann zumindest hier auf der Kolonie. Auf dem Planeten für die Verdammten und Verseuchten. Die Vergessenen und die gefallenen Krieger aus dem Hive-Krieg.

Seit Primus Nial, der Herrscher über Prillon Prime und Kommandant der Koalitionsflotte, den Bann aufgehoben hatte und Verseuchte auf ihre Heimatwelten zurückkehren durften, hatten ein paar wenige beschlossen, die Kolonie zu verlassen und zu ihrem alten Leben so gut sie konnten zurückzukehren. Die Prillonen und Vikens, die Trionen und Everianer, sie alle durften nach Hause zurück. Aber die Menschen hier waren mit ihren Hive-Modifikationen auf der Erde nicht länger willkommen. Der Planet glaubte ja gerade erst langsam daran, dass der Hive überhaupt existierte. Die Regierungen wollten nicht, dass Beweise für die Existenz dieses ruchlosen außerirdischen Schreckens unter ihrem Volk herumliefen. Noch nie hatte ich von Anführern gehört, die solche Angst vor der Wahrheit hatten.

Die Atlanen konnten ebenfalls nicht nach Hause zurück, denn ihr furchteinflößendes Paarungsfieber und ihr Biestmodus waren unberechenbar geworden. Schon ein normaler Atlane war verdammt hart zu töten. Mit Cyborg-Technologie ausgestattet, waren sie Killermaschinen. Das Risiko für ihr Volk auf der Heimatwelt würde zu groß sein, sollte einer von ihnen ins Paarungsfieber verfallen und die Kontrolle über sein Biest verlieren.

Und ich? Ich wusste, dass meine Legion auf Rogue 5 mich mit offenen Armen empfangen würde, aber unser Anführer Kronos würde mich bestmöglich einsetzen wollen. Er war äußerst praktisch veranlagt, und ein Hive-modifizierter Forsia-Abkömmling würde die schrecklichste Waffe sein, die er hatte. Er würde nicht zögern, sie einzusetzen. Mich zu benutzen. Und daher verbrachte ich mein Leben lieber damit, in meinem Handelsschiff im All umherzuwandeln, als mich auf einem bestimmten Planeten niederzulassen. Bis jetzt zumindest.

Ich würde nicht auf Befehl töten.

Auf Befehl kämpfen oder stehlen.

Auch nicht auf Befehl ficken.

Ich war niemandem außer Kronos auch nur einen Funken Loyalität schuldig, und selbst das war mit zu hohen Kosten verbunden.

Hier war ich nun und büßte immer noch für die ganze Sache. Mein Schiff voll heißer Ware war immer schnell unterwegs gewesen, hatte Hive- und Koalitionskräfte gleichermaßen gemieden und Kronos alles beschafft, was er wollte, aus allen Winkeln der Galaxis. Bis vor kurzem zumindest.

Jemand hatte der Koalition von meiner bevorstehenden Ankunft berichtet und von der kostbaren Ladung Transportertechnologie und Waffen, die ich an Bord hatte. Die neuesten Entwürfe der Koalition und ein paar illegale Gewehre, die auf einer Welt hergestellt wurden, die nicht zur Koalition gehörten, befanden sich in meinem Frachtraum.

Ich schätze, dass es die Gewehre waren, die mir eine Gefängniszelle auf dem Koalitionsschiff eingebracht hatten. Und die Gefangenschaft beim Hive. Und jetzt war ich immer noch ein Gefangener, auf der Kolonie, wo ich jahrzehntelang versauern würde, in den Minen arbeiten und dann sterben. Der Gouverneur, ein beinharter Brocken namens Maxim, gestattete mir nicht einmal, die Planetenoberfläche zu verlassen und auf auch nur eine Mission ins All zu gehen. Er hatte Angst, dass ich fliehen würde.

Er hatte recht. Aber nichts, was er tat, würde mich stoppen. Ich wartete einfach nur darauf, dass die richtigen Umstände eintrafen. Für den Plan, den ich schon seit Wochen vorbereitete.

Entgegen den Wünschen von Gouverneur Rone hatte ich mich geweigert, mir eine Gefährtin zu nehmen, mich für eine Braut testen zu lassen. Die Wahrheit war nur für mich bestimmt, mein Fluch. Ich hatte Verständnis für seinen Frust mit mir, aber ich konnte mich seiner Forderung, ein Gefährte zu werden, nicht unterordnen. Ich wollte nichts weiter, als zurück in den Weltraum und mich um meine eigenen Angelegenheiten scheren. Frei sein, ohne an jemanden oder etwas angekettet zu sein.

Mir eine Gefährtin nehmen und sie dann zurücklassen? Unmöglich. Allein beim Gedanken daran musste ich knurren, aber der Laut wurde übertönt vom Johlen der Zuschauer, als der erste Kampf begann und ein Prillone in der Arena seinem Gegner einen heftigen Schlag verpasste. Nein. Ich war vielleicht ein Schmuggler, ein

Schurke, ein rebellischer Mann, der sich weigerte, Befehle entgegenzunehmen, aber ich war nicht völlig ehrlos. Selbst wenn unsere offizielle Besitznahme sie nicht körperlich umbringen würde, weigerte ich mich, das zarte Herz einer Frau auf solche Weise zu verletzen.

Eine Frau war nicht nur ein hohes Risiko, sondern eine Verbindlichkeit, die ich mir nicht leisten konnte.

Der Gouverneur und der Rest der Koalitions-Führerschaft hatten beschlossen, dass ich zu instabil war. Eine zu große Bedrohung. Rogue 5. Hyperione. Forsianer. Cyborg. Ich war ein verdammter Freak unter Freaks. Und der Gouverneur glaubte, dass nur eine Gefährtin mich zur Ruhe bringen konnte, mich auf diesem Planeten verankern und in ihrem Krieg gegen den Hive. Meine Loyalität gegenüber der Koalition sicherstellen.

Aber ich war nicht in der Koalition geboren. Ich war von Rogue 5. Und ich war ein wahrer Gefangener auf diesem Planeten. Was es schwer machte, dankbar zu sein. Es gab Tage, an denen wäre ich lieber tot, so stark brannte mir das Bedürfnis unter der Haut, zu entkommen, bis ich beinahe platzte.

Die Menge grölte, und ich wandte meine Aufmerksamkeit wieder auf die Arena. Der große Prillon-Krieger wurde bewusstlos davongetragen, und ein anderer stand verschwitzt mit siegreich erhobenen Armen da. Der Gewinner trat zur Seite, und zwei frische Kämpfer betraten das Zentrum der Arena. Einer von ihnen war ein Atlane, den ich gut kannte. Der andere war ein Prillon-Krieger, der kurz davor stand, seinen Schädel geknackt zu bekommen.

„Mach ihn fertig, Tane!" Bruans Grölen übertönte die Menge mühelos, und unser Freund Tane blickte kurz zu uns hoch und nickte Bruan zum Dank für seine Anfeuerungen zu.

„Du feuerst ihn an, aber glaubst, dass sein Kampf vergeblich ist?"

Bruan grinste, lehnte sich vor, den Blick starr auf den Kampf gerichtet, während

Tane den Prillonen über den Kopf hob und ihn durch die halbe Arena schleuderte. Der Prillone rollte sich auf die Füße ab und schrie ihm eine Herausforderung entgegen, und der Laut hallte über die Tribünen. Er stürmte mit Cyborg-verstärkter Geschwindigkeit auf den Atlanen zu. Er landete einen soliden Treffer auf Tanes Hals, obwohl der große Atlane davon kaum zuckte. „Tane wird diesen Kampf gewinnen, und Gwen wird seinen Anspruch abweisen. Wenn das erledigt ist, wird er keinen Protest gegen meine Versuche erheben, sie zu umwerben."

Ich lachte laut auf und starrte meinen Freund mit großen Augen an. „Sie umwerben? Was ist das denn für ein Wort, für einen Krieger? Du klingst wie ein altes Weib."

Einer seiner Mundwinkel wanderte nach oben. „Das ist ein Wort für einen Krieger, der die Schenkel der Frau weit öffnen wird, und der ihren süßen Schreien der Hingabe lauschen wird, während ihre nasse Pussy meinen Schwanz stundenlang

reiten wird, mich leersaugen, meinen Samen nehmen."
Bei den Göttern, das war mehr, als ich hören wollte. Ich hatte keine Antwort. Ich hätte es fertigbringen sollen, Tane anzufeuern, aber die Anspannung in meinen Schultern und meiner Brust stieg in meinen Hals hoch, und ich konnte mich nicht dazu bringen, zu sprechen oder mich zu bewegen. Ich konnte nur noch zusehen und jeden Mann hier für seine Fähigkeit hassen, sie in Besitz zu nehmen. Und Bruan für seine Strategie, sie verdammt noch mal zu *umwerben*.

Ich hätte nicht in die Arena kommen sollen. Ein Teil von mir hatte gewusst, dass es keine gute Idee sein würde, mir das anzusehen. Kein Krieger würde ihrer je würdig sein. Nicht einer in dieser elenden Gefängniswelt. Aber ebenso wenig ertrug ich den Gedanken daran, *nicht* zu wissen, wem sie gehören würde, wessen Aufgabe es sein würde, sie zu beschützen. Sie war eine Sucht, die ich nicht in den Griff bekam, seit sie vor ein paar Wochen hier eingetroffen war. Mein Interesse an ihr war jedoch völlig unerwünscht und unmöglich. Mein Schwanz beherrschte meinen Verstand. Ich hatte ihn in der Dusche schon oft genug in die Hand genommen und versucht, ihn zu bezwingen, aber egal, wie oft ich Erlösung suchte, mein Körper blieb hart und sehnsüchtig. Nach ihr.

Ich lehnte mich zurück, verschränkte die Arme und blickte möglichst teilnahmslos drein, während ich zusah, wie Tanes Faust auf das Kinn des Prillon-Kriegers traf und er rückwärts in die Menge am Rand der Arena taumelte. Die grölenden Krieger, die dort saßen, richteten ihn wieder auf und schoben ihn zurück in die Mitte der Arena, wo Tane ihm einen weiteren kräftigen Schlag verpasste. Bisher war er dem Prillon-Krieger überlegen, ohne sein Biest einzusetzen. Der junge Prillon-Mann kämpfte einen aussichtslosen Kampf und wusste es, seine Schritte waren weniger selbstsicher und seine Schultern sackten ein, als ein weiterer Krieger, Tyran, zwischen die beiden Gegner trat.

Tyran war ein Prillon-Krieger und hatte eine Menschenfrau zur Gefährtin. Kristin. Er teilte sie mit seinem Sekundär, einem weiteren Krieger namens Hunt. Sie war wunderschön und selbst eine Art Kriegerin, ähnlich wie Gwen. Ich wusste nicht, wie sie es ihrer Frau gestatten konnten, sich Missionen zur Bekämpfung des Hive anzuschließen, aber Kristin tat das täglich, als Mitglied einer Sondertruppe von Kriegern, angeführt von einem Everis-Jäger namens Kjel.

Anders als der junge Prillone, der Tane bekämpfte, war Tyran Gerüchten zufolge der stärkste Cyborg auf dem Planeten, da er Implantate nicht nur in Teilen seines Körpers, sondern auch tief in Muskeln und Knochen eingebettet hatte. Er war eine Legende in der Kampfarena, aber er hatte mit dem Kämpfen aufgehört, als er eine Gefährtin bekam. Es schien, als hätte er nun andere, lustvollere Methoden, seinen Zorn und seine Aggressionen auszuleben.

Ich beneidete ihn um seine neu erworbene Entspannungstechnik.

Tyran trat ins Zentrum und erklärte Tane zum Sieger. Bruan lehnte sich zurück, entspannte sich mit der Ankunft von Tyran. Dieser Krieger würde nicht zulassen, dass die Sache zu sehr außer Kontrolle geriet, und er war stark genug, Tane in Schach zu halten, selbst wenn der Atlane in Biest-Modus wechseln sollte.

„Hab dir doch gesagt, dass Tane gewinnt."

„Es ist noch nicht vorbei", erinnerte ich Bruan.

„Ist es wohl. Er hat noch nicht mal sein Biest eingesetzt."

Aber das würde er. Das wussten wir beide. „Bescheuert, einen Atlanen herauszufordern", fügte ich hinzu, auf den jungen Prillonen bezogen.

„Ja. Keiner außer Tyran, und vielleicht der Jäger, könnte einen von uns besiegen."

Einen von uns. Er schloss mich in den Rang der Atlanen mit ein, wie immer, aber ich war keiner von ihnen. Würde ich nie sein.

Die nächsten beiden Kämpfe verliefen

erwartungsgemäß, bis nur noch vier Krieger übrig waren. Tane, zwei Prillon-Krieger und ein Mann von Trion, dessen Haut in der Nachmittagssonne silbrig schimmerte. Ich kannte ihn nicht, aber es wurde gemunkelt, dass er mehr Maschine als Mann war, und dass seine Kampfinstinkte überragend gut waren.

Tyran hob die Hand und wartete, bis die Menge der zusehenden Krieger still wurde. „Hier sind die restlichen Vier. Das Glück wird über ihr Schicksal entscheiden." Tyran hielt ihnen einen Stapel Karten hin. „Die höhere Karte kämpft zuerst."

Die Menge jubelte wieder, während die Krieger je eine Karte zogen und sie in die Luft hielten. Die beiden Prillon-Krieger würden zuerst gegeneinander antreten. Dann würde Tane gegen den Mann von Trion kämpfen. Danach würden noch zwei gegeneinander kämpfen, und wer am Ende übrigblieb, war Sieger.

Jeder der vier blickte selbstgefällig drein. Siegessicher. Als würde Gwen bereits ihm gehören. Ich wollte in die Arena stürmen und sie alle in den Staub niederringen, aber ich wagte es nicht, mich zu bewegen. Ich wagte nicht einmal, das Gesicht zu verziehen. Stein. Ich musste wie aus Stein sein.

Das zornige Brüllen einer Frau erfüllte die Luft, und die jubelnde Menge von Kriegern verstummte.

Das Tor zur Kampfarena flog auf und knallte lautstark gegen die Mauer, und hindurch kam Gwen in voller Kampfmontur. Ihr Haar fiel wie schwarze Flammen über ihren Rücken, und von sie versprühte Zorn in beinahe spürbaren Wogen. Mit zusammengekniffenen Augen und angespannten Muskeln sah sie aus wie eine Kriegsgöttin, zu umwerfend schön, um wahr zu sein. Mein Atem stockte, mein Schwanz richtete sich bei ihrem Anblick auf.

Zwei weitere Menschenmänner, die beide eine Kolonie-Kriegerin zur Gefährtin hatten, standen in Formation hinter ihr wie ein Angriffstrupp, aber sie waren unscheinbar im Vergleich zu Gwens Feuer, und ich ignorierte sie mit Leichtigkeit.

„Was zum Teufel meint ihr, dass ihr hier tut?", schrie Gwen Tane an, die Fäuste geballt. Der riesige atlanische Kampflord zuckte doch tatsächlich zusammen, als wäre er ein kleiner Junge, der Schimpfe von seiner Mutter bekommt.

Tane guckte verwirrt drein, dann verneigte er sich vor ihr. „Meine Dame... ich—"

„Wage es nicht, mich *Dame* zu nennen!" Sie marschierte auf seine hoch aufragende Gestalt zu, völlig furchtlos.

Neben mir konnte Bruan sich das Lachen kaum verkneifen. Seine Schultern bebten lautlos, während er zusah, wie das Drama vor uns seinen Lauf nahm. Ich wollte ihm genauso sehr eine knallen... dafür, dass er recht gehabt hatte, Gwen besser verstanden hatte als ich.

Schweiß- und blutverklebt wandten sich die vier Krieger gleichzeitig zu ihr herum, traten näher, brachten ihre Argumente vor. Ich konnte nicht hören, was sie sagten, aber nichts davon gefiel ihr. Ihre Hände stemmten sich in die Hüften, ihr

Kopf legte sich schief, als würde sie zuhören und ihre Worte abwägen. Aber ihre Augen waren wie Feuer, hell leuchtender femininer Zorn. Scheiße, sie war umwerfend.

Bruans zunehmend selbstgefälliges Lächeln ließ mich die Hände immer weiter zu Fäusten ballen, während er sich zurücklehnte, die Hände hinter dem Kopf verschränkte und sich streckte. Sich ausruhte. Amüsiert.

Ich blickte wieder zu Gwen, denn ich befürchtete, wenn ich Bruan noch länger ansah, würde ich ihm diesen wissenden und ausgesprochen besitzergreifenden Blick aus dem Gesicht schlagen. Die Männer in der Arena hatten nun jegliche Chance, die sie vielleicht bei ihr gehabt hätten, verspielt. Bruan musste nur abwarten, bis sie sie alle pulverisiert hatte, und dann einschreiten.

Gwens Blick blitzte in die Tribüne hinauf, und Bruan hielt den Atem an, als sie ihre Aufmerksamkeit ihm zuwandte und dann mir.

Mir stockte der Atem. Ihr Blick war wie ein körperlicher Schlag, ihre Augen kniffen sich zusammen, ihre Wangen färbten sich zu einem noch tieferen Rot.

Ja, ich wollte derjenige sein, der ihr die Farbe auf die Wangen zauberte. Ich wollte wissen, wie weit sich die Rötung unter ihrer Rüstung verbreitete, ob ihre Nippel die gleiche tiefe Färbung hatten.

Eine halbe Sekunde später war es vorbei. Der Blick. Die Prüfung. Das Starren. Die Intensität.

Gwen wandte sich ab und krempelte sich die Ärmel ihres Uniform-Hemdes hoch, aber ich hatte keine Ahnung, warum. Als sie sprach, war ihre Stimme nicht übermäßig laut, aber kalt. Hart. „Ihr wollt kämpfen? In Ordnung. Los geht's."

Gwen bewegte sich fast schneller, als das Auge erfassen konnte, hob den ihr am nächsten stehenden Prillon-Krieger hoch und schleuderte ihn noch weiter fort als Tane seinen Gegner vorhin. Der Prillone leistete keine Gegenwehr, rollte sich nach der Landung auf seine Füße ab und blieb in sicherer Entfernung. Als die anderen drei Krieger zurückwichen, die Hände von sich gestreckt und eindeutig abweisend, sie zu berühren, ging sie mit ihnen hinterher und schubste den Trion-Krieger gegen die Brust. Sie griff lautlos an, und jeder Schlag ihrer Hände gegen Männerfleisch hallte laut durch die ausgeprägte Stille. Die Krieger hatten keine Ahnung, was sie tun sollten. Sie anfeuern? Zusammenzucken?

Die Stille schien sie nur wütend zu machen, denn sie schrie die Menge ebenso an wie die vier Narren, die noch im Kampf waren. „Kommt schon. Scheiß auf euch, alle zusammen. Ihr wolltet kämpfen. Also kämpft."

„Gwen, bist du dir da sicher? Ich denke, wir sollten auf Maxim warten." Rachel, die Gefährtin des Gouverneurs, die neben dem offenen Tor stand, versuchte, die aufgebrachte Frau zu beschwichtigen, aber ohne Erfolg.

„Verzieht euch von hier, Mädels." Gwen blickte über ihre Schulter zu den anderen beiden Menschenfrauen zurück und deutete ihnen mit einem geschmeidigen Wink, dass sie gehen sollten. „Das hier hat mit euch nichts zu tun. Diese Idioten sollen *ganz genau* erfahren, mit wem sie hier spielen. Um wen sie hier kämpfen wie Hunde um ein Stück Fleisch."

Kristin, Tyrans Gefährtin, brach in Gelächter aus, nahm ihn an der Hand und führte ihn davon, als er einschreiten wollte. Schockiert sah ich zu, wie der stärkste Mann auf dem Planeten sich von einer kleinen Menschenfrau—*seiner* Menschenfrau—vom Kampf *weg* ziehen ließ. Bruan hatte recht gehabt; Kristin dachte, dass sie unabhängig war, die Kontrolle über ihren Gefährten hatte. Er *ließ zu*, dass sie ihn wegführte.

Als sie über ihre Schulter zurück blickte, hatte Kristin ein breites, glückliches Grinsen auf dem Gesicht. „Knöpf sie dir vor, Mädel."

Da lächelte Gwen. Kühl, düster und bedrohlich. „Oh, das werde ich. Ich werde ihnen allen einen Denkzettel verpassen."

Ich hatte keine Ahnung, warum sie

ihnen Zettel geben wollte, oder was sie darauf schreiben wollte, und dieser Ausdruck von der Erde war mir unverständlich —aber ich hatte nicht den Eindruck, dass es etwas Gutes war.

2

Gwendolyn Fernandez, Die Kolonie, zehn Minuten zuvor...

DER HAMMER, den ich schwang, war beinahe eineinhalb Meter lang. Das schwere, stumpfe Ende war dafür gebaut, die Felsen in den Höhlen unter der Oberfläche der Kolonie zu zermahlen. Gebaut für einen Krieger von Atlan oder Prillon, keine 1,65 kleine Erdenfrau.

Wäre ich noch normal—noch gänzlich menschlich—hätte ich ihn nicht einmal hochheben können, geschweige denn, ihn in hohem Bogen gegen die Wand im Wohnzimmer meiner Freundin Kristin schwingen können.

Ich war schon seit über einer Stunde an der Arbeit und hatte nicht einmal geschwitzt, oder meinen Frust auch nur annähernd abgebaut. Ich war ein Hamster im Laufrad auf diesem dämlichen Planeten, und jedes der übergroßen Männer-Babys hier dachte, dass ich nicht nur einen Hüter brauchte, sondern auch von einem großen, bösen Alpha-Mann gesagt bekommen wollte, was ich zu tun hatte, was zu essen, was anzuziehen. Irgendein Prillone hatte mir angeboten, mir einen *Kragen* um den Hals zu legen, damit er meine Emotionen lesen konnte oder irgendso'n Scheiß.

Ich empfand das alles als unangenehm und aufdringlich. Das Chaos in meinem Kopf war derzeit kein angenehmer Zustand. Ich brauchte gewiss keinen Prillon-Krieger—oder gar zwei— die in meiner inneren Zufluchtsstätte herumwühlten. Was sie dort finden würden, würde ihnen wahrscheinlich nur Angst machen. Verdammt, die meiste Zeit machten die Gedanken, die mir durch den Kopf gingen, *mir selber* Angst. Und daher schlug ich wie besessen auf Kristins Mauer ein.

Ich schwang den Hammer noch einmal, kräftiger, und schlug mit einem Mal ein Stück Wand ab, das doppelt so groß war wie ich. Ich hatte die Tür nicht gehört, aber sie musste sich geöffnet haben, denn ich war nicht länger alleine.

„Was zum Teufel machst du da, Gwen? Als ich sagte, dass ich die Wand gerne einreißen und den Raum vergrößern würde, meinte ich nicht sofort, und ich meinte auch nicht, dass *du* es tun solltest." Kristins Stimme schnitt durch den Lärm, den ich verursachte, während ich die Wand in Stücke schlug. Ich blickte über die Schulter zu meiner Freundin, während der Staub um mich herum wirbelte wie um den kleinen dreckigen Jungen in der Zeichentrick-Serie *Charlie Brown*. Kristin trug die übliche Körperpanzerung, als käme sie gerade von einer Mission zurück, was auch der Fall war.

„Keine Sorge. Ich habe die Tür zum Kinderzimmer geschlossen, damit kein Staub hineinkommt." Kristin hatte ein Baby, ein wunderhübsches kleines Mädchen, und zwei Gefährten, die sie verwöhnten wie eine Göttin.

Aber *sie* durfte auf Missionen ausrücken. Auf die Jagd nach dem Hive. Ihre Gefährten waren wohl die *einzigen* vernünftigen Aliens auf diesem ganzen verdammten Planeten.

Und sie war nicht einmal ein Cyborg. Sie war zu einhundert Prozent Mensch. Eine Freiwillige. Eine Interstellare Braut von der Erde, wo sie ihrem primären Gefährten Tyran zugeordnet worden war, einem steinharten Brocken von einem Prillonen, der in etwa so viel Cyborg-Technologie in sich hatte wie ich. Tyran war stark. Hatte Superkräfte. Einer von nur zwei Kriegern auf diesem Planeten, bei dem ich mir nicht sicher war, ob ich ihn in einem Kampf besiegen könnte.

Und er hatte bereits eine Gefährtin. Kristin. Meine Gedanken schweiften von ihm ab. Nicht, dass ich einem Kerl nachstellen würde, der bereits vergeben war, aber er war auch definitiv nicht interessiert. Er hatte nur Augen für Kristin. Und so sollte es auch sein.

Der einzige andere Mann auf der Kolonie, bei dem ich weiche Knie bekam? Nun, er war ein Einzelgänger. Schweigsam. Riesig. Jeder, den ich fragte, sagte mir, er wäre Atlane, aber irgendetwas an ihm war anders. Etwas, das meinen Körper vor Hitze zusammenzucken ließ und meine Pussy sich sehnsüchtig und leer fühlend. Von all den Männern, denen ich begegnet war, seit mir die Rückkehr zur Erde verweigert worden war und ich quasi zum Verrotten hier ausgesetzt worden war, war er der einzige, der mich auch nur ansatzweise interessierte.

Makarios.

Natürlich hieß das, dass er einer der wenigen war, der absolut kein Interesse an mir zeigte. Nichts. Nicht ein verstohlener Blick. Kein Augenkontakt. Gar nichts. So richtig null.

Das einzige, was mein zerrüttetes Ego rettete, war die Tatsache, dass er mit gar niemandem zu reden schien—Männlein wie Weiblein—außer den beiden anderen Atlanen, mit denen er gemeinsam dem Hive entkommen war. Bruan, Tane und Makarios. Die drei atlanischen Musketiere. Sie waren alle drei umwerfend, das musste ich zugeben. Aber Makarios hatte etwas an sich, das mich nervös machte.

Die anderen nannten ihn Mak, aber wenn ich ihn ansah, hörte ich fast zu denken auf. Selbst sein Name war erotisch. Ich wollte ihn. Ich wollte, dass er seine Zurückhaltung aufgab und ein wenig seiner Kontrolle an mir ausübte. Ich wollte kein „für immer", nur lange genug, um mich zur Abwechslung anständig zu vergnügen. Meine sexuelle Durststrecke reichte bis zur Erde zurück. Das war ein zu langer Zeitraum ohne Orgasmus von einem Mann. Oder zwei. Verdammt, mit Mak würden es wenigstens drei sein, da war ich mir sicher. Es war weithin bekannt, dass er keine Gefährtin wollte. Die Gerüchteküche behauptete, dass er vor kurzem versucht hatte, von der Kolonie zu entkommen—was sichtlich nicht geklappt hatte—und dass er nicht einmal aus der Koalition stammte, sondern jemand war, der von Rogue 5 verstoßen worden war. Vielleicht war er nur zum Teil Atlane, und zum anderen Teil von einer anderen Art sexy Biest, das sich auf dem Heimatplaneten des Mondes Rogue 5 so herumtrieb. Was ich bisher über Rogue 5 gehört hatte, war hauptsächlich, dass sie ein Haufen Piraten und Schmuggler waren, die streng getrennten Banden zugehörig waren. Keine Loyalität zu irgendjemandem außer sich selbst. Laut dem Gerede über Mak, das ich gehört hatte, war er nur deswegen vom Hive erwischt worden, weil er in der Gefängniszelle eines Koalitionsschiffes saß, als der Hive es angriff. Dass er nichts weiter war als ein Rogue 5-Verbrecher mit *richtig* viel Pech. Falscher Ort, falsche Zeit, und schon hatte er sich Hive-Integrationen und ein Leben als Gestrandeter auf der Kolonie eingefangen.

Aber wenn ich in seine Augen sah, sah ich keinen Verbrecher. Ich sah eine Ruhelosigkeit und eine Wut, die ich nur zu gut verstand. Wir waren gleich, ich und Makarios. Eingesperrt. Gefangene.

Freaks.

Ich schwang den Hammer. Stärker.

Der Abschnitt der Wand zerbröselte zu einer Staubwolke...

...und in der Decke bildeten sich Sprünge in einem haarfeinen Spinnweben-Muster.

„Verdammte Scheiße, Mädel. Das reicht jetzt aber." Kristin kam auf mich zu und nahm mir den Hammer ab. Ich grinste, als sie ihn mit einem lauten *Uff* fallen lassen musste. „Wie zum Teufel hast du das Ding überhaupt hochbekommen?"

„Ich bin ein Superfreak, schon vergessen?" Ich war in ihr Quartier eingebrochen, um das mit der Wand zu erledigen, während sie ausgerückt war. Ihre Idee, sie niederzureißen, hatte sie in einer gemütlichen Plauder-Runde spät abends verlautbart, bei einem Glas Atlan-Wein, einem der wenigen wahren Genüsse, die auf diesem gottverlassenen Planeten zu finden waren. Und das Wissen, dass sie irgendwo unterwegs war und kämpfte, während ich mich mit Hausfriedensbruch begnügte, um etwas zu tun zu haben, machte die Zerstörung irgendwie weniger befriedigend, als ich gehofft hatte. Und doch war es besser, als zurück ins Büro des Gouverneurs zu laufen und wieder einmal mit ihm zu diskutieren. Und um einiges besser, als in den Speisesaal zu gehen und sich angaffen zu lassen wie eine preisgekrönte Zuchtstute auf einer Pferdeschau.

„Sag das nicht ständig. Wenn du so ein Freak wärst, würde nicht jeder Mann auf der Basis um deine Aufmerksamkeit heischen."

„Das hat nicht zufällig etwas damit zu tun, dass ich die einzige Singlefrau im Umkreis von einigen Lichtjahre bin, oder?

Die letzten beiden Menschen auf einer einsamen Insel. Kennst du das Spiel noch?"

Kristin lachte. „Oh ja. Ich habe mir immer Detective Amaro ausgesucht."

Ich verschluckte mich beinahe, aber hustete stattdessen und wedelte durch die Staubwolke, die sich um mich herum langsam legte, um meine Reaktion zu verbergen. „Im Ernst? Von dieser Krimiserie?" Der Detective war eine beliebte Figur in einer Krimi-Fernsehserie auf der Erde. Zumindest war das so gewesen, als ich die Erde verlassen hatte. Er war ein harter Brocken, der die Bösen jedes Mal schnappte. Und ich wusste, dass Kristin beim FBI gewesen war. Aber trotzdem. „Ernsthaft? Warum?"

Kristin schloss die Augen, und ein verträumter Ausdruck legte sich über ihr Gesicht. „Seine Augen waren so intensiv. Weißt du, was ich meine? Und er hatte diese Uniform, und diese Handschellen. Die Kanone. Er war einfach stark und sexy und—"

„Herrisch und dominant und genau wie Tyran und Hunt."

Kristin öffnete die Augen und lachte. „Da hast du wohl recht."

Ich deutete mit dem Kopf in Richtung Schlafzimmer. „Muss ich überhaupt fragen, ob all die Fesseln an den Bettkanten für dich oder deine Gefährten sind?"

„Ich sage kein Wort." Sie blickte wieder auf das Chaos auf ihrem Fußboden, aber ich bemerkte, wie ihre Wangen rot wurden. Zweifellos wurde sie von ihren Gefährten ausreichend zufriedengestellt, mit oder ohne Fesseln. „Aber ich schätze, du könntest selbst ein wenig Zuwendung von einem Spezialermittler gut gebrauchen, wenn du verstehst, was ich meine."

„Tja, nun, das wird wohl nicht passieren." Ich deutete auf die Trümmer auf dem Boden. „Du wolltest diesen kleinen Umbau erledigt haben, und ich musste etwas Dampf ablassen", antwortete ich und begutachtete die Überreste der Wand. Das ganze Ding lag in Trümmern.

Die stabile Wand hatte keine Chance

gegen meine Kraft gehabt. Meine *Cyborg*-Kraft. Der Hive hatte mich in eine wahrhaftige Kampfmaschine verwandelt. Die Bionic Woman. Welches Baumaterial es auch gewesen war, es war unter dem Schwung des Vorschlaghammers zerbröckelt wie ein ausgetrocknetes Lebkuchenhaus unter dem zerstörerischen Rumgehüpfe eines Kleinkindes. Ja, stark zu sein, so richtig überstark, war eine gute Sache. Ich brauchte mich nicht vor einem Kerl zu fürchten, der zudringlich werden wollte—wenn ich das nicht wollte—und ich konnte absolut auf mich selbst aufpassen. Gleichzeitig war es aber der Grund, warum ich ständig so mies drauf war, und die Mauer zwischen Wohn- und Esszimmer meiner Freundin niederreißen musste.

Kristin nieste. „Dampf? Nennen wir das Kind doch beim Namen, Schwester. Was du brauchst, wirst du hier drin nicht finden."

Ich verzog das Gesicht. „Nun tja, jetzt hast du das große Zimmer, das du wolltest."

Ich deutete auf die beinahe vollständig niedergerissene Mauer.

„Das ist wahr." Sie stupste ein größeres Stück Geröll mit der Zehenspitze an. „Ich nehme an, du wirst das Chaos nicht aufräumen wollen?", fragte sie und tappte sich mit dem Finger an die Lippen.

Ich lachte. „Auf keinen Fall. Ich bin nur das Abriss-Team. Du hast zwei starke Männer, die die Trümmer wegschleppen können."

Sie verdrehte die Augen, aber sie grinste. „Darüber werden sie nicht erfreut sein."

Es war mir egal. Ich hatte es dringend nötig gehabt, etwas kaputtzumachen, und sie hatte mir die Gelegenheit geboten, zu zerschlagen und zerstören, ohne mir Ärger mit dem Gouverneur einzuhandeln.

Nicht schon wieder.

„Hör zu, ich bemühe mich ja, mich rauszuhalten", sagte sie eilig.

„Das tust du?"

„Ja, das tue ich. Aber mal im Ernst, was ist der wahre Grund für all das hier?" Sie winkte mit dem Finger hin und her, um auf die gesamten 5 Meter der Zerstörung zu zeigen. In ihrem Blick lag kein Vorwurf, nur reine Neugierde. Sie war eine Frau. Vom FBI. Sie war immer noch eine Soldatin, und die Rüstung, die sie trug, und die Waffe an ihrer Hüfte waren Beweis dafür. Wenn mich jemand verstehen würde, dann sie. Nicht Rachel, die unglaublich brillante Wissenschaftlerin, oder Lindsey, die Journalistin. Es gab noch eine weitere Erdenfrau, von der ich gehört hatte, aber sie lebte nicht auf der Kolonie. Eine ehemalige Lehrerin an der Koalitions-Akademie war einem Atlanen von der Kolonie zugeordnet worden, aber sie waren nun im Weltraum unterwegs und arbeiteten gemeinsam an höchst geheimem Spionage-Kram. Draußen. Im. Weltall. Nicht eingeschlossen, auf dem Exil-Planeten festsitzend.

Und hier war ich nun, Ex-Militär, vier Jahre lang Mitglied eines Koalitions-Erkundungstrupps, Abriss-Expertin, unsagbar stark, Hive-verstärkt, Cyborg-Freak. Ich hatte die Hölle durchlebt und war gestärkt wieder rausgekommen. Schneller. Alleine. Und der Gouverneur verweigerte es mir, den Planeten zu verlassen. Auf Missionen zu gehen. *Irgendetwas* zu tun, was Spaß machte. Ich fühlte mich wie der unglaubliche Hulk, der nichts zu zerschlagen hatte.

Und diese Männer, die mich in Besitz nehmen wollten? Sie kannten mich gar nicht. Ich hatte mich mit den meisten von ihnen noch nicht mal unterhalten. Ich war ihnen nicht über die Zuordnungs-Protokolle des Interstellaren Bräute-Programms zugewiesen worden. Ich war weiblich. Verfügbar. *Fruchtbar.*

Vielleicht. Nach dem, was der Hive mit mir angestellt hatte, wusste ich nicht einmal, ob ich noch Kinder bekommen konnte, ganz zu schweigen davon, ob ich sie hier großziehen wollte. Und ich hatte die Ärzte auf der Krankenstation erst gar nicht gefragt, denn eine gynäkologische Untersuchung im Weltraum nach allem, was ich durchgemacht hatte, klang alles andere als ansprechend.

Kristin starrte mich weiter an, wartete auf eine Antwort, die mein Stolz ihr nicht geben wollte.

„Es geht mir gut. Darf man als Freundin nicht mal was Nettes für dich tun?", fragte ich.

Sie warf mir einen Blick zu, der besagte *Mädel, ich bitte dich.* „Etwas Nettes wäre es, all das Chaos hier verschwinden zu lassen, bevor meine Männer zurückkehren", entgegnete sie. „Was soll das, Gwen?"

„Du kennst die Antwort", grummelte ich, packte den Griff des Vorschlaghammers und stützte mich auf den robusten Schaft.

Sie zog die Augenbrauen hoch und wartete.

„Die Männer...sie benehmen sich seltsam in meiner Gegenwart. Es nervt. Es ist frustrierend. Und ich kann auf keine Mission gehen. Der Gouverneur lässt mich festsitzen, bis ich einen Gefährten habe. Was lächerlich ist, und absolute Doppelmoral. Ich bin eine Gefangene. Ich darf nicht kämpfen. Ich darf nicht fliegen. Ich darf nicht nach Hause. Ich verliere noch meinen Verstand auf diesem Planeten."

Sie schwieg und ließ mich fertig meckern, auch wenn ich dabei über ihre neue Heimat herzog, den Ort, dem sie über das Interstellare Bräute-Programm zugewiesen worden war. Sie hatte es sich *ausgesucht*, hierher zu kommen, hier permanent zu *bleiben*. Es war ihr Leben, und sie schien glücklich damit zu sein. Aber ich gehörte nicht hierher, und die Tatsache, dass der Gouverneur mich nicht auf Missionen gehen ließ, um zumindest ab und zu hier fort zu kommen, machte mich wahnsinnig. All die Aufmerksamkeit von den Männern machte es nicht leichter, ich fühlte mich dabei nur noch mehr wie ein Freak. Ich konnte all die männliche Zuwendung haben, die ich wollte, und doch fühlte ich mich einsamer als je zuvor in meinem Leben. Die Ironie entging mir nicht.

Kristin biss sich auf die Lippe und zuckte unter meinen Worten zusammen.

„Scheiße. Ich muss dir etwas beichten. Werde bitte nicht böse. Ich hatte gehofft, dass es nur ein Scherz sein würde, der sich verflüchtigen würde, aber—"

„Was?", fragte ich. Ich kannte sie noch nicht lange, aber ich konnte ihren Gesichtsausdruck gut deuten und der zu Boden gerichtete Blick und das blasse Gesicht, das sie abwendete, gefielen mir *gar nicht*.

„Das wird dir überhaupt nicht gefallen."

„Was denn? Spuck schon aus." Mein Magen krampfte sich zusammen und düstere Vorahnung setzte sich darin ab wie der Staub um mich herum.

„Captain Marz, der Prillone?"

„Ja." Ich kannte ihn recht gut. Ich musste ihn in den letzten Wochen mehrmals von meiner Tür abweisen. Er war in Ordnung. Er bemühte sich. Brachte mir Blumen, um Himmels Willen—ich vermutete, dass Rachel oder Kristin ihm das vorgeschlagen hatten. Aber es gab keinen Funken zwischen uns. Wenn ich ihn ansah, fühlte ich...nichts. „Was ist mit ihm?"

„Er hat eine Turnier-Herausforderung ausgestellt. Sie sind in diesem Moment in der Kampfarena und entscheiden, wer dich in Besitz nehmen darf."

Entscheiden, wer dich in Besitz nehmen darf.

„Ist das ein Scherz? Denn es ist nicht lustig."

Sie hatte sich die Hand vors Gesicht geschlagen, als hätte sie Angst davor, mich anzusehen. Schüttelte den Kopf. „Nein. Acht Krieger. Wer immer gewinnt, darf dich in Besitz nehmen. Sie alle haben diesen Regeln zugestimmt. Die restlichen Krieger haben einen Wett-Pool eingerichtet. Die ganze Basis musste sich entweder auf die Herausforderung einlassen oder zustimmen, dich in Ruhe zu lassen. Tane, der Atlane, steht zwei zu eins in den Wetten. Er ist der Favorit auf den Sieg."

„WAS?", brüllte ich. Ich hob den Vorschlaghammer hoch und schlug den letzten überhängenden Mauerbrocken mit mehr Kraft als notwendig herunter. Er brach nicht nur herunter, sondern flog ins

Nebenzimmer und landete auf Kristins Esstisch, wo er eine Beule in der Metalloberfläche hinterließ. „Der Gouverneur hat dem *zugestimmt*?" Ich würde diesen Prillonen umbringen. Ich würde Rachel um Vergebung bitten müssen, nachdem ich ihn erledigt hatte, aber das hier war zu viel.

„Das glaube ich nicht—"

Gut so. Ich würde ihn also nicht umbringen müssen.

„—und Rachel und ich haben gerade erst davon erfahren. Sie ist schon unterwegs hierher. Sie musste jemanden schicken, um Maxim zu holen. Er ist in einer der Minen, und die Kommunikationsgeräte funktionieren dort nicht. Ich bin zuerst zu deinem Quartier. Als ich dich dort nicht fand, kam ich hierher."

„Ich glaub es nicht. Das ist doch barbarisch." Und verletzend. Und falsch. Wie konnten sie es wagen, zu entscheiden, wessen *Eigentum* ich werden sollte? Mit wem ich *Sex haben* musste? Und ohne mich überhaupt zu fragen? Wo waren wir? Im Jahr 1500?

Die Blumen hatten nicht funktioniert, also hatte Captain Marz einfach beschlossen, den Rest der Basis zu einem Turnier herauszufordern und mich als Hauptpreis zu auszulosen? Und wer waren die anderen Idioten, die dem zugestimmt hatten?

Die ganze Basis, wie es schien.

Was, wenn ich beschloss, dass ich einen anderen wollte? Einen Erdenmann? Einen Jäger, wie Kjel. Aber einen Prillonen? Nein. Die ganze Gedankenverschmelzung über die Kragen war mir unheimlich. Und zwei Gefährten? Oder drei, so wie es die Vikens anscheinend taten? Äh, nein danke. Ein Mann war mir genug. Besonders, wenn er groß und verwegen war und wie Makarios aussah.

Ach du Scheiße. Das würde ich nicht zulassen. Auf. Keinen. Fall. „Sie kämpfen in der Arena? In diesem Moment? In genau dieser Sekunde?"

„Kommt schon. Das ist doch ziemlich scharf, oder? Die stärksten und heißesten Männer kämpfen um dich?" Ihre Hand wanderte an ihren Hals, und ihre Fingerspitzen strichen über den grünen Kragen dort—das äußere Anzeichen dafür, dass sie einem Prillonen zugeordnet war—mit Lust in ihren Augen. Ihre Gefährten waren unglaublich. Das konnte ich nicht abstreiten. Aber sie waren einander zugeordnet worden. Ausgewählt.

Sie hatten sich ihr nicht aufgezwängt, nachdem sie die anderen Jungs im Pausenhof verprügelt hatten.

„Nein, ist es nicht. Ich bin kein Preis, den man gewinnen kann. Ich bin kein *Besitzstück*. Scheiße, auf keinen Fall", fauchte ich. Meine arme Mutter würde über meine Wortwahl nicht gerade begeistert sein. Aber das war mir sowas von egal. Irgendwann zwischen der Zeit, als ich als kleines Mädchen mit Puppen gespielt und für meinen Papa gebacken hatte, und jetzt, war der Drang, andere Menschen glücklich zu machen, aus meinem Wesen verschwunden. Vielleicht waren es die Cyborg-Teile. Vielleicht waren es die vielen Jahre in einem harten Krieg, wo ich Leute sterben sah, die mir zu viel bedeutet hatten. Irgendwo da drin hatte ich die Fähigkeit verloren, mir Blödsinn gefallen zu lassen. Und das hier lag *weit* über meiner Toleranzgrenze.

Kristin hob das Kinn. „Dann geh und mach was dagegen." Sie blickte sich in ihrem Wohnzimmer um, das ich definitiv zerstört hatte. „Geh und vermöble ein paar scharfe Aliens, bevor die Decke über uns zusammenbricht. Ich flehe dich an."

Ich rieb meine Hände aneinander und grinste. Ich war stark. Stärker als die Männer, die mich zu ihrem Hauptpreis erklärten. „Gute Idee."

Ich stapfte an ihr vorbei, mit langen Schritten, und arbeitete mich den Korridor entlang ins Freie. Wie aus der Ferne hörte ich sie in ihr Kommunikationsgerät sprechen, während wir unterwegs waren. „Rachel, komm in die Arena. Gwen braucht mehr Schützenhilfe." Sie folgte mir, was in Ordnung war. Da keiner ihrer Gefährten an mir interessiert war, würden sie sich nicht in der Arena aufhalten und meinen Zorn erleiden müssen.

Schützenhilfe? Das war eine nette Geste, aber es war ja nicht gerade so, als würden Kristin und Rachel wirklich als Verstärkung dienen können. Niemand konnte mich verstärken. Ich war nun unzerstörbar, nach meiner Zeit beim Hive. Stärker als beinahe jeder Mann auf dem Planeten. Schneller als selbst der Everis-Jäger Kjel. Die dachten vielleicht, dass sie mich gewinnen konnten, aber da irrten sie sich. Gewaltig. Und wenn ich ein paar Schädel einschlagen musste, um das zu beweisen, dann würde ich das tun. Ein für alle Mal.

ZEHN MINUTEN später fühlte ich mich kein bisschen besser. Wenn ich den Vorschlaghammer bei mir gehabt hätte, hätte ich sogar noch die Tribünen um die Arena herum in Trümmer gehauen. „Warum will keiner von euch gegen mich antreten?", schrie ich.

Ich keuchte schwer, nicht, weil ich

davon erschöpft war, die Männer in der Arena umherzuwerfen, sondern weil ich sauer war. So voller Zorn, dass ich kaum geradeaus gucken konnte. Mein Blutdruck war hoch, meine heiße Lebenskraft schoss mir durch den Körper wie das Hämmern des Basses bei einem Rave. Aber der Cyborg-Teil von mir spürte rein gar nichts. Ich konnte perfekt sehen. Mein Körper surrte vor Energie. Es war mein Kopf, der sich in Aufruhr befand, mein Herz, das zerbrach.

Und ich hatte nicht mehr daran geglaubt, dass noch Stücke übrig waren, die groß genug waren, um zu zerbrechen. Ich hatte mich geirrt.

„Wir wollen dir nicht wehtun", sagte ein tapferer Mann.

„Wir werden nicht gegen ein weibliches Wesen kämpfen." Das war Tane. Der Atlane. Freund von Makarios. Er schien anständig genug zu sein, aber nichts würde die Tatsache ändern können, dass ich ihn einfach nicht *wollte*. Ich wollte keinen dieser übereifrigen Alpha-Männchen. Die Tatsache, dass sie glaubten, ich wäre wie ein Hauptpreis, den man gewinnen konnte, eliminierte sie in meinen Augen automatisch. Wenn sie auch nur auf ein Wort geachtet hätten, das ich in den letzten paar Wochen gesprochen hatte, dann hätten sie das gewusst.

Aber andererseits, hier ging es nicht um *mich*. Hier ging es um *sie*. Wer war der Größte? Der Stärkste? Wer hatte Muskeln über Muskeln und besaß die Frechheit, mir zu sagen, wem ich meinen Körper zu überlassen hatte?

Ich blickte mit zusammengekniffenen Augen auf Tane. „Ach, ihr kämpft um mich wie ein Haufen kleiner Jungs um ein neues Spielzeug? Ihr wollt mich ficken, mich zur Gefährtin machen, aber gegen mich kämpfen wollt ihr nicht?" Ich würde sterben, bevor ich mich jetzt noch von einem von ihnen anfassen ließe. Und ich war mir ziemlich sicher, dass diese Einstellung in meinen Augen zu sehen war, als ich zu dem Atlanen sprach. Er wich vor mir zurück, als hätte ich ihm wehgetan, dann nickte er und verneigte sich leicht.

Zu spät, du Kotzbrocken.

„Du bist eine ausgesprochen begehrenswerte Frau. Wir erweisen dir mit dieser Schlacht um das Recht, dich zu umwerben, eine Ehre."

Es war unfassbar, wie unterschiedlich die Sitten auf anderen Planeten waren. Wir waren hier nicht auf der Erde. Ich bemühte mich, mit diesem Wissen meine Wut im Zaum zu halten. Er glaubte, dass sie hier zuvorkommend waren, ritterlich. Respektvoll.

„Und ich habe dabei nichts zu melden? Keine Mitsprache dabei, ob ich kämpfen darf oder nicht? Oder wen ich ficken darf? Oder wen ich zum Gefährten will? Überhaupt kein Mitspracherecht? Weil der Gewinner von dem hier"—ich wies mit dem Finger im Kreis der vier Übriggebliebenen herum—„repräsentiert, wie ihr hier eure Frauen behandelt? Keine Wahl. Kein Begehren. Nicht mal eine Unterhaltung beim Abendessen? Direkt übergehen zum Besitz ihres Körpers, und sie hat dabei nichts mitzureden?" Meine Stimme war leise, kalt. Ich ließ mich von den Cyborg-Teilen ruhig halten und hoffte, dass ich mehr wie eine Maschine klang und weniger wie die Romantikerin mit dem gebrochenen Herzen, die in meinem Inneren langsam verblutete. Jetzt war ich nicht mehr nur ein Freak, der nie wieder nach Hause auf die Erde durfte. Jetzt war ich nichts weiter als ein Stück Fleisch, um das man kämpfte.

„Meine Dame—"

Ich wirbelte herum und blickte auf den Mann, der mich so genannt hatte. „Nenn mich nicht—"

„Es reicht!" Die Stimme des Gouverneurs schnitt mir das Wort ab. Gouverneur Maxim Rone schritt mit der Haltung eines Mannes herein, der es gewohnt war, dass man ihm gehorchte. Rachel ging neben ihm her, musste beinahe joggen, um mit den zornigen Schritten ihres Gefährten mitzuhalten, mit denen er vom Rand der Arena in die Mitte lief. Er trug die bequeme Kleidung einer Person, die mehr Zeit in Besprechungen verbrachte als auf dem Schlachtfeld, und der kupferfarbene Kragen um seinen Hals passte genau zu dem, den Rachel trug. Die Verbindung zwischen ihnen reizte mich im Moment nur noch mehr. Maxim saß vielleicht derzeit hinterm Schreibtisch, aber er war dennoch ein Prillon-Krieger mit vielen Jahren Kampferfahrung. Er war nicht zu unterschätzen, weithin respektiert und zu seinem Posten als Herrscher von Basis 3 gewählt worden. Die anderen Männer ordneten sich seinen Entscheidungen unter.

Aber ich war kein Mann. Und ich gehörte nicht auf diesen Planeten.

Ich funkelte Rachel an.

„Ich hätte nur noch zehn Minuten gebraucht, um sie alle fertig zu machen."

Sie lächelte, zuckte mit den Schultern und blickte mich scheu an. „Ich wollte nicht, dass dir etwas passiert."

Ich verdrehte die Augen darüber, wie unwahrscheinlich das war, aber blieb ruhig.

„Die Männer haben Ihnen großen Respekt dadurch erwiesen, dass sie verweigerten, Sie zu bekämpfen." Unglücklicherweise war Maxims Stimme weithin gut zu hören, denn die anderen Männer, die um die Arena herum saßen, stapften bei seinen Worten zustimmend auf und klatschten. Der Gouverneur verschränkte die Arme und starrte auf mich hinunter. Er war groß, über 2,10m groß, und seine kupferfarbene Haut, die dunklen Haare und braunen Augen erinnerten mich an einen Reeses Peanut Butter Cup. Das würde ich ihm natürlich nie direkt sagen. Oder Rachel. Und er war im Moment auch nicht gerade zuckersüß.

Gott, ich vermisste Schokolade.

„Ich bin stärker als sie alle. Ich bin Soldatin, ein Mitglied der Koalitionsflotte", entgegnete ich. „Ich habe ebenso viele Kämpfe miterlebt wie jeder anwesende Mann, oder sogar noch mehr."

Er nickte entschieden. „Sie sind all das, aber Sie sind dennoch weiblich. Wir verletzen keine Frauen hier, nicht einmal zum Sport. Wenn Sie kämpfen, dann kämpfen

Sie gegen Ihre Feinde. Wir sind nicht Ihre Feinde. Sie verlangen von diesen Männern, dass sie sich und ihre Familien entehren, indem sie gegen Sie zum Kampf antreten."

Ich blickte zu Tane. Der Atlane sah schon wieder selbstzufrieden aus, was mein Feuer nur schürte. „Das ist eine derartige Doppelmoral."

„Das ist es ganz und gar nicht. Sie kommen von der Erde und sind nicht vertraut mit den Sitten der atlanischen, prillonischen und trionischen Männer. Und den Sitten von anderen Planeten. Frauen sind heilig. Hochangesehen. Einer Frau oder einem Kind Schaden zuzufügen bedeutet, alles zu verraten, wofür wir kämpfen, alles, für dessen Schutz wir immer noch unsere Opfer bringen."

„Warum bin ich hier diejenige, die Schimpfe bekommt?" Ich schwenkte die Arme herum, während ich sprach. „Die hier sind es doch, die es sich in ihren Neandertaler-Schädel gesetzt haben, dass der Letzte, der übrig bleibt, mich geschenkt bekommt."

Alle anwesenden Männer nickten, und schienen nicht im Geringsten geknickt. Blutig, verschwitzt und mit zerrissener Kleidung, aber sie standen für ihre Taten gerade.

„Die Idee war nicht schlecht."

„Machen Sie verdammt noch mal Witze?", rief ich, völlig aufgelöst. Ich raufte mir die Haare, lief im Kreis herum. Ich konnte nicht kämpfen. Also was konnte ich tun? Ich saß auf diesem Planeten *fest*. Im Käfig wie ein wildes Tier.

„Sie lassen sich gehen, Leutnant."

„Ich gehe nirgendwohin, Gouverneur, ich sitze im Käfig. In der Falle." Ich lief weiter, bis ich fast Zehenspitze an Zehenspitze vor ihm stand und blickte hoch, weit hoch in seine Augen. Die Resignation, die ich dort sah, ließ mein Herz panisch klopfen. Er würde gleich etwas tun, was mir *ganz und gar nicht* gefallen würde. Ich konnte es in den ruhigen reuevollen Augen sehen, es in dem tiefen Seufzen hören, das aus seiner Brust grollte. „Nein. Nicht das. Lassen Sie mich doch einfach auf irgendeine Mission gehen. Lassen Sie mich auf einen Haufen Hive los, anstatt auf diese Kerle", sagte ich und deutete auf die vier, die um mich gekämpft hatten, aber sich weigerten, *gegen* mich zu kämpfen.

Der Gouverneur schüttelte langsam den Kopf. „Ich kann jemanden, der so kurz davor steht, die Beherrschung zu verlieren, nicht auf eine Mission schicken. Ich gebe zwar zu, dass es nicht die ideale Lösung war, dass diese Männer es auf sich genommen haben, über Ihr Schicksal zu entscheiden, aber sie lagen nicht falsch. Sie brauchen einen Gefährten."

„Ich kämpfe bis zum Tod, bevor ich mich darauf einlasse."

„Und ich werde Sie in die Zelle stecken, bis Sie sich beruhigt haben." Er streckte die Finger hoch und legte sie mir fast an die Lippen, als ich noch einmal Luft holte, um zu widersprechen. Der Schock über diese Beinahe-Berührung ließ mich innehalten, und er fuhr fort. „Es geht nicht nur um Sie, sondern auch um die Männer. Sie sind beinahe rasend vor Begehren, Sie in Besitz zu nehmen. Die Basis reibt sich auf, lange Jahre harter Arbeit und Disziplin lösen sich an den Bruchstellen auf, und alles nur wegen einer gefährtenlosen Frau. Die erste und einzige Mission, auf die ich Sie geschickt habe, endete in einer Katastrophe. Vergessen Sie denn so schnell?"

„Nein." Ich hatte keinen einzigen Moment dieses Fiaskos vergessen. Zwei Prillon-Krieger hatten beschlossen, dass sie mich in Besitz nehmen würden, während wir unterwegs waren. Der Atlane und zwei weitere Prillon-Krieger auf der Mission weigerten sich, zuzulassen, dass sie mir zu nahe traten. Ein riesiger Kampf brach aus, der Atlane ging in Biest-Modus und zerstörte zwei kleine Kreuzer im Hangar, bevor genug Männer zur Stelle waren, um den Kampf aufzulösen. Und all das hatte nichts mit dem eigentlichen Kampf zu tun, in den wir geschickt worden waren. „Befehlen Sie ihnen doch einfach, dass sie mich in Ruhe lassen sollen."

„Sie sind keine Menschen, Gwendolyn. Sie können nicht von ihnen erwarten, dass sie sich so verhalten, wie es Menschenmänner auf der Erde tun würden. Sie sind Koalitionskrieger, und sie verlieren die Beherrschung bei dem Gedanken daran, dass Sie gefährtenlos und schutzlos auf der Basis herummarschieren. Es widerstrebt unserer Natur zutiefst. Ich werde es nicht länger dulden. Das kann ich nicht." Den letzten Satz fügte er mit endgültigem Nachdruck hinzu.

„Also werden Sie sie einfach so um mich kämpfen lassen? Und alles geht an den Gewinner?", fragte ich, fassungslos.

Bei dem Gedanken drehte sich mir der Magen um. Bei allen vier Männern handelte es sich zwar um gutaussehende, beeindruckende Prachtexemplare, aber keinen von ihnen würde ich je in Erwägung ziehen. Und *er* stand in der Tribüne. Mein Blick kreuzte sich mit dem von Mak, dem heißen, schweigsamen Atlanen, als ich ihn in der Menge erblickte. Und ein Blick reichte aus, um meine Nippel hart weren zu lassen, meine Pussy vor gieriger Vorfreude darauf, gefickt zu werden, zucken zu lassen. Von ihm. Oh ja, er war ganz intensiv, ganz Alien. Verdammt, das war jeder hier auf der Kolonie, aber Mak hatte etwas an sich, das ihn anders machte, das mich scharf machte.

„Absolut nicht", sagte der Gouverneur. „Ich habe von meiner Gefährtin viel gelernt." Er wandte sich zu Rachel, die lächelte und an seine Seite trat. Er hob den Arm, sodass sie sich an seine Seite schmiegen konnte, dann legte er ihn um ihre Schultern, und seine Finger streichelten sie geistesabwesend. „Sie werden einen Gefährten auswählen. Es gibt keinen Mann hier, der Sie verweigern würde."

Die Menge jubelte zustimmend, und ich fühlte mich wie ein Insekt unter der Lupe. Jedes männliche Auge in der Menge war nun ausschließlich auf mich gerichtet. Rief mir entgegen. Lockte mich mit Muskelschau oder feurigen Blicken. Guter Gott. Der Gouverneur hatte gerade ein Monster freigesetzt.

„Also gut, in Ordnung. Ich suche mir meinen Gefährten selber aus." Ich nickte knapp, erleichtert. „Gut. Wenn es sonst nichts gibt, dann gehe ich mal."

Als ich einen Schritt auf das Tor zu machte, das ich aufgestoßen hatte, rief er aus: „Sie werden Ihren Gefährten *jetzt gleich* auswählen. Hier und jetzt. Bevor Sie die Arena verlassen."

Ich erstarrte, dann wirbelte ich auf dem Absatz herum. „Jetzt gleich?"

„Jetzt gleich", wiederholte er. „Sie brauchen einen Gefährten, müssen in Besitz genommen und markiert werden, damit der Rest der Männer weiß, wem Sie gehören—"

„*Wem ich gehöre?*", sagte ich, aber er fuhr fort, als hätte er nichts gehört.

„—und nicht länger den Drang verspüren, im Speisesaal zu kämpfen, im Außenhof oder hier in der Arena."

„Ist das Ihr Ernst?"

Er nickte entschieden. „Absolut. Wählen Sie einen Gefährten, oder es wird einer für Sie gewählt."

„Gut so. Tu, was der Gouverneur dir sagt. Dann hast du vielleicht genug zu tun, und musst unser Privatquartier nicht mehr auseinander nehmen", warf Tyran ein, der inzwischen neben Kristin stand. Sie verdrehte die Augen über ihren Gefährten und zwinkerte mir zu.

„Jetzt gleich", sagte der Gouverneur noch einmal in Ausübung seiner Autorität, und nutzte das Beispiel meiner Zerstörung des Wohnbereichs von jemand anderem als weitere Begründung für seine Eile. Er hob die Hand, um die Menge zum Schweigen zu bringen, und die Lautstärke wechselte in wenigen Sekunden von Kampfgetümmel zu Bibliothekatmosphäre, während mich jeder anwesende Mann mit Hoffnung in den Augen anblickte.

Ich warf einen kurzen Blick in die Tribüne hoch. Fand Makarios. Wandte den Blick wieder ab.

Jeder anwesende Mann, außer einem.

Verdammt. Makarios machte ein mürrisches Gesicht, die Arme vor der Brust verschränkt, seine Miene steinern und unentzifferbar. Er hätte genauso gut Farbe beim Trocknen zusehen können. „Aber—"

„Sobald Sie einen Gefährten haben, werden Sie nicht länger die Ursache für so viel Unruhe sein. Sie werden wieder in den aktiven Einsatz gesteckt und dürfen auf Missionen ausrücken", fügte er hinzu.

Ich biss mir bei dieser Aussage in die Lippe. Das verdammte Zuckerbrot.

Ich senkte den Kopf und blickte ihn durch die Wimpern hindurch an. Also gut, ich biss an. „Lassen Sie mich das ein für alle Mal klarstellen. Ich suche mir einen Gefährten, und dann kann ich wieder auf Missionen gehen und sogar den Hive bekämpfen."

„Das ist korrekt."

Er hätte das nicht gesagt, wenn es nicht stimmen würde. Er war der Gouverneur, zum Teufel. Und er hatte es vor einem ganzen Haufen Leute laut ausgesprochen. Vor Zeugen. Jetzt konnte er das nicht wieder zurücknehmen.

Ich konnte nicht einen Tag länger hier auf der Kolonie bleiben, festsitzen. Die Gelegenheit war zu groß. Ich brauchte nur einen Gefährten. Was machte es schon?

Wir konnten ficken und Spaß haben, und dann konnte ich auf Missionen gehen. Mein eigenes Ding tun. Keine Bindung, nur ein wenig Vergnügen. Jeder einzelne dieser Kerle würde gut im Bett sein. Aber nur einer machte mich scharf darauf, mich dorthin zu beeilen. Und zwar gleich.

Noch besser, es war weithin bekannt, dass er überhaupt keine Gefährtin wollte. Ich konnte es *nicht* brauchen, mich von einem überfürsorglichen, besitzergreifenden Alpha-Männchen rumkommandieren lassen zu müssen, der meinte, ich *gehörte* ihm. Ich brauchte Freiheit und eine heiße Runde auf der Matratze.

Ich weigerte mich, in die Tribüne hoch zu blicken, konzentrierte mich auf den einen, der mich scharf machte, der mir die Zeit zwischen Missionen mit Orgasmen füllen konnte. Der Gedanke daran...und der Gedanke an Maks Händen an mir, seinen Schwanz in mir, ließ mich vor Lust verbrennen.

Seine Augen, hell und durchdringend, würden in meine blicken, während er in mich stieß. Seine Haut war gebräunt, sein Kiefer scharfkantig. Sein Haar etwas zu lang für einen Militär-Schnitt, was ihn von den anderen abhob. Selbst in der standardmäßigen Koalitions-Uniform stach er aus der Menge hervor. Größer als die anderen Atlanen, war er ein schweigsamer, grimmiger Riese, und ich wollte ihn ergründen und herausfinden, wie er war. Was ihn scharf machte. Was ihn auflodern ließ.

Nichts an ihm machte deutlich, ob er nun allen Gerüchten zum Trotz vom Koalitions-Militär war, oder überhaupt ein Kämpfer. Aber ich glaubte den Gerüchten. Und diejenigen, die sich damit auskannten, sagten, dass er ein Rebell und Schmuggler von Rogue 5 war. Dass er Gesetze genauso leichtherzig brach wie Schädel. Dass sein Ehrenkodex und seine Loyalität seiner Legion gehörten, auf dem zugehörigen besiedelten Teil des Rebellenmondes über dem Planeten Hyperion. Dass er *anders* war. Einzigartig. Alleine in der Galaxis. Der einzige seiner Art.

Genau wie ich.

Ich stemmte meine Hände in die Hüften. Heißer Sex. Ohne Bindung. Wir würden beide bekommen, was wir wollten.

„In Ordnung." Der Gouverneur zog eine Braue hoch. „So einfach geht das? Ich hätte Ihnen schon vor Tagen ein Ultimatum setzen sollen. Dann wäre diese Basis nicht derartig in Aufruhr geraten."

Ich spitzte die Lippen, nicht erfreut darüber, dass er mir die gesamte Schuld daran gab, dass die Dinge hier ein wenig verrückt spielten. Es lag schließlich nicht an mir, dass die Männer hier sich wie Höhlenmenschen aufführten.

„Kämpfer, ihr habt in der Arena freiwillig um diese Frau gekämpft. Stimmt ihr nun zu, dass sie sich selbst einen Gefährten wählen kann?"

Die vier Männer plusterten sich auf und hoben das Kinn. Sie nickten und stimmten bereitwillig zu. Zweifellos hatte jeder einzelne von ihnen die Gewissheit, dass ich ihn wählen würde.

„Wen wählen Sie, Gwendolyn Fernandez von der Erde? Ihre Wahl wird nicht angefochten werden, Ihre Antwort ist endgültig. Bitte nennen Sie den Namen und Herkunftsplaneten des Kriegers, sodass kein Missverständnis aufkommt. Wen erklären Sie zu Ihrem Gefährten?"

Das war nicht gerade die Art gewesen, auf die ich einen Kerl finden wollte, aber die Vorzüge waren zu gut, um darauf zu verzichten. Ein großer Schwanz, der an einem scharfen Kerl hing, *und* meine Freiheit? Ich würde auf Missionen gehen können, für eine Weile von diesem Planeten weg kommen. Der Gouverneur war großzügig. Wenn ich nicht zustimmte, musste ich annehmen, dass er mir die Entscheidung abnehmen würde. Ich würde innerhalb der nächsten Stunde jemandem zugewiesen werden, jemandem, den höchstwahrscheinlich er für mich aussuchen würde. Es ging nun nur noch darum, ob ich mein eigenes Schicksal bestimmen würde, oder die Entscheidung jemand anderem überließ.

Die ganze Situation war unfair, aber so

war das Leben auf der Kolonie nun mal. Kacke und danach noch mehr Kacke. Die Männer hier waren noch schlimmer dran als ich, wenn ich ganz ehrlich war. Ich hatte die Wahl unter hunderten sexy, männlichen, begierigen Kerlen. Und sie hatten nur die Hoffnung, dass sie einer Interstellaren Braut zugewiesen werden würden, und das passierte nur, wenn das System, die Tests, ein passendes Gegenstück fanden. Hoffnung auf eine Braut... und mich.

Ich blickte die vier Männer vor mir an, dann in die Tribüne hoch. Zu ihm. Ich hob die Hand und zeigte auf ihn, holte tief Luft, um meine Nerven zu beruhigen. Ich hatte keine Ahnung, wie das ablaufen würde, ob er erfreut sein würde oder entsetzt. Ob er interessiert war oder mich dafür hassen würde, ihn in eine Falle zu sperren. Aber ich wusste zwei Dinge. Erstens, dass ich wollte, dass sein Körper in meinen stieß. Ich wollte ihn berühren. Ihn riechen. Ich wollte ganz intensiven Hautkontakt.

Und zweitens? Wenn die Gerüchte stimmten, und daran glaubte ich, dann wollte Mak keine Gefährtin. Er wollte genauso wenig auf diesem Planeten sein wie ich. Wir beide saßen in der Falle. Wir waren beide Gefangene. Wir konnten Spaß haben und einander für unsere eigenen Zwecke benutzen.

Unter all den Männern hier war er der einzige, der mir geben konnte, was ich wirklich wollte... heißen Sex ohne Bindung. Außerdem, wenn ich die Wahl hatte, würde ich das nehmen, was mein verräterischer Körper *begehrte*. „Ich wähle Makarios Kronos von Rogue 5."

Niemand sprach. Stille herrschte in der Arena und der gesamten Tribüne rundherum. Langsam erhob er sich.

Unsere Blicke kreuzten sich.

Verschmolzen.

Ich vergaß, zu atmen.

Um uns herum regte sich niemand. Niemand machte einen Mucks, während es in meinen Ohren pochte wie eine Basstrommel. Ein Schlag.

Zwei.

Dann brach die Hölle los.

3

Mak, Die Kolonie, Arena

WAS ZUM TEUFEL WAR PASSIERT?

Jeder Prillon-Krieger auf der Tribüne kletterte von seinem Sitz und stellte sich hinter Captain Marz auf. Wenn Marz beschloss, darum zu kämpfen, würde das unschön werden.

Der Trion-Mann grinste, verneigte sich vor mir, dann vor Gwen, und marschierte seelenruhig aus der Arena, durch das große Tor, das Gwen vorhin aufgestoßen hatte.

Unser Freund Tane blickte zu mir hoch, als hätte ich ihn gerade mit einem Ionen-Blaster in den Rücken geschossen, aber er regte sich nicht. Auch jeder andere Atlane auf der Tribüne saß wie ein regloser Felsbrocken da und wartete ab, was ich tun würde. Wartete auf einen Aufruf, für mein Recht zu kämpfen, die Frau für mich zu beanspruchen. Es gab nicht viele Atlanen auf der Kolonie. Die meisten überlebten die Bemühungen des Hive nicht, sie in Monster zu verwandeln. Aber es gab zumindest ein Dutzend hier in der Arena, einschließlich Bruan, Tane und mir selbst.

Wir könnten den Prillonen da unten einen heftigen Kampf liefern, wenn jeder anwesende Atlane hier in Biestmodus ging. Es würde ein blutiges, verschwitztes Kampfgetümmel werden. Atlanen und Prillonen waren gleichermaßen ausgehungert nach einem guten Kampf. Angespannt wie Schlangen kurz vor dem Zubeißen. Niemand würde sterben, aber jeder würde bluten. Und das alles wegen der schwarzhaarigen Verführerin, die sich gerade ein Monster als Gefährten ausgesucht hatte. Die anderen Männer hier waren bei weitem ehrenhafter als ich. Würdiger. Das würde ich nicht abstreiten. Ich war von Beruf Schmuggler, und als Hobby Pirat. Ich suchte mir meine Schlachten und meine Loyalitäten selber aus. Und ich gehörte nicht zur Koalition. Ich sollte nicht einmal hier sein.

Scheiße. Was für ein Schlamassel.

„Scheiße, Mak, was soll das?", zischte Bruan und drehte sich zu mir herum. „Du?"

Jeder in der Arena starrte mich inzwischen an, aber niemand sonst sprach ein Wort. Alle warteten ab, was ich tun würde.

Bruans Augen standen weit offen, und sein gesamter Körper war angespannt. Als hätte die Antwort der Soldatin ihn betäubt.

Tja, mein Freund konnte sich da verdammt noch mal hinten anstellen, denn ich bezweifelte stark, dass irgendwer erstaunter war als ich.

Gwen hatte mich gewählt.

Mich.

MICH.

Heilige Scheiße. Mein Herz pochte, und ich fragte mich, ob ich sie richtig gehört hatte. Aber das hatte ich, denn Bruan hatte dasselbe gehört. Jeder hier hatte sie meinen Namen rufen gehört. Selbst der Gouverneur, der mich mit selbstzufriedenem Gesicht und verschränkten Armen genau wie alle anderen beobachtete. Der Bastard wusste, dass ich nicht Nein sagen konnte. Nicht Nein sagen würde. Sie hatte mir ein Wunder angeboten, einen Weg runter von diesem Scheiß-Planeten. Und die Blicke? Ich ignorierte sie alle. Ich hatte nur Augen für Gwen, denn sie hatte ihren Blick nicht von mir abgewendet, seit sie meinen Namen gerufen hatte.

Meinen Namen. Für den Bruchteil einer Sekunde fühlte ich mich...wie etwas Besonderes. Erwünscht. Begehrt, wenn ich mir ihren hungrigen Blick so ansah. Unter ihrem protzigen Gehabe und der Intensität ihres Blickes sah ich ein Sehnen. Rohe, ungefilterte Lust. Ein Bedürfnis nach etwas, von dem sie wollte, dass *ich* es ihr gab. Nicht die vier Männer, die um sie gekämpft hatten. Nicht irgendwer sonst auf der Tribüne. Verdammt, nicht mal Bruan.

Sondern ich.

Ich knurrte instinktiv, bevor ich den Impuls unterdrücken konnte. Meine Giftzähne fuhren in meinem Mund aus, hungrig danach, sie zu markieren, mit meinem Samen zu füllen, sie für immer zu meinem Eigentum zu machen. Aber das war die animalische Seite meines Wesens. Urinstinkt. Ich war mehr als nur ein Hyperion-Monster. Ich war ein Mann mit einem Verstand, und einem eisern geschmiedeten Willen.

Ich konnte sie nehmen. Sie ficken. Und das von den Göttern verdammte Gift in meinem Biss von ihr fernhalten. Ich würde nicht schwach werden. Ich würde mich dem Drang nicht hingeben, sie in Besitz zu nehmen.

Ich bezweifelte sogar gründlich, dass sie überhaupt in Besitz genommen werden wollte. Nicht dauerhaft. Ich wusste, dass sie den Bedingungen des Gouverneurs nur aus dem Grund zugestimmt hatte, weil sie von diesem Planeten runter wollte. Auf Missionen gehen und sich nützlich fühlen. Bedeutend. *Geschätzt.*

Wir waren gleich, sie und ich. Ich hörte es in ihrer Stimme, als sie mit dem Gouverneur diskutiert hatte, ihn darum angefleht hatte, sie von diesem Felsbrocken weg zu lassen, darum angefleht, den Hive bekämpfen zu dürfen. Ins Weltall hinaus zu ziehen. Aus diesem Käfig raus.

Ich war langsam aufgestanden, als sie meinen Namen gerufen hatte, und hatte ihren Blick gehalten. Ich sah zu, wie sie ihre Aufmerksamkeit über jeden Zentimeter von mir wandern ließ, mit ganz offensichtlichem Hunger. Aber der Moment der freudigen Überraschung war vorüber. Klarheit senkte sich wie das schärfste Schwert. Warum ich? Warum verdammt würde sie mich wählen? Ich kam von Rogue 5, ausgerechnet. Und war noch dazu halber Forsianer. Ich war der *letzte Mann* in dieser Arena, den sie wählen sollte.

Und vielleicht war genau das der Grund, warum sie es getan hatte.

Vor ihrer Verkündung hatte ich gedacht, dass nur eine Handvoll Krieger auf dem Planeten von meiner wahren Herkunft wussten. Ich nahm an, dass sie mich alle für einen Atlanen hielten.

Ich hatte mich geirrt. Sie wusste, dass ich kein Atlane war. Wusste, dass ich von Rogue 5 stammte.

Was wusste sie sonst noch?

Kannte sie die Wahrheit über mich? Über meinen Biss? Wusste sie, dass ich sie nie völlig in Besitz nehmen können würde?

Wenn sie das wusste, dann war es nicht verrückt von ihr gewesen, mich zu wählen, sondern ein kalkuliertes Risiko. Niemand sonst auf dem Planeten würde ihr die Freiheit gestatten, von der ich vermutete, dass sie sie brauchte. Nein. Diese Einfaltspinsel würden sie in ihre Hände bekommen, ihre Schwänze in sie stecken und sich in besitzergreifende, überfürsorgliche, herrische *Gefährten* verwandeln. Sie würden sie zur Zucht wollen und sie ansonsten sicher in ihren Käfig sperren. Einen goldenen Käfig, sicherlich, aber doch nichts anderes als ein Gefängnis.

Ich wollte keine Gefährtin. Ich wollte einen guten Fick und mehr Freiheit. Es schien, als wünschte sie das Gleiche. Was mir gut passte. So, wie sie die Krieger da unten wie Spielzeug in der Gegend rumgeschleudert hatte, konnte ich mir vorstellen, dass ich meine ganze Mischlings-Kraft einsetzen müssen würde, um sie im Bett vollständig zu zähmen.

Mein Schwanz stellte sich der Herausforderung.

Ihr Blick senkte sich auf die ausgesprochen große, deutlich sichtbare Beule in meiner Hose. Und als sie nichts weiter tat als die Hände in die Hüften zu stemmen und ihre dunklen Augen zusammenzukneifen, als würde sie mir sagen wollen, ich sollte es wagen, Nein zu sagen, da wusste ich, dass sie nicht vorhatte, sich umstimmen zu lassen. Und dieses Wagnis? Es ließ meinen Schwanz triefen und meine Eier schmerzen. Sie war die widerspenstigste Frau, die mir in der gesamten Galaxis je begegnet war, egal welcher Rasse. Es brachte mich nur dazu, sie mir über die Schulter werfen und sie davontragen zu wollen, ins Bett werfen und dominieren. Oh, sie würde es hassen, sich zu unterwerfen, aber ich wusste, dass das Gefecht sie feucht machen würde. Denn was ich *sehr wohl* über sie wusste, war, dass sie leidenschaftlich war, ungehemmt. Wild. Ich freute mich darauf, ihr zu gestatten, all diese feminine Anspannung an mir auszulassen. Sie meinen Schwanz reiten zu lassen mit der gleichen Gründlichkeit, mit der sie auch alles andere tat. Mich von ihr benutzen zu lassen, um das zu besänftigen, was immer sie permanent so aufbrachte. Vielleicht brauchte sie nur einen Orgasmus oder zwei.

Oder fünf.

Oh, die würde ich ihr geben. Und mehr. Ich würde ihr so viele geben, so viel Lust bereiten, dass sie ein verschwitztes, gesättigtes Häufchen in meinem Bett sein würde. Ihr Kopf würde leer sein und ihr

Körper befriedigt. Vollgetankt. Endlich zur Ruhe gekommen. Langsam bewegte ich mich auf sie zu.

Bruan ließ mich vorbei, sodass ich mir meinen Weg zu den Stufen bahnen konnte, die in die staubige Arena hinunter führten, in der sie stand. Und wartete.

Die Kämpfer machten mir den Weg frei, bildeten eine Gasse. Wollten vielleicht sehen, ob Gwen mich hochheben und durch die Arena werfen würde, wie sie das mit dem Prillonen gemacht hatte.

Sie konnte es gerne versuchen. Ich hielt meinen Blick fest auf sie gerichtet, während ich ging. Ja, ich wollte dieses Feuer. Liebte es, dass es auf mich gerichtet war. Aber das hier war keine Zuordnung von der Sorte, wo ich sie für immer in Besitz nehmen würde. Nein, ich konnte nicht das haben, was der Gouverneur mit seiner Gefährtin Rachel hatte. Oder Tyran mit Kristin. Unmöglich. Mein Schwanz wollte sie ficken. Sich in ihrer engen Pussy entleeren. Sie markieren. Und meine Hyperion-Giftzähne? Ich spürte den Druck in meinem

Zahnfleisch, als ich sie zwang, sich einzuziehen. Das Biest in mir wollte sie in den Hals beißen und zu meinem Eigentum machen. Dauerhaft.

Aber da ich Hyperione *und* Forsianer war, würden mein Schwanz und meine Giftzähne für eine wahre Besitznahme zusammenspielen müssen. *Das war das Geheimnis, die Wahrheit, die niemand kannte.* Nicht einmal die Ärzte, die mich versorgt hatten, als ich hier eintraf.

Ein Biss und der forsianische Paarungs-Schwanz in Kombination würden sie umbringen. Forsia-Frauen träumten von dem Tag, an dem sie den geschwollenen Schwanz ihres Gefährten mit dem Paarungs-Kopf tief in ihre Pussy aufnehmen konnten. Ein Forsia-Schwanz wurde auf der Heimatwelt mit einem Knüppel verglichen, der ihre Frauen bis zum Anschlag ausfüllte. Sobald eine Frau der offiziellen Besitznahme zustimmte, wurde der durchschnittliche Mann hart, und sein Schwanz schwoll an vor Begierde, sie zu füllen, zu ficken und mit seinem Samen zu markieren. Aber ein Forsia-Schwanz veränderte sich mehr als andere. Er wuchs. Und wuchs. Der breite Kopf fächerte sich auf und verkeilte sich im Inneren, und es war unmöglich, ihn aus der engen Passage einer Frau zu ziehen, bevor die Besitznahme abgeschlossen war. Das Paar war verbunden, steckte ineinander fest, bis der innere Forsianer sich zufriedenstellend versichern konnte, dass die Frau ganz und gar ihm gehörte. Es brauchte stundenlanges Ficken, bis die Eier eines Forsianers von allem Samen entleert waren, der Schwanz endlich befriedigt war, die Lust sich aus seinem Körper verflüchtigt hatte, um zur normalen Größe zurückzukehren—was immer noch größer war als andere Rassen —und sich herausziehen zu können. Historisch gesehen war so sichergestellt, dass die Frau so voll mit Samen war, dass die Chancen einer Befruchtung beim ersten Mal groß waren. Eine angeborene und biologische Art, wie die forsianische Rasse ihren Weiterbestand sicherte.

Zu dem Zeitpunkt, an dem der Schwanz endlich herausgezogen werden konnte, war die Frau zweifelsohne gut gefickt und glücklich. Vor Wonne im Delirium. Oft sogar ohnmächtig. Aber die Besitznahme stand außer Frage. Kein Mann in der Galaxis konnte den Geruch und die Markierung einer Frau mit Gefährten verwechseln, egal welcher Rasse. Jeder würde wissen, dass sie jemandem gehörte, dass ihre Pussy ihrem Gefährten gehörte und niemandem sonst. Sie war danach für alle anderen ruiniert, durch die Lust, die sie darin fand, den geschwollenen Paarungs-Kopf zu reiten. Wenn eine Forsia-Frau erst mal in Besitz genommen war, würde sie nie wieder einen anderen begehren.

Als ich auf den festgestapften Erdboden hinunterstieg, wusste ich, dass Gwen mit einem forsianischen Paarungs-Schwanz fertig werden würde. Es würde eine große Freude sein, sie endlich mit meinem weit zu dehnen, und das alleine würde mir schon reichen. Aber ich war nicht nur Forsianer. Scheiße, nein. Wenn ich meinen Prügel von einem Schwanz in ihre Pussy pumpen würde, während zur gleichen Zeit meine Hyperion-Giftzähne tief und unbarmherzig in ihrer Schulter vergraben waren, dann würde sie das mit Gewissheit umbringen. Das kam immer wieder vor unter meiner seltenen Rasse. Die Tatsache, dass es nur noch so wenige von uns gab, und alle männlich, war Beweis dafür. Etwas in unserem Erbgut, die Mischung aus Hyperion- und Forsia-DNA, verwandelte den hyperionischen Lustbiss in ein seltenes und tödliches Gift.

Gwen würde sterben, falls ich sie biss. Es war eine Sache, sie um ihr Bewusstsein zu ficken. Mein männliches Ego konnte das verkraften. Aber ich würde sie nicht um ihr Leben ficken. So einen Fehler würde ich nicht überleben können. Und das war der

Grund, warum ich alle Frauen gemieden hatte. Zu ihrem eigenen Schutz.

Aber jetzt hatte die einzige Frau, die ich je mit bewusster Absicht gemieden hatte, es irgendwie fertiggebracht, mich zu erwählen. Hatte jede Chance zerstört, die ich hatte, mich an meinen Plan zu halten. Sie vor mir zu retten. Denn obwohl wir ohne Unterbrechung ficken konnten, würde ich sie doch niemals wahrlich in Besitz nehmen können.

„Er stand nicht zur Auswahl. Es hätte einer von uns sein sollen", sagte der wagemutige Prillone Captain Marz mit Nachdruck. Er verschränkte die Arme vor seiner breiten Brust, und hinter ihm standen drei Dutzend Prillon-Krieger in Fächer-Formation bereit, seinen Anspruch zu verteidigen.

Die Androhung zwang Gwen, den Blickkontakt mit mir zu unterbrechen und den Prillonen anzufunkeln. „Mir wurde befohlen, mir einen Gefährten zu erwählen. Die einzige Regel war, dass ich es sofort tun sollte."

„Er hat bisher nicht das geringste Interesse an dir gezeigt", fügte Tane hinzu.

Gwen kniff die Augen zusammen und verschränkte die Arme vor der Brust, den Prillonen nachäffend. Sie war um so vieles kleiner, wirkte winzig umgeben von den vier Männern, aber ich konnte nicht übersehen, wie ihre Brüste von dieser Bewegung hochgehoben wurden. Ihre Kleidung verbarg rein gar nichts von ihrer weiblichen Form, den Kurven, die die ständigen Streitereien quer durch Basis 3 verursacht hatten, seit sie hier eingetroffen war.

Tanes Worte waren wahr. Ich hatte alles in meiner Macht getan, um desinteressiert zu erscheinen. Wenn dieser Atlane nur wüsste, in welchem Ausmaß ich von ihr besessen war, wäre er schockiert. Ich hatte sie gemieden, um sie zu retten, und aus diesem Grund alleine.

Jetzt gehörte sie mir. Sie hatte mich erwählt, und das änderte alles.

Ich stand am Fuß der Sitzreihen, spannte die Beine an und sprang mit einem Satz quer durch die Arena, wo ich solide direkt vor Captain Marz und seinen Anhängern landete, die Knie gebeugt und ein Knurren in meiner Brust.

Der Prillone zuckte mit keiner Wimper, blieb standhaft, während ich mich zu meiner vollen Größe aufrichtete und auf seine über 2,10m hinunterblickte. Er war groß. Stark. Ein guter Kämpfer. Aber ich würde ihn zu Staub zermahlen, wenn er versuchte, sich dazwischen zu stellen.

„Sie gehört mir."

„Bei allen Göttern, Mak." Tane stellte sich neben mich, zwei atlan-große Krieger in Kampfbereitschaft. Ich war dankbar für seine Unterstützung, und für die Stille, die sich über die Arena legte, als erst Bruan, dann jeder andere anwesende Atlane sich ebenfalls erhoben. Sie würden kämpfen, um meinen Anspruch zu verteidigen. Wenn Captain Marz nicht zurücktrat, würde es Blut geben, und zwar bald.

Meine neue Gefährtin trat an meine Seite. „Ich kann mich um meine eigenen Angelegenheiten kümmern, Makarios."

Ich blickte von Captain Marz weg und

auf ihr Gesicht hinunter. Sie hätte eigentlich ganz verschwitzt und dreckig vom Kämpfen sein sollen und davon, wie sie den Prillon-Idioten in der Arena rumgeworfen hatte. Aber ihre Haut sah trocken und weich aus, absolut küssenswert. Sie sah absolut zum Küssen aus.

Langsam hob ich meine Hand an ihr Gesicht und umfasste es. Von dieser kleinen Berührung allein fuhr mir ein elektrischer Schlag der Lust in die Knochen und schockte meinen gesamten Körper. Da sie zuließ, dass ich meine Hand um ihren Nacken legte, nutzte ich meinen Vorteil aus, vergrub meine Finger in ihrem Haar und zog sie an meine Brust. „Ich weiß, wie stark du bist, Gwendolyn von der Erde. Ich weiß, dass du eine Kriegerin bist, die auf eigenen Füßen steht und in der Lage ist, diese Narren zu zerstören. Aber das wirst du nicht. Dieser Kampf steht mir zu, als dein Auserwählter. Ich werde sie für dich bluten lassen."

„Gott, ist das sexy." Ihr Grinsen war eine Erlaubnis, das Funkeln in ihren Augen ein Hinweis darauf, dass es ihr wohl Spaß machen würde, sich die Show anzusehen.

„Die Soldatin hat ihre Wahl getroffen", sagte der Gouverneur hinter mir, seine Stimmer mehr als laut genug, um die entferntesten Sitze auf der Tribüne zu erreichen. „Ich werde unser Abkommen nicht zurücknehmen, und das soll hier auch sonst niemand tun. Krieger, eure Ehre gebietet, dass ihr ihre Wahl akzeptiert. Captain Marz, wünschen Sie, einer Frau das Recht abzusprechen, Ihren Anspruch abzuweisen?" Er blickte auf die vier Männer bei diesen Worten. Schließlich blickte er zu mir.

Beschämt neigte Captain Marz sein Haupt, erst vor Gwen, dann vor mir. „Mak, sie gehört dir."

Gwen schüttelte den Kopf. „Oh nein."

Die Prillon-Männer grummelten nahezu einstimmig, vielleicht sogar erfreut darüber, dass sie es sich anders überlegt hatte, und begierig darauf, doch noch gegen die versammelten Atlanen kämpfen zu können.

„Ich gehöre nicht *ihm*", sagte Gwen und blickte von Captain Marz zu mir. Sie schlang ihre kleine Hand um mein Handgelenk und schmiegte sich in meine Berührung. Den Kopf zurückgelehnt, in meine Hand gestützt, mit der ich sie immer noch festhielt, starrte sie direkt in meine Augen, eine pure feminine Herausforderung. „*Er* gehört mir. Kriegt das mal in eure dicken Schädel."

Sie stellte ihren eigenen Besitzanspruch, und die Götter mögen mich retten, ihr Bedürfnis danach, dass alle wussten, dass ich ihr gehörte, ließ meine Giftzähne hervorschießen. Ich konnte nichts tun, das sie wieder unter Kontrolle brachte. An Ort und Stelle änderte sich meine Ansicht darüber, eine Gefährtin zu haben. Ich wollte sie. Ich musste sogar meinen Schwanz in der Hose zurechtrücken vor Begehren nach ihr. Mir war scheißegal, ob die anderen mein Verlangen nach ihr sehen konnten. Diese Frau war widerspenstig, aufmüpfig und unfassbar freiheitsliebend. Sie brauchte niemandes Schutz, und das hatte sie dadurch bewiesen, wie sie den Prillonen rumschubste, als wäre er ein Kieselstein und kein über zwei Meter großer Riese. Und ich wollte all diese Energie, dieses Feuer, zielgenau auf mich gerichtet wissen. Jetzt gleich. Mein Schwanz stimmte mir zu. Je früher ich tief in ihr war, umso besser. Ich wollte, dass ihre Fingernägel sich in meine Haut gruben. Ich wollte sie mit einem Drang, den ich noch nie verspürt hatte. Ich würde sie ficken, bis wir beide die Besinnung verloren; ich durfte sie nur nicht beißen. Sex. Haut an Haut. Ihre Pussy eng um meinen harten Schwanz geschmiegt. Wenn das alles war, was ich haben durfte, dann musste das reichen. Uns beiden.

Als ein Prillone vortrat, um weiter zu debattieren, streckte ich den Arm aus, schlug ihm meine Hand in die Brust und warf ihn ein paar Schritte zurück.

„Meins", knurrte ich und zeigte meine Giftzähne. Dieses eine Wort, dieser neuartige Besitzanspruch, besiegelte mein Schicksal. Das Hyperion-Biest, das in mir tobte, war an die Oberfläche gekommen, bereit zum Kampf. Meine Fangzähne waren vollständig ausgefahren und ich fletschte sie, zischte eine Warnung an jeden, der dämlich genug war, mich jetzt noch herauszufordern, halb wahnsinnig mit dem Drang, mein Weibchen zu beschützen.

„Verdammte Scheiße, Mak." Selbst Tane wich vor mir zurück, die Hände offen vor sich ausgestreckt, während er rückwärts ging. Langsam. „Hör zu, Mak. Bist du noch da drin? Niemand will sie dir wegnehmen. Kapiert?"

Gwen von der Erde gehörte mir. Ich würde ihr das nicht sagen, sonst würde sie mir die Eier abreißen und sie als Ohrringe tragen, aber das tat sie. Und ich würde nur zu gerne ihr gehören. Ich würde sie ficken, miterleben, wie all diese Energie nur darauf gerichtet war, wie wir bestmöglich beide zum Höhepunkt kamen. Und zwar oft.

Der Gouverneur trat zwischen mich und den Prillonen, unterbrach den Blickkontakt zwischen meinem Biest und dem Herausforderer, der Bedrohung für mein Weibchen. „Das reicht, Mak. Bring es unter Kontrolle und bring deine Gefährtin von hier weg."

Als sowohl Captain Marz als auch der Gouverneur zurückgewichen waren, wandte ich meinen Kopf zu meiner Gefährtin herum und streckte ihr meine Hand hin. Damit sie annehmen konnte, was ich ihr zu geben hatte. Ein Teil von mir wollte sie mir über die Schulter werfen und davonlaufen, aber ich kämpfte um meine Selbstbeherrschung. Selbst jetzt noch— nein, jetzt ganz besonders—musste es ihre Entscheidung sein. Ich zog meine Hand aus ihrem Haar und hielt ihr die andere hin, Handfläche nach oben, und wartete wie ein verdammter Heiliger.

Niemand würde *meine Frau* dazu zwingen, irgendetwas zu tun. Nicht ich, und ganz besonders nicht der prillonische Gouverneur oder irgendein anderer Krieger auf diesem Planeten. Sie gehörte nun zu mir. Meins.

Mein gesamter Körper schauderte, als die weiche Haut ihrer Handfläche über meine glitt. Vorsichtig, so unfassbar vorsichtig, schloss ich meine Hand um ihre, und das alleine ließ meine Giftzähne wieder einfahren.

„Ja?" Meine Stimme hatte sich noch nicht ganz erholt, aber sie verstand.

„Ja."

Das war alles, was ich brauchte. Ich hob sie hoch, schmiegte sie mir an die Brust und ging aus der Arena.

4

wen

„Setz mich ab." Ich konnte laufen. Ich war kein hilfloses kleines Mädchen, das rumgetragen werden musste. Ganz gleich, wie gut es sich anfühlte, loszulassen und sich jemand anderem anzuvertrauen, der sich anscheinend um mich kümmern wollte. Aber ich kümmerte mich um mich selber. Tatsache war: dem attraktivsten Mann, den ich je vor Augen bekommen hatte, so nahe zu sein, machte mir das Atmen schwer. Er roch nach Hitze und Sex und Holz und irgendeinem Alien-Gewürz, bei dem meine Pussy zusammenzuckte und meine Brüste schwer wurden. Ich hatte so etwas noch nie gerochen. Etwas wie *ihn*. Ich konnte nicht klar denken. Gottseidank war ich ihm zuvor nie zu nahe gekommen, nahe genug, um ihn zu *riechen*. Ich wäre wie ein Affe an ihm hochgeklettert und hätte ihm die Kleider vom Leib gerissen.

Ich war mir nicht sicher, was mir bevorstand, aber ich hatte nicht damit gerechnet, dass er plötzlich anhalten und mich im Flur absetzen würde, der zu den Privatquartieren führte. „Nein?"

„Was?" Ich taumelte, lehnte mich gegen ihn, atmete seinen Duft tief in meinen Körper hinein. Wir waren alleine, und er wusste, dass ich ihn wollte. Verdammt, ich hatte ihn unter allen Männern auf dem Planeten auserwählt. Ich brauchte nicht mehr länger so zu tun, als würde ich ihn nicht wollen.

„Meins?"

Was zum Teufel wollte er mich damit fragen?

Er wollte mich wieder auf seine Arme heben, und ich schob seine Hände beiseite.

„Nein?"

Ein Wort. Schon wieder. Seine Stimme klang unnatürlich tief, und die Fangzähne, die ich unter seiner Oberlippe hervorlugen sah, machten mich scharf. Ich hatte von dem Biss der Hyperionen gehört, dem Lustrausch, den Frauen erlebten, wenn die Männer ihre Gefährtin bissen, sie in Besitz nahmen. Ich hatte Gerüchte darüber gehört, dass der Biss orgiastisch war; dass Schwarzmarkt-Dealer eine synthetische Version der Chemikalie herstellten und sie überall in der Galaxis heimlich verkauften. Aber ich würde mir keinen Drogendealer auf einer Raumstation oder einem Hintergassen-Planeten suchen müssen. Vor mir stand die Original-Version und fragte mich etwas. Ich wollte seinen Schwanz in mir, seine Zähne tief in mir vergraben. Was dämlich war, denn wenn er mich erst biss, würde er mich nie wieder gehen lassen.

Dann würde er genauso unmöglich und besitzergreifend werden wie der Rest der Höhlenmenschen auf diesem Planeten.

Ich war einfach nur notgeil. So richtig, richtig notgeil. Ich brauchte keine Fangzähne und nichts Ernstes. Ich wollte einfach nur kommen, und zwar heftig. Dieses Biest von einem Mann würde mir doch bestimmt ein paar Orgasmen verpassen können, ohne irgendwelches Beißen oder... Besitznahme-Zeugs. Er war ja keine Jungfrau mehr. Auf gar keinen Fall war er sein ganzes Leben lang enthaltsam gewesen. Es gab da das Ficken, und dann gab es die Besitznahme. Das Ficken reichte mir ja schon. Reichte mir völlig.

„Nein?"

„Was?"

Andererseits hatte er bisher noch nie Interesse an mir gezeigt—abgesehen von der deutlich sichtbaren Beule seines riesigen Schwanzes in seiner Hose, als er über die Tribüne zu mir herunterkam. *Das* war nicht zu übersehen gewesen, und das war noch lange keine Besitznahme. Es bedeutete, dass er ganz offensichtlich auch ficken wollte.

Es war biologisch. Ganz und gar. Warum sollte ich überhaupt annehmen, dass er mich beißen *wollte* und die Sache damit dauerhaft machen? Das war voreilig. Wir waren ja nicht getestet und zugeordnet worden, wie Rachel und Kristin und ihre Gefährten über das Bräute-Programm. Wir wussten rein gar nichts voneinander. Wir könnten ja ganz scharf aufeinander sein und trotzdem nicht miteinander klarkommen. Klar, der Blick in seinen Augen in der Arena war ganz männlich gewesen, und er war bereit gewesen, jeden einzelnen anwesenden Prillonen zu bekämpfen, um mich zu gewinnen, aber das war gewesen, *nachdem* ich ihn erwählt hatte. Zu dem Zeitpunkt war es wohl mehr eine Frage seines männlichen Egos gewesen, von Stolz, und weniger tatsächlichem Verlangen nach mir. Dieser Stolz würde es ja nicht gerade zulassen, dass er mich vor allen anderen abwies.

Ich bemühte mich, diesen Gedanken

nicht in mein Herz eindringen zu lassen und es noch mehr zum Schmerzen zu bringen, als es das durch die Ereignisse des Tages bereits tat, aber es gelang mir nicht. Ich scheiterte kläglich. Ich war ein Freak mit einer Pussy. Die einzige verfügbare Muschi auf dem ganzen Planeten, und Mak wollte ein wenig Action. Ich hatte weder das Aussehen eines Supermodels, noch war ich niedlich, klein und dünn. Ich war ein Mischlingsköter von der Erde mit Cyborg-Teilen und keiner nennenswerten femininen Anmut. Mir lag es mehr, etwas zu töten, als ihm ein Essen zu kochen. Und nun, in einem Moment von Egoismus und Schwäche, hatte ich einen Mann auserwählt, der mich von Anfang an nicht gewollt hatte. Ich hätte mir Marz aussuchen sollen. Oder Tane. Irgendeinen anderen. Es wäre egal gewesen, denn jeder einzelne von ihnen wollte mich mit einem Löffel auffressen. Aber nein, ich hatte den einzigen Mann auf diesem Planeten in die Falle treiben müssen, der von vornherein nichts mit mir zu tun haben wollte.

Die Sache hatte ich gründlich verbockt. Ich dachte nicht oft mit meiner Pussy, und das war der Grund dafür. Nichts als Ärger, diese anspruchsvolle Zicke. „Es tut mir so leid, Mak. Ich hätte dir das nicht aufzwingen sollen."

„Gwen." Er drückte mich gegen die Wand, und ich nutzte die kalte, harte Oberfläche dazu, mich zu beruhigen, während er näherkam, seine Lippen dicht über meinen. „Wir reden aneinander vorbei. Ich werde dich geradeheraus fragen. Ja oder nein, Frau? Ich will dich. Ich will dich ficken, mit meinem Samen füllen. Dich verzehren. Deine Pussy verschlingen und dich dazu bringen, meinen Namen zu schreien. Ja oder nein? Keine Spielchen mehr."

Oh. Ja oder nein. Er meinte sich selbst. Ihn und mich.

Er wollte mich also doch. Zumindest den Teil mit dem Ficken. Und mir war das mit dem Schreien nur recht. Schreien bedeutete Orgasmen. Ganz viele Orgasmen.

Mak berührte mich nicht, er war nur Zentimeter von mir entfernt, als würde er auf eine Antwort warten, bevor er in Kontakt trat. Die Hitze, die von seiner Gestalt ausging, schmolz mich an Ort und Stelle, machte meine Knie weich. Ich fühlte mich verwegen, und war begierig darauf, ihn wieder zu berühren, also hob ich die Arme und schlang sie ihm um den Nacken, zog seinen Kopf herab. Er ließ zu, dass ich ihn zog, und ich verringerte die Distanz zwischen unseren Lippen. „Ja. Und ich werde im Gegenzug ebenfalls geradeheraus sprechen. Ich will, dass du mich fickst."

Meine Lippen streiften seine und ich seufzte, schmolz dahin, drückte meinen Körper an seine Hitze. Seine Kraft. Gott, er war riesig. Und stark. Vielleicht sogar stärker als ich. Ich würde mich nicht zurückhalten müssen, keine Sorge haben, ihn zu verletzen, zu zerbrechen. *Zu verschrecken.*

Ich lehnte meinen Kopf fast instinktiv zur Seite. Ich wollte, dass er mich biss. Es war idiotisch, das wusste ich, aber im Moment war es mir egal. Ich wollte, dass er die Beherrschung verlor, mich wahrhaft wollte.

Mich. Und nicht im Sinne von Ficken und Vergessen, auch wenn mein Kopf etwas anderes schrie, während ich den Kopf noch weiter zur Seite streckte, praktisch nach seinem Biss flehte. Seiner Markierung. Seinem *Besitzanspruch*.
Ich wollte mehr sein als eine wandelnde Vagina, eine verfügbare Frau. So dämlich und hohl dieser Traum auch war, mit all den Cyborg-verstärkten Teilen in meinem Körper, wollte ich mich schön und feminin und begehrenswert fühlen. Mein Herz hatte das Sagen, schwelgte in Maks Geruch und seiner Hitze und seiner Alpha-Männchen-Geilheit. Ich konnte nicht klar denken. Ich würde es morgen schon bereuen, aber mein Verstand war auf die Rückbank geschubst worden, und mein Körper saß am Steuer. Ich wusste es.

Es war mir egal.

„Beiß mich, Mak. Tu es. Ich brauche dich in mir."

Mit einem Knurren, bei dem sich meine Pussy sehnsüchtig zusammenzog, beugte sich Mak über mich und schmiegte sich an die freigelegte Haut an meinem Hals, Fangzähne voraus. Ich zitterte, mein Atem stockte vor Vorfreude. Lust. Ein Biss, und ich würde kommen, konnte spüren, wie die rasende Not sich in meinem Körper zusammenballte wie eine Feder, die so angespannt war, dass sie beinahe brach.

„Nein." Es war keine Frage diesmal, sondern eine Verweigerung, und ich erstarrte. Verzog das Gesicht. Mein zerbrechliches Herz, das gerade erst wieder zu schlagen begonnen hatte, schlüpfte davon, zurück in die dunkle Ecke, wo ich es vor all den Wochen gelassen hatte, als der Hive mich schnappte. Mich zerbrach.

Ich hatte mich wieder zusammengesetzt, stärker als zuvor. Dann hatte mich die Erde abgewiesen. Die Männer auf diesem Planeten kannten mich nicht, wollten mich gar nicht erst kennenlernen. Sie wollten nur eine Frau, eine heiße, nasse Pussy, jemanden für die Zucht, und ich war die einzige verfügbare Frau.

Ich war ein Narr. Ich hätte der dämlichen Forderung des Gouverneurs, mir einen Gefährten zu suchen, niemals zustimmen sollen. Ich hätte mir Tane nehmen sollen, oder sogar Captain Marz. Die wollten zumindest wirklich mit mir zusammen sein. Wenn ich jemanden ficken musste, dann wollte ich nicht, dass es ein Mann wer, der mich gar nicht wirklich wollte. Eine Partnerschaft? Das war eine völlig andere Stufe. Das wusste ich. Aber während jeder andere Mann in jener Arena mich inzwischen nackt und mit seinem Schwanz vollgestopft unter sich haben würde, fühlte ich mich nach Maks Weigerung, mich zu beißen, dreimal so dämlich dafür, auf mein kleines, angeschlagenes Herz gehört zu haben. Ihn gewählt zu haben.

Es gewagt zu haben, zu hoffen. Andererseits konnte ich ganz schön stur sein. So hatte ich bisher überlebt.

Ich hätte mir den sicheren Hafen aussuchen sollen. Das wurde mir nun klar. Nicht diese große Unbekannte, den Rogue-5-Rebellen und Schmuggler. Kriminellen. Was auch immer. Er war scharf. Ich hätte mit dem Kopf wählen sollen, nicht mit meinen rasenden Hormonen. „Nein?" Ich drückte gegen seine Brust. „Du hast recht. Das hier würde niemals funktionieren. Es tut mir leid."

„Das werde ich nicht tun." Er drückte seinen Körper an meinen, seinen steinharten Schaft spürbar an meinen Bauch gepresst. Ich wand mich hin und her, während sein Geruch mich umspülte. Durch mich durch fuhr. In meinen Kopf eindrang und mich vergessen ließ, worüber zum Teufel wir gerade noch gesprochen hatten.

Ficken. Paarung. Sex. Heißen, nassen, dreckigen, verschwitzten Sex.

„Makarios." Sein Name war ein Flehen um Gnade auf meinen Lippen. Es war alles, was ich im Moment zur Verfügung hatte.

„Ich will dich, Gwendolyn. Ich will dich mit meinem Schwanz füllen. Dir Lust bereiten." Seine Lippen kamen meinen näher, bis sie mit jedem Wort über meine streiften.

„Ja." *Ja. Ja. Ja.* Das wollte ich genauso.

„Aber du hast Nein gesagt. Warum küsst du mich, wenn du mich nicht willst?"

„Oh, ich will dich. Wir beide haben uns darauf geeinigt, zu ficken, aber ich kann dich nicht beißen, Gwen. Es ist nicht möglich. Bitte mich nicht darum." Mak hob seine Lippen von meinen ab und starrte in meine Augen hinunter. Ich sah etwas darin, das mein Herz dazu brachte, auszusetzen. Reue? Schmerz? Es war im nächsten Moment wieder verflogen, aber ich konnte es nicht vergessen, schwor mir, den Grund hinter seinem Schmerz zu ergründen.

Zum Glück besaß ich sturen Stolz, denn es war das einzige, was mich im Moment noch rettete. Also wollte er mich nicht beißen. Ich zuckte gedanklich mit den Schultern. In Ordnung. Ich war also offenbar nicht seine erste Wahl für eine Gefährtin. Auch gut. Ich war ein Narr gewesen, mehr zu erwarten. Mehr zu wollen. Ein dummes kleines Mädchen mit dummen kleinen Träumen. Und ich hatte gedacht, dass der Hive die alle aus mir raus gefoltert hatte.

Überraschung.

„In Ordnung. Du willst mich also nicht beißen. Mir doch egal. Aber wir wollen doch beide von diesem Planeten runter. Wir können uns gegenseitig helfen, Mak. Aber mein Körper braucht..." Meine Stimme verstummte, als sein Blick noch dunkler wurde, die animalische Lust, die ich darin sah, ein weiterer Ansporn für meine eigene Begierde. Mein Herz schmerzte immer noch, aber ich sagte ihm, es sollte verdammt noch mal erwachsen werden, sich zusammenreißen und es verkraften. Ich würde *nicht* vor multiplen Orgasmen mit dem männlichsten, attraktivsten Biest von einem Mann davonlaufen, den ich je gesehen hatte. Einer, der roch wie jede düstere Phantasie, die Wirklichkeit geworden war.

„Ich werde mich um dich kümmern, Frau. Du wirst meinen Namen so oft schreien, dass alle anderen Worte vergessen sind." Sein Blick brannte sich in meinen. „Du wolltest keinen Gefährten, Gwendolyn von der Erde. Ich habe mich aus dem gleichen Grund nicht vom Bräute-

Programm testen lassen. Ich respektiere, dass du mich zum Gefährten gewählt hast, auch wenn die anderen hier das nicht tun. Wir beide werden bekommen, was unsere Körper wollen, und dann werden wir beide frei sein."

„Frei?"

„Du hast den Gouverneur gehört. Dein Abkommen mit ihm. Du wählst einen Gefährten, und dann kannst du wieder auf Missionen gehen. Du hast mich gewählt, und nun wird er dich wieder kämpfen lassen."

„Aber ich muss doch...markiert werden oder so." Ich winkte mit der Hand zwischen uns hin und her.

Er lächelte... ein echtes Lächeln. „Keine Sorge. Noch bevor diese Nacht vorüber ist, wirst du gründlich markiert worden sein. Kein Mann auf diesem Planeten—oder einem anderen—wird in Frage stellen, dass du mir gehörst."

Ich *hasste* diesen Ausdruck. *Mir gehören.* Nein danke. Aber wenn es mir, wie er sagte, wieder Missionen verschaffte, dann würde ich die Zähne zusammenbeißen und es ertragen, diese Alphamännchen-Worte wieder und wieder zu hören. Ich betrachtete ihn. „Und du? Es muss doch um mehr gehen für dich als darum, mit jemandem ins Bett zu steigen."

„Ich nehme an, damit meinst du ficken."

Ich nickte und dachte daran, dass die NPUs in unseren Köpfen nicht alles klar übersetzen konnten.

„Ich habe einen ebenso starken Wunsch, von diesem Planeten runterzukommen, wie du. Ich brauche Freiheit. Und ich werde nicht zurückkehren."

Ich verzog das Gesicht. „Niemals?"

Er kniff die Augen zusammen, und ich sah die Ernsthaftigkeit darin. Er war immer noch erregt, aber ein tieferes Bedürfnis wurde deutlich, noch tiefer als das nach Befriedigung.

„Niemals."

Ich hatte ihm die Sache hier aufgezwungen. Er war höllisch scharf und bereit zum Ficken. Ich sollte begeistert sein. Ein

Abenteuer ohne feste Bindung. Eine Nacht, und dann würden wir beide haben, was wir wollten.

Ich musste mich nur eines fragen: wenn es darum ging, Mak zu ficken, würde mir eine Nacht reichen?

5

wen

„Also gut. Eine Nacht. Wir ziehen uns aus, du markierst mich oder was auch immer den Gouverneur glücklich macht. Aber sobald du weg bist, stehe ich wieder am Anfang. Die anderen gefährtenlosen Männer werden nicht lockerlassen."

Mak knurrte, und Zorn flackerte in seinen Augen bei der Erwähnung der anderen Kerle. Was für ein Höhlenmensch.

„Sie werden dich nicht anfassen, Gwen. Niemals. Bis ich tot bin."

Der Gedanke daran, dass er tot sein könnte, ernüchterte mich schlagartig. „Was? Was redest du da?"

Sein Ausdruck war grimmig, und ich glaubte ihm jedes Wort. „Eine Gefährtin ist heilig. Solange ich lebe, wird dich kein anderer anfassen. Wenn du das hier tust, bist du für immer markiert."

„Keine sexuellen Abenteuer? Keine One-Night-Stands?" Also der Gedanke daran, den Rest meines Lebens enthaltsam zu leben, war so richtig, richtig langweilig, aber das war es auch, für immer auf diesem verdammten Planeten festzusitzen. Gott, war das scheiße. Aber was hatte ich schon für eine Wahl? Ich würde mir um die Sache mit der Enthaltsamkeit später Gedanken machen. Viel später.

„Wohin gehst du?" Das war *nicht* Schmerz in meiner Stimme. Auf gar keinen Fall.

„Ich ziehe herum, Gwen. Ich nehme

mir ein Schiff und ziehe dorthin, wohin die Götter mich treiben."

„Ganz alleine?"

„Außer, du möchtest mit mir mitkommen. Ich stehle uns ein Schiff, das groß genug für uns beide ist, und du kannst mich begleiten."

Beim Gedanken daran machte mein Herz einen Freudensprung, aber der hielt nur ein paar Sekunden an. Dann krachte das blöde Teil wieder geradewegs in die Realität zurück. „Ich kann nicht weg. Es gibt zu viel zu tun, Mak."

Sein Grinsen war voller Bedauern, aber ich sah auch einen Hauch von Bewunderung in seinen Augen. „Zu viele Hive zu töten?"

„Ja." Er verstand. Zumindest bis hierher. Ich konnte mich nicht aus dem Krieg zurückziehen, während die Erde wehrlos war. Während mein altes Aufklärungsteam irgendwo da draußen kämpfte und litt. Starb. Während der Mistkerl, der mir das hier angetan hatte, meinen Körper *modifiziert* hatte, um sein persönlicher Brutkasten zu werden, immer noch irgendwo da draußen war. „Ich laufe nicht weg, Mak. Ich bin kein Pirat oder Schmuggler. Ich kämpfe. Das ist meine Art."

Seine Hüften pressten nach vorne, sein harter Schwanz drückte mich in die Wand, brachte mich zum Brennen. „Selbst, wenn du dabei verletzt wirst, Gwen? Selbst, wenn du stirbst?"

„Selbst, wenn ich sterbe."

Er küsste mich, heftig. So heftig, dass ich zu atmen vergaß. Ich klammerte mich an ihn, bis meine Lungen brannten und mein Körper nach Sauerstoff schrie, bis mein Kopf vor Verlangen schwirrte. Dann zog ich mich zurück. Ließ ihn gehen. Es fiel schwer. Und ich wusste, dass es nach dieser gemeinsamen Nacht morgen nur noch schwerer fallen würde.

„In Ordnung, Mak. Eine Nacht. Kein Beißen. Keine offizielle Besitznahme. Danach kann ich weiter für die Koalition kämpfen, und ich helfe dir mit einem anständigen Schiff von diesem Planeten. Abgemacht?"

Ich streckte ihm eine Hand hin, die er schütteln konnte. Er starrte auf sie hinunter, sichtlich nicht vertraut mit dem Brauch auf der Erde.

Ich keuchte überrascht auf, als er mich wieder in die Arme hob und mich nun beinahe joggend in sein Quartier trug. Diesmal protestierte ich nicht. Ich hielt mich fest und wünschte mir, er würde sich beeilen, mit Erleichterung in meinen Adern. Er wollte mich, und er hatte es eilig damit, mich zu bekommen. Oh, und der dicke, harte Schwanz, der gegen meine Hüfte stieß, war der perfekte Beweis.

Und da es nur eine Nacht war, war ich froh, dass er sich beeilte.

Als die Tür zu seiner Wohnung sich öffnete, sah ich mich kurz darin um. Der gesamte Raum war stahlgrau, mit hier und da einem Tupfer von dunklem, gebranntem Gold. Wie verdunstetes Sonnenlicht, das für immer nachglühte. Die Kissen auf dem Sofa. Streifen in der Bettwäsche. Ein Abschnitt der Wand hatte diese Farbe, und in die Mitte war ein großes, schwarzes Symbol gemalt in einer seltsamen Sprache, die ich noch nie gesehen hatte. Er hatte einen Tisch mit einem einzelnen Stuhl, was mir zugleich eigenartig und traurig vorkam. Die meisten Krieger hatten zwei, auch wenn sie gefährtenlos waren. Mak bekam wohl nicht oft Besuch. Oder wollte keinen. Oder stellte sich nicht darauf ein, lange hier zu bleiben.

Ich blickte auf das riesige Bett, während er mich darauf zu trug und mich auf den Rücken warf. Ich federte von der weichen Matratze ab. Er ragte über mir auf, mit bebender Brust, nicht vor Anstrengung, sondern um Selbstbeherrschung ringend. Ich hatte mir diesen Augenblick ausgemalt, aber war darauf beschränkt gewesen, mir Mak in meinem Quartier vorzustellen, sein Körper halb von meinen blutorangefarbenen Laken verdeckt. Diese Phantasie hatte in all den einsamen Nächten, die ich allein und nackt im Bett verbracht hatte, gut dabei geholfen, mich mit meiner Hand zwischen den Schenkeln zu befriedigen. Aber diese Vorstellungen waren nichts im Vergleich zum Original. Und dabei war er voll angezogen. Mir war es im Moment egal, wo wir waren, solange es eine Tür gab, die wir schließen konnten, Privatsphäre, und wir uns ausziehen konnten. Jetzt sofort.

Und ich würde tausend Dollar wetten, dass seine Laken nach ihm riechen würden, wenn ich mich herumdrehen und meine Nase in seinem Bett vergraben würde.

Er beobachtete mich, schien sich zu sammeln. Aber ich wollte ihn nicht beherrscht sehen. Ich würde schon nicht zerbrechen. Ich war ja nicht gerade menschlich. Zumindest nicht mehr.

Nein. Ich wollte ihn wild. Ich wollte, dass er sich so fühlte wie ich. Ich wollte es schnell und hart und grob.

Ich fasste nach unten und zog mir mit einer fließenden Bewegung das Hemd meiner Uniform aus, entblößte mich von der Taille aufwärts. Mein dunkles Haar fiel in Wellen bis zur Mitte meines Rückens hinunter, und ich strich es nach vorne, neckte ihn.

Sein Blick wanderte über mich, dann sprang er mir entgegen. Ich lachte, rollte mich im letzten Moment unter ihm hinweg und sprang auf ihn, saß rittlings auf seinen Hüften und zerrte an seinem Hemd. Ich zerriss den Stoff quer über seiner Brust, mit einem lustvollen Stöhnen, da sein harter Schaft sich durch meine Uniform-Hose an meinen Kitzler presste. Ich ritt ihn, rieb mich an ihm wie eine Katze, während ich meinen Mund an seine entblößte Haut senkte und ihn kostete. Ihn roch. Gott, er war scharf. Ich saugte einen harten Nippel in meinen Mund, während seine riesigen Hände sich an meine Brüste hoben, sie umfassten, an meinen Nippeln zupften. Ja, nackt. Ich war im Brustbereich nicht besonders üppig ausgestattet und trug nicht gerne BHs. Ich brauchte keinen, besonders, da die eingebaute Panzerung gut dazu diente, dass sich die Nippel nicht durch den Stoff abzeichneten. Meine Pussy wurde von nasser Hitze durchflutet, und ich bäumte mich seinen Händen entgegen, verlangte nach mehr, war noch nie zuvor so froh darüber gewesen, keinen BH zu tragen.

„Gott, ja", stöhnte ich.

Ich hatte schon jahrelang keinen Mann mehr gehabt. Und ein Alien... noch nie. Und es war, als hätte mein Körper all diese Bedürfnisse aufgestaut, all dieses Feuer in einem Druckkochtopf eingeschlossen, der kurz vor der Explosion stand. Ich brauchte das hier. Ich brauchte ihn. Dringend.

Ich biss Mak in die Brust, nicht stark genug, um die Haut zu durchdringen, aber so, dass es eine Herausforderung war. Eine Probe.

Er antwortete mit einem groben Knurren.

Ich flog durch die Luft, verlor die Orientierung, bis ich auf dem Rücken lag und Mak auf mir, zwischen meinen Beinen. Sein Schwanz presste mich in die Matratze, kräftig. Ich streckte die Hüften hoch und schlang meine Beine um seine Schenkel, brauchte mehr. Ich hatte keine Ahnung, was über mich kam, aber ich war wild nach ihm.

„Mach schon. Ich flehe dich an, mach schon", keuchte ich. Bettelte. Zum ersten Mal seit Langem war ich außer Atem. „Ich will dich in mir."

„Nein."

Ich kniff die Augen zusammen. Nein? Nein? Was zum Teufel sollte das, Nein? Ich *brauchte* es.

Warum sagte er immerzu dieses Wort, verdammt? Kein anderer Mann auf diesem Planeten würde so sehr an meinen Nerven zerren wie er.

Ich verlor die Beherrschung und stemmte uns beide vom Bett hoch. Ich schob ihn an, bis sein Rücken an die Wand gedrückt war, gegen das dunkle Symbol, das ich mir später noch genauer ansehen würde. Viel später. Wenn meine Pussy nicht vor Leere schmerzte. Ich presste meine Hand in seine Brust, hielt ihn am Fleck fest, während ich ihm mit der freien Hand die Hose vom Leib riss.

Stiefel. Verdammte Stiefel. Er trug immer noch Stiefel. Aber egal. Es war mir egal, denn sein Schwanz lag nun frei. Und er war riesig. *Riesig.* Prächtig. Dick. Lang. Von einer tief violetten Farbe, mit einer dicken Ader, die an ihm entlang pulsierte. Der dicke Schaft sah nicht so aus, als würde ich ihn mit den Fingern umfassen können, wenn ich ihn packte und streichelte. Die Krone war gefächert, breit, und im Schlitz in der Mitte glitzerte ein Tropfen.

Ich leckte meine Lippen. Der war für mich, und ich war ganz gierig darauf, ihn zu kosten. Zu spüren, wie hart er war, wie weit er meinen Mund dehnen würde. In den Hals würde ich dieses Monster niemals bekommen. Meine Pussy sehnte sich schmerzend danach, von diesem riesigen Kopf geöffnet zu werden, vollgestopft mit jedem Zentimeter.

Aber zuerst musste ich ihn kosten. Gott, und wie. Alle anderen Gedanken verschwanden, als ich auf die Knie fiel und die Spitze in den Mund nahm. Sein Geruch war hier nur noch intensiver, die berauschende und verführerische Mischung, die so einzigartig war, machte mich fast schwindelig. Ich stöhnte. Würde sein Samen so schmecken, wie er roch? Ich saugte. Stärker. Tiefer. Er stöhnte, sagte etwas, aber ich hörte nicht zu. Ich konnte ihn nicht hören, so laut pochte es in meinem Kopf. Ich bestand nur noch aus Begehren. Ich wollte ihn schmecken. Ich wollte seinen Samen in meinem Mund.

Als ich mich zurückzog, um Atem zu schöpfen, bewegte er sich so schnell, dass ich ihn nicht aufhalten konnte. Mit einem Wimpernschlag waren unsere Positionen vertauscht. *Ich* war nun an die Wand gedrückt, seine Hand auf meiner Brust, während er mir die Hose vom Leib riss mit einer Wildheit, die ich unglaublich erregend fand. Ich hatte vielleicht Superhelden-Stärke, aber wenn mir ein Mann zeigte, wie mächtig und voller Lebenskraft er war—und das, während sein stahlharter Schwanz frei lag und von meinem Speichel glänzte—war das unfassbar erotisch für mich.

„Stillhalten." Dieser eine Befehl brachte mich zum Beben, während er sich hinkniete und mir die Stiefel auszog. Ich hielt still, weil ich sie auch ausgezogen haben wollte. Es war unglaublich, was für eine Wirkung seine Dominanz auf mich hatte. Er trat sich seine eigenen Stiefel von den Füßen und zog den Rest seiner Uniform aus, sodass wir nun beide völlig nackt dastanden. Es war das erste Mal, dass jemand—außer den Ärzten nach meiner Ankunft auf der Kolonie—meinen Körper sah, seit ich vom Hive gefangengenommen worden war. Bisher hatte ich immer darauf geachtet, dass ich von langen Ärmeln und Hosen bedeckt war, um zu verbergen, was diese Mistkerle angestellt hatten. Jeder hier hatte Integrationen, aber das hier traf meine Eitelkeit, meine Weiblichkeit, niemanden sie sehen zu lassen. Ich wusste, wenn sie jemand sah, war ich womöglich nicht begehrenswert.

Ich sah mich an Mak satt, sah mir an,

was der Hive ihm angetan hatte. Eine Schulter aus Silber anstatt seiner gebräunten Haut. Eine Hüfte, ein Schenkel und ein Knie aus ähnlichem Material. Kein Wunder, dass er stark war, schnell. Kraftvoll. Als ich meinen Blick zu seinem hob, sah er nicht mich an, nicht in meine Augen. Sein Blick wanderte weiter nach unten, wanderte über meinen gesamten Körper.

Sofort hob ich die Hände, um mich zu bedecken. Ich schämte mich nicht wegen meinen kleinen Brüsten oder meiner Pussy. Nein, ich versuchte, einen Arm mit dem anderen zu bedecken. Aber es waren zu viele Integrationen überall auf meinem Körper, um sie ohne eine Decke verbergen zu können.

Ich versuchte, mich anders zu positionieren, mich zur Seite zu drehen, um so viel wie möglich von mir zu verbergen. Aber seine Handfläche zwischen meinen Brüsten hielt mich am Fleck fest.

„Nein. Versuche nicht, vor mir zu verbergen, was mir gehört, Weib."

„Mak... ich, bitte", flehte ich, nicht ganz sicher, was ich sagen wollte.

Vielleicht war es mein Tonfall, der seinen dunklen Blick auf meinen richtete. Unergründlich dunkel und voller Hitze. Wissen. Gier, irgendwie.

„Ich sehe dich, Gwen."

Ich lachte reumütig. „Nun, tja. Das Licht ist ja an."

Langsam schüttelte er den Kopf.

„Nein, ich sehe *dich*. Was du sonst niemanden sehen lassen willst. Nicht nur deinen Körper. Ich sehe deine Scham, deine Furcht, dass du nicht genug bist. Vielleicht, dass du *zu viel* bist wegen dem, was der Hive dir angetan hat." Er hielt mich reglos fest, während die Stille sich ausdehnte und sein Blick über jeden Zentimeter von mir wanderte. Er nahm sich Zeit. Nichts als Akzeptanz—und Lust—in seinen Augen. „Du bist wunderschön. Perfekt."

Ich schnaubte und spürte, wie meine Wangen rot wurden, fühlte mich mehr bloßgestellt als je zuvor in meinem Leben.

„Sieh auf meinen Schwanz. Du glaubst meinen Worten vielleicht nicht, aber achte auf meinen Schwanz. Er ist steifer als je zuvor—"

„Aber nur, weil er in meinem Mund war", entgegnete ich, aber er ignorierte mich und sprach weiter.

„—und der Lusttropfen, der aus ihm hervorsickert, ist nur für dich. *Sieh ihn dir an.*"

Sein Knurren brachte mich dazu, mein Kinn zu senken, mit den Augen seinen Körper entlang zu streichen bis zu seinem Schwanz. Ja, er war steif. So steif, dass er sich nach oben krümmte und sogar seinen Nabel streifte. Ein Lusttropfen sickerte aus der Eichel hervor, die glänzende Flüssigkeit perlte und glitt an seinem Schaft entlang nach unten, wo sie seine dunklen Locken befeuchtete.

„Ich sehe deine Brüste, deine Muskeln, dein seidiges Haar, diese prallen Lippen. Diese umwerfende Pussy. Aber das hier sehe ich auch."

Er strich mir mit der Rückseite seiner

Finger über den Bizeps, oder was der Hive aus meinem Bizeps gemacht hatte. Ich hätte natürlich nicht einmal etwas Lustvolles spüren sollen, da dieser Teil von mir gänzlich aus biosynthetischen Metallteilen und Integrationen bestand, aber ich *spürte* dennoch. Die Hive-Integrationen waren fortgeschritten, und das Gewebe hier war nun sogar noch empfindsamer als normale Haut. Seine Berührung war wie eine Flamme, machte mich heiß. Hungrig. Ich wollte mehr. Ich wollte, dass er mich überall anfasste. Jeder einzelne Teil von mir wollte ihn. Mensch. Cyborg. Frau.

„Und das hier. Kein Wunder, dass du wieder in den Kampf gegen diese Scheißer zurück willst. Du kannst das, was sie mit dir getan haben, gegen sie verwenden."

Seine Hände glitten höher über meine Schulter, wo die silbrige Haut zu seiner passte, dann tiefer über meinen Bauch—der zum Glück unverändert war—bis zu meinem Schenkel. „All diese Kraft."

Er fiel vor mir auf die Knie und strich mir über das Cyborg-Knie, die Wade und den Fußrücken. Er ging zum anderen Fuß über und arbeitete sich nach oben vor, bis seine Finger über meiner Pussy schwebten. Ich hielt den Atem an.

„Aber nicht das", sagte er leise, beinahe ehrfürchtig. „Nein, das hier ist ganz Frau."

Er irrte sich. Es gab keinen Zentimeter an meinem Körper, an dem der Hive nicht rumexperimentiert hatte, den er nicht auf die eine oder andere Weise verändert hatte.

Aber als er tief Luft holte, wurde ich wieder rot, wusste, dass er meine Erregung riechen konnte, meine Gier nach ihm, die aus mir heraus sickerte und die Innenseite meiner Schenkel benetzte. Das konnte er auf keinen Fall verpassen.

„Ganz meins."

Und dann senkte er den Kopf und leckte an meiner Spalte entlang, mit einem langen, langsamen Zug.

Ich stöhnte, meine Finger griffen in sein Haar und ich vergaß, dass ich nur für diese eine Nacht ihm gehörte. Danach würden wir beide frei sein.

Meine Gedanken verflogen, bis ich a

nichts anderes denken konnte als Mak und seine geschickte Zunge an meinem Kitzler. Er stöhnte, und die Vibration seiner Stimme brachte mich beinahe zum Kommen. Ja. Genau. So. Er nutzte meine Ablenkung aus, stand auf und hob mich vom Boden, bis meine Hüften auf seiner Schulterhöhe waren, und das alles in einer einzelnen, geschmeidigen Bewegung. Es schien Vorzüge zu haben, teils Cyborg zu sein. „Leg deine Beine über meine Schultern", befahl er.

Ich tat, wie geheißen, presste meinen Rücken gegen die Wand und rückte mich zurecht, begierig auf das, was kommen würde. Seine Worte von vorhin hallten in meinem Gedächtnis wie eine kaputte Schallplatte. *Ich will dich. Ich will dich ficken, mit meinem Samen füllen. Dich verzehren. Deine Pussy verschlingen und dich dazu bringen, meinen Namen zu schreien.*

Nun, er hatte eine Kostprobe von meiner Pussy gehabt, und wenn er noch länger auf den Knien geblieben wäre, hätte ich bestimmt bald seinen Namen geschrien. Auf dem Fleck festgenagelt, mit dem Rücken zur Wand, ruhte mein rechtes Bein auf seiner Schulter, während er seine Hand einsetzte, um meinen linken Schenkel weit zur Seite zu drücken, mein linkes Bein hochzuhalten und mich für seine Begutachtung zu spreizen.

Für Normalsterbliche wäre diese Position unhaltbar, aber da wir beide zum Teil Cyborgs waren, stark und kräftig, wie der Hive es vorgesehen hatte, war es einfach. Und verdammt scharf.

Die kühle Luft traf auf die heißen, geschwollenen Furchen meiner nassen Pussy, und ich streckte lustvoll den Rücken durch, als er mir sanft über meine Mitte pustete. Mit mir spielte und mich damit lockte, was er mit mir anstellen konnte.

Scheiße.

„Bitte. Tu es. Gott, bitte."

Er grinste, als ich meine Finger wieder in seinem Haar vergrub und mich vergeblich bemühte, seinen Mund wieder an meine Pussy zu zwingen. Er war reglos. Ich schlang meine Hände um seinen Kopf und zerrte daran. Kräftig. Er war sogar noch stärker, als ich dachte. Er rührte sich nicht. Keinen Zentimeter. Es war, als versuchte ich, einen Berg zu bewegen. Ich konnte nicht bekommen, was ich wollte. Konnte ihn nicht aus seiner Position zwingen. Ich war ihm ausgeliefert. Jemandem, der stärker war als ich. Sich meine Forderungen nicht aufzwingen lassen würde. Und doch erkannte ich an seinem Lächeln, dass er mir genau das geben würde, was ich wollte... aber nach seinen Regeln. Und bei dem Gedanken daran wurde ich so scharf, dass ich meine nasse Hitze über meinen Hintern und meine Schenkel tropfen fühlte.

„Mak. Gott. Bitte."

„Das ist das dritte Mal, dass du mich anflehst, dich zu berühren. Es wird nicht das letzte Mal sein."

Ich öffnete meinen Mund, um zu widersprechen, aber er schob mir zwei Finger tief in meine Pussy, spielte mit mir, spreizte mich auf, während seine starken Lippen sich auf meinen Kitzler stürzten. Und ich war verloren. Gab auf. Diese gnadenlose Selbstbeherrschung, die ich versucht hatte? Fort. Von Mak in Stücke gerissen. Ich hatte tatsächlich gebettelt. Gefleht. Und er hatte nicht gelacht, mich deswegen nicht als *verachtet*. Es hatte ihm sogar gefallen. Er wollte es. Er hatte recht, er sah Dinge in mir, die sonst niemand sah. Ich war entblößt, verletzlich und ihm ausgeliefert, und nicht nur, weil sein Gesicht in meiner Pussy steckte.

Schon allein, dass er mich gleich nur mit seinen Fingern und seinem Mund zum Kommen bringen würde, bewies, dass er eine Kontrolle über mich ausübte, die ich mir nie hätte vorstellen können. Und ich wollte, dass es niemals aufhörte.

6

Mak

Ich verspürte das heftige Bedürfnis, Gwen zu ficken. Hart. Ficken, bis das Bett durchbrach, bis die Wand einstürzte. Und das würden wir auch. Mein Schwanz verlangte danach. Meine Giftzähne... nun, meine Giftzähne würden der einzige Teil von mir sein, der heute nicht befriedigt werden würde. Oder überhaupt jemals.

Aber *meine* Befriedigung war nicht meine höchste Priorität. Nein. Es ging mir darum Gwen zum Schreien zu bringen, zu spüren, wie ihre Muskeln sich anspannten, ihre Schenkel sich um meine Ohren klammerten, wenn ich sie zum Kommen brachte. Wenn ich jedes Bisschen ihrer süßen, klebrigen Essenz aufleckte. Nur ein Hauch ihres erregten Duftes, und nur eine Kostprobe davon auf meiner Zunge, und ich hatte Heißhunger danach.

Der Beweis ihres Verlangens nach mir brachte meine Eier zum Schmerzen vor Begierde, mich tief in ihr zu entleeren. Mein Schwanz schwoll mehr und mehr an. Ich erkannte die Veränderung, die Verwandlung meines Schwanzes für die Paarung, um Gwens Pussy tief zu füllen, sich darin zu verankern und dort zu verweilen. Ich hatte es zuvor noch nie erlebt, diesen besitzergreifenden Drang, sie auf die primitivste Art zu nehmen. Das war schwieriger zu unterdrücken als meine Giftzähne, aber irgendwie wusste ich, dass ohne den Biss die Verankerung nicht stattfinden würde. Oh, sie würde meinen riesigen Schwanz reiten, aber ich würde nicht tief in ihr verweilen. Es würde nicht—konnte nicht—passieren. Mein Körper würde es nicht zulassen, und auch mein Verstand nicht.

Gwen gehörte vielleicht mir, um sie zu ficken, aber nicht, um sie zu behalten. Besonders, da wir uns nur auf diese eine Nacht geeinigt hatten. Sie würde meinen Geruch annehmen, wieder auf Missionen geschickt werden, wo sie hingehörte, und ich konnte die verdammte Kolonie hinter mir lassen.

Und doch fiel es schwer, über morgen nachzudenken und darüber, in einem anderen Sektor des Universums zu sein, während sie sich jetzt gerade in meinem Haar verkrallte, sich so wunderschön der Leidenschaft in ihrem Inneren hingab. Sie war atemberaubend. Ich wollte es sehen. Das Wissen, dass ich ihr das gab, war berauschend. Scheiße, es verursachte mir Herzrasen. Ein unvergesslicher Anblick.

Ich wusste, dass sie sich noch niemandem so hingegeben hatte. Sie verhielt sich nicht wie eine Jungfrau, und das hatte ich auch nicht erwartet, aber diese leidenschaftliche Natur war gerade erst in ihr erwacht. Für mich, und mich alleine. Niemand vor mir hatte sie je in diesem Zustand erlebt. Nein, sie war unerbittlich intensiv. Ebenso tiefsinnig, so intensiv und so wild wie ich. Ich sah es, denn ich verspürte es in mir selbst. Ihren Drang, zu entkommen, selbst ihrer eigenen Haut.

Und in diesem Moment dachte sie an gar nichts. Nicht daran, wie sie gezwungen worden war, sich einen Gefährten zu wählen, nicht an ihren Drang, auf Missionen zu gehen, nicht an Tatsache, dass sie nun mehr als menschlich war. Den Hive. Die Kolonie. Ihre Aufgabe als Leutnant. Alles war aus ihrem Kopf verflogen, alles außer mir.

Sie durfte einfach nur eine Frau sein, die sich meinen Fingern hingab, meinem Mund... und schon bald, sobald sie mir übers ganze Gesicht gekommen war, meinem Schwanz.

Als ich ihre Muskeln beben spürte, den warmen Fluss ihrer Not auf meiner Zunge schmeckte, ihren Kitzler anschwellen fühlte, wusste ich, dass sie knapp davor war. Und als sie ihren Rücken durchstreckte, ihre Schultern in die Wand drückte mit der Intensität ihres Orgasmus, war sie perfekt.

Gwen. In Lust versunken.

In diesem Augenblick, während sie mir praktisch die Haare an den Wurzeln ausriss und ihre Erlösung hinausschrie, verstand ich. Warum der Gouverneur von Rachel besessen war. Warum Tyran und sein Sekundär Kristin so heiß begehrten. Warum sie alles für ihre Gefährtin tun würden. Warum sie ihre Eier abgegeben hatten, sobald ihre Frauen über Transport von der Erde hier eingetroffen waren, und warum sie das mit Freuden so beibehielten.

Wie besitzergreifend sie waren.

Wie beschützerisch.

Ihren Drang. Besessenheit. Begehren. Zuneigung. Blinde Liebe.

Niemand sonst würde Gwen so sehen. Niemals. Dieses... Feuer gehörte mir. Obwohl ich es war, der sie zum Kommen gebracht hatte, war sie es gewesen, die sich mir anvertraute, ihre Hemmungen fallenließ, ihre Ängste...alles. Für mich.

Ich wusste, dass ihr das schwergefallen war, scheinbar unmöglich als die einzige integrierte Erdenfrau auf dem Planeten. Verdammt, derzeit die einzige Frau auf dem Planeten, die keinen Gefährten hatte.

Damit war jetzt Schluss. Auf. Keinen. Fall.

Diese Pussy, ihr nasses, heißes, rosiges Fleisch gehörte mir. Der würzige, süße Geschmack würde nur auf meiner Zunge verweilen. Ihr Geruch würde über mein ganzes Gesicht verbreitete sein, mein Kinn, meinen Schwanz. Jeder Mann, der mir nahekam, würde sie riechen, würde wissen, dass ich das, was sie mir so freigiebig geboten hatte, angenommen hatte, selbst, nachdem ich fort war.

Hätte ich gewusst, dass es so sein würde, wäre ich unter den Narren gewesen, die versuchten, sie in jener Arena für sich zu gewinnen, alleine schon für diese Nacht. Ich hätte getötet, um sie zu besitzen. Nun wusste ich, dass ich töten würde, um sie zu beschützen. Und mit meinem Samen an ihr, der sie markierte, würde sie beschützt sein, lange, nachdem ich fort war.

Als sie schlaff und gesättigt zwischen mir und der nun mit einer Delle versehenen Wand hing, flatterten ihre Augen auf.

„Mehr", knurrte sie, ihre großen Augen waren voller Feuer.

Ich hatte ihr vielleicht ein schönes Gefühl geschenkt, aber sie war noch lange nicht mit mir fertig. Noch *lange* nicht. Sie würde nicht nur meinen Geruch an sich tragen, der jeden Mann auf dem Planeten darüber informieren würde, wem sie gehörte, ich würde auch ihre Pussy füllen, bis sie Heißhunger auf mich hatte. Mich brauchte. Nur mich.

Ich stellte sie auf die Füße und stütze mich an der Wand ab, lehnte mich vor, bis wir auf Augenhöhe waren. Ihre Wangen waren ebenso rosig wie ihre Pussy. Ihr Haar war wild zerzaust und klebte an ihren verschwitzten Schläfen. Sie war außer Atem— was sie nicht gewesen war, nachdem sie

Prillonen durch die Arena geschleudert hatte. Sie war... atemberaubend.

„Wir sind noch nicht fertig", sagte ich zustimmend.

Mit dem Handrücken meiner freien Hand wischte ich mir über den Mund, dann leckte ich meine Lippen. „Ich bin markiert. Du bist dran."

Mit ihren neuen Blitzreflexen war mein Schwanz in ihrer Faust und sie pumpte daran, bevor ich blinzeln konnte. Meine Hüften zuckten unwillkürlich, als sie mich so fest drückte, so geschmeidig streichelte. Ein Stöhnen entfuhr meiner Kehle, und ich klatschte eine Hand gegen die Wand. Scheiße. *Verdammte Scheiße!* Es fühlte sich so gut an. So verdammt gut, dass ich mich darin fallen ließ, in ihr. Nur ein paar Sekunden lang, dann öffnete ich die Augen und sah sie an.

Sah, wie sie auf meinen Schwanz hinunter blickte, wie ihre Hände mich bearbeiteten. Mit Präzision, gnadenlos. Intensiv. Oh nein. Mist. Verdammte Scheiße!

„Nein", zischte ich, zuckte mit den Hüften

nach hinten und entzog so meinen Schwanz aus ihrem Griff.

Ihre Augen blitzten zu meinen hoch. „Was ist los?" Sie leckte sich über die Lippen. „Ich weiß, dass du kurz davor bist, du bist in meiner Hand gewachsen."

Jeder Mann würde verdammt noch mal in ihrer Hand wachsen, wenn er so kunstvoll gestreichelt würde.

„Heilige Scheiße, wird der immer so groß?", fragte sie, die Augen wieder auf meinen Schwanz gerichtet. Ich blickte zwischen uns hinunter und sah, dass er größer war als je zuvor. Ja, der Paarungsinstinkt ließ mich wachsen, und auf keinen Fall würde er so wieder in meine Hose hinein passen.

„Bei dir. Immer", antwortete ich. Das war die Wahrheit. Bis die wahre Besitznahme vollkommen war, würde meine Gefährtin die Freuden eines forsianischen Schwanzes kennenlernen. Und sollte die wahre Besitznahme stattfinden, würde sie nicht von ihm befreit sein, bis der biologische Drang, zu ficken, sich zu paaren, sich fortzupflanzen, erledigt war. Und das würde Stunden in Anspruch nehmen, und eine obszöne Menge an Samen, der ihre Pussy füllte.

„Du darfst mich zum Höhepunkt bringen...dieses eine Mal", fügte ich hinzu, als sie den Mund öffnete, um zu sprechen. „Damit mein Duft an dir haftet. Scheiße, es wird so scharf sein, dir zuzusehen, wie du ihn über deinen ganzen Körper verstreichst, und zu wissen, dass du mir gehörst."

„Ich gehöre ni—"

Ich fesselte sie mit einem düsteren Blick.

„Du gehörst mir. Seit dem Moment, in dem du *meinen* Namen gerufen hast, gehörst du mir. Frag den Gouverneur. Frag jeden auf diesem Planeten. Selbst die anderen Frauen von der Erde. Du gehörst mir, aber ich werde deine Wünsche respektieren. Unsere Abmachung. Ich werde dich nicht beißen, dich nicht in eine Partnerschaft zwingen, die du nicht wünscht, aber ich *werde* dich ficken, bevor dieser Tag vorüber ist. Verdammt, bevor diese Stunde verstrichen ist. Ich verspreche dir, ich werde hart und bereit für dich sein, über dir und zwischen diesen festen Schenkeln niedergelassen. Tief in dich sinken. Jederzeit hart."

Ihr Blick fiel auf meinen Schwanz, und ich spürte, wie ein Spritzer Lusttropfen aus der Spitze trat. Ich sprach die Wahrheit. Die ersten Stufen des Paarungs-Schwanzes waren eingetreten, sobald sie meinen Namen ausgerufen hatte. Er würde sich nun nicht wieder vollständig zurückbilden, bis ich sie in Besitz genommen hatte. Vielleicht würde er sich verringern, wenn ich an die Hive-Torturen dachte, aber ganz bestimmt nicht, solange sie in meiner Nähe war. Solange ich ihren weiblichen Duft riechen konnte. Ihre Not. Und sobald sie erst markiert war, wenn unsere Gerüche miteinander vermengt waren... verdammt. Das machte mich nur noch geiler.

„Dieses erste Mal kann durch deine Hand stattfinden, gleich hier an dieser Wand. Aber eines musst du wissen, Gwen, ich werde schon bald genug bis zu den Eiern in dir stecken."

Hitze flackerte in ihren dunklen Augen auf, und ihr Blick fiel wieder auf meinen Schwanz. Sie beugte sich vor und leckte mit der Zunge über die Spitze. „Du überlässt mir die Kontrolle?"

Tat ich das? Würde ich stillstehen und ihr gestatten, dass sie mich bis zum Ende bearbeitete? Wenn es sich so anfühlte wie das, was sie bisher getan hatte, dann Scheiße, ja. Aber danach... wenn ich sie erst unter mir hatte? Dann würde sie meine Dominanz zu spüren bekommen. „Vorerst."

Sie schüttelte den Kopf.

„Nein?", fragte ich.

„Wenn ich die Kontrolle habe, dann will ich es nicht auf diese Art."

Ich zog eine Braue hoch und sah, wie sich einer ihrer Mundwinkel herausfordernd anhob.

„Ach?"

Ihre Hände drückten gegen meine Schultern, und ich wurde zurück aufs Bett gestoßen. Ich federte ab, aber der Bettrahmen brach unter mir zusammen und die Matratze plumpste lautstark einen halben Meter tiefer.

Unbekleidet und ausgesprochen selbstzufrieden stakste sie auf mich zu. Nackt und prachtvoll. „Wenn ich die Kontrolle habe, dann gehe ich mit diesem riesigen Schwanz auf einen Ausritt."

Oh verdammt, ja.

„Halt dich am Kopfteil fest."

Ich senkte den Kopf, warf ihr einen strengen Blick zu, aber ich vergaß völlig, dass ich nicht gern rumkommandiert wurde, als sie ein Knie auf die Matratze setzte und auf mich zu kroch.

Nackt.

Ihre kleinen Brüste wölbten sich perfekt unter ihr, mit dunklen, rosigen, harten Spitzen, die sich dem Bett entgegenstreckten, und ihr langes Haar fiel ihr über die Schultern. Die breiten Hüften wogten mit jedem Schritt, den sie sich näherte. Ein Raubtier, und ich war ihre verdammte Beute.

Oh verdammt, ja. Damit konnte ich gut leben.

Ich blickte hoch und packte das Kopfteil. Ich wusste, dass es in Stücke brechen würde, bevor wir fertig waren. Meine Finger griffen um die Metallstangen und packten fest zu.

Sie kroch auf mir hoch, bis sie auf mir saß, ihre Knie zu beiden Seiten meiner Hüften. Ich war groß, so groß, dass sie weit gespreizt war, und ihre Pussy ruhte direkt auf meinem Bauch. Mein Schwanz stupste gegen die Spalte in ihrem Hintern, und während ich mich mit aller Kraft festklammerte, zuckten meine Hüften unwillkürlich hoch und strichen meinen Lusttropfen über ihren umwerfenden Hintern, als wüsste er, dass er schon bald auch da drinnen sein würde, nicht nur in ihrer Pussy.

Ihr Begehren schmierte sich über meinen Bauch und ich wusste, dass ich zwar riesig war, aber ihre Höhle gut auf mich vorbereitet.

„Ich kann nicht glauben, dass ich dich

hier vor mir habe, mir so ausgeliefert", flüsterte sie und betrachtete mich eingehend.

„Das glaubst du also immer noch?", entgegnete ich.

Sie legte den Kopf schief und sah mich an mich. Ich sah zu, wie ihr dunkles Haar über ihre Schulter fiel. „Ich glaube, du überlässt mir die Kontrolle." Sie stockte. „Und dass, sobald ich an der Reihe war, du dran bist."

„Ich sagte dir schon, dass du mir gehörst. Ich werde es dir beweisen, bevor wir diesen Raum verlassen."

„Du meinst dieses Bett?", fragte sie.

Ich hob die Hüften, strich mit meinem Schwanz wieder über ihren Hintern. „Du hast mehr Phantasie als das, da bin ich mir sicher. Wir werden unser Ficken nicht auf ein Bett beschränken. Ich werde dir geben, was du brauchst. Jederzeit. Und überall."

Sie räkelte sich über mir. „Und was brauchst du?"

„Willst du reden, während du mich so ans Bett genagelt hast, oder willst du ficken?"

Ihre Augen wurden groß, dann kniff sie sie zusammen, bevor sie sich auf den Knien aufrichtete und über mir aufragte. Sie rutschte zurück, sodass die breite Eichel meines Schwanzes an ihren schlüpfrigen Eingang gelegt war, blickte mir in die Augen und hielt den Blickkontakt, während sie sich langsam an mir hinunter arbeitete.

Sie keuchte auf, als mein harter Schaft sie zu dehnen begann, als die Krone sie durchbrach. Sie hob sich wieder hoch, ließ nach, dann drückte sie wieder nach unten. Ein paar Zentimeter, dann wieder zurück. Tiefer, ein Zentimeter mehr, dann zurück. Sie fickte sich selbst langsam auf mich drauf.

„Scheiße, Mak", keuchte sie, kreiste die Hüften, nahm mehr und mehr von mir auf. „Hörst du irgendwann auf?"

Es dauerte eine Weile, bis sie gänzlich auf meinem Schoß saß, einen riesigen Schwanz tief in sich hatte. Bis dahin knirschten meine Zähne, und meine Backenzähne waren geradezu zu Staub zerrieben. Das Metall des Kopfteils war von meinem Griff verbogen, und meine Selbstbeherrschung stand kurz vor dem Zerreißen. Ich würde ihr das hier schenken. Aber nur, wenn sie sich verdammt nochmal bald bewegte. Meine Eier brannten danach, sie zu füllen. Meine Giftzähne sehnten sich danach, hervorzutreten. Jede Faser meines Wesens wollte, dass sie sich bewegte, sich an mir fickte. Und als sie genau das tat, mir die Hände auf die Brust legte und sich hob und senkte, da stöhnte ich. Sie war ein Anblick für Götter. Wie sie sich in die Lippe biss und die Augen schloss, sich der Lust hingab, mich in ihr zu spüren. Ihre Brüste waren zwar klein, aber sie wippten leicht mit ihren Bewegungen. Ihre Taille war schmal, ihre Hüften breit. Ihr Hintern, verdammt, ich wollte ihn mit meinen Händen packen und mich daran festhalten. Und die Hive-Integrationen, die silbrigen Hinweise auf ihre neue Stärke, erinnerten mich nur daran, wie ich sie—einmal mehr—auf die Frau in ihrem Inneren konzentrieren konnte.

„Ich-ich kann so nicht kommen. Ich brauche mehr."

Ich sah den Frust in ihrem Gesicht, gemischt mit ihrer Erregung.

„Berühre dich selbst. Oh ja. Ja. Leg die Finger auf diese harte, kleine Perle und reibe sie. Zeig mir, was sich für dich gut anfühlt. Reite meinen Schwanz und bring dich selbst zum Kommen. Ich verspreche dir, wenn es soweit ist, wird deine Pussy den Samen direkt aus meinen Eiern saugen."

Vielleicht waren es meine dunklen Worte. Vielleicht war es das Wissen, dass ich hier bei ihr war, jedenfalls bewegte sie eine Hand zwischen uns und begann, mit sich zu spielen. Sich zu umkreisen und zu drücken, während sie mich schneller fickte, härter.

Die Kombination brachte ihre Innenwände dazu, sich zusammenzuziehen, mich zu drücken. Durch ihr Keuchen hindurch konnte ich nichts hören als die Laute ihrer Erregung.

„Mak!", schrie sie und kam auf mir.

Da kam ich auch, und ihre Pussy saugte mir den Samen aus, wie ich vorausgesehen hatte. Ich konnte es nicht zurückhalten. Keine Chance. Die Lust war intensiv, das Gefühl ihrer nassen Hitze zu viel. Sie war einfach zu perfekt.

Die Stäbe des Kopfteils brachen ab, und ich hatte sie auf den Rücken geworfen, meinen Schwanz immer noch tief in ihr, und unser Orgasmus zog sich länger und länger hin. Ich hörte nicht auf, sondern fickte sie kräftig, trieb uns beide zu einem weiteren Höhepunkt.

Bei allen Höllen, ich war noch nicht fertig. Es war nicht der Paarungs-Schwanz, der mich tief in ihr hielt. Es war dieses Verlangen, diese Besessenheit mit Gwen. Ich brauchte es. Ich brauchte sie.

„Mehr", knurrte ich, ein Echo ihrer Worte von vorhin.

Als ihre Augen sich öffneten, lächelte sie. Ihre Hände glitten an meinen Seiten hinunter und zu meinem Hintern, zogen mich näher an sich—wenn das möglich war.

„Mehr", wiederholte sie.

Es würde außer Frage stehen, wenn wir am Morgen zu unserer Missions-Besprechung erscheinen würden, dass Gwen markiert und genommen worden war. Es war gar nicht notwendig, sie mit meinem Biss in Besitz zu nehmen.

Als sie sich in meinen Rücken krallte, ihr Körper bebte, als ein weiterer Orgasmus durch sie fuhr, ihre Pussy um meinen Schwanz herum pulsierte und zuckte wie eine heiße Faust, da erwachte das Hyperion-Biest. Ich konnte meine Giftzähne nicht zurückhalten, und der Drang, sie zu beißen, war so stark, dass ich die Zähne in die Matratze versenkte, während ich meinen Samen erneut in sie pumpte.

In dem Moment war ich nicht zurechnungsfähig. Das wusste ich. Aber das Biest in mir machte sich nichts aus Regeln oder Versprechungen oder Ehre. Das Biest *wollte* einfach nur.

Gwen gehörte mir. Zum Ficken. Zum Beschützen. Zum Berühren und Streicheln und Verwöhnen. Niemand würde sie verdammt nochmal ansehen, wenn er weiter atmen wollte.

„Mak." Gwens Schrei war süße Folter, als sie die Hüften unter mir anhob, die Knöchel in meinem Rücken kreuzte und uns mit ihrer gewaltigen Kraft beide vom Bett hoch hob, meinen Schwanz tief in sich hinein schob, mehr forderte.

Ich gab es ihr. Ich gab ihr alles, was ich hatte.

Und das Biest heulte vor Schmerz. Sein endgültiger Besitz blieb ihm verwehrt. Und dank unserer Abmachung blieb ihm auch alles andere verwehrt, außer dieser Moment. Denn diese Nacht würde alles sein, was wir bekamen.

7

Gwen, Missions-Besprechungsraum, Basis 3

GOUVERNEUR RONE SAß in einem der großen Stühle, die im Kreis um den Tisch standen, und verschränkte die Arme. Er war sichtlich höchst zufrieden mit sich selbst. Selbstgefällig gar, darüber, dass er mir einen Gefährten verpasst hatte. Und für ihn hieß das: gezähmt. Unter Kontrolle.

Kotzbrocken.

Aber ich konnte ihm auch nicht gerade

böse sein, nicht nach der Nacht, die ich hinter mir hatte. Mak saß neben mir, sein Geruch in meine Haut geprägt, meine Pussy heiß und sehnsüchtig und sehr, sehr hungrig nach mehr. Ich *war* ein wenig gezähmt. Wer wäre das nicht, nach einer wilden Nacht wie unserer?

Mak war ein unglaublicher Liebhaber. Gott, ich hatte aufgehört, die Orgasmen zu zählen, die er meinem Körper entlockt hatte. Und er hatte sich von meiner Cyborg-Kraft nicht verschrecken lassen. Es gab einen Moment in der letzten Nacht, in dem ich ihn gegen die Wand gedrückt und in den Mund genommen hatte, bis er über meinen ganzen Körper gekommen war. Aber mir wurde klar, dass er sich nicht gerade gewehrt hätte. Nicht so, wie er gestöhnt und meinen Kopf festgehalten hatte, bis zur letzten Sekunde, als er sich herauszog und mich vollspritzte. Der Mann hatte so viel Samen in sich, als hätte er ihn eigens jahrelang aufgespart. Wir waren in der Duschkabine gewesen und ich hatte mir seine Essenz über die Haut gerieben, nur um zuzusehen, wie seine Augen sich in mich brannten, wie sie es auch jetzt taten. Als das Wasser alles weggewaschen hatte, knurrte er, mit ausgefahrenen Fangzähnen, hob mich von den Knien hoch und drückte meinen Rücken in die Wand, fickte mich im Stehen, während das Wasser über uns beide hinunterlief.

Es war höchst erotisch gewesen. So sexy, wie ich noch nie zuvor etwas erlebt hatte. Bisher.

Ich wollte mehr. Aber das würde ich nicht bekommen, und meine Pussy war nicht gerade erfreut darüber. Bisher war das für mich noch nie ein Problem gewesen, aber im Moment war ich abgelenkt davon, wie geil ich war. Und das war schlecht.

Maks Arm lag auf der Lehne meines Stuhls. Ich hätte protestieren sollen, aber da ich buchstäblich die Minuten zählte, bis wir auf unsere Mission aufbrechen würden und er mich verlassen würde, lehnte ich mich stattdessen an ihn und saugte alles auf, was ich noch konnte. Ich war nicht in ihn verliebt oder irgendetwas in die Richtung, mein Herz sehnte sich nicht danach, dass er blieb. Aber meine Pussy? Die war Hals über Kopf in Lust verfallen, und wollte mehr.

Pech gehabt, meine Liebe. Das bekommst du nicht. Werde damit fertig.

„Die Atmosphäre dieses Mondes ist hochgiftig. Sichtweite so gut wie Null, die Luft besteht aus einem weißen Säurenebel. Ihr werdet volle Weltraum-Ausrüstung brauchen und auf alles vorbereitet sein müssen." Der Gouverneur zeigte auf eine kleine Stelle auf der Landkarte des Mondes, auf den wir es abgesehen hatten. Eine Hive-Funkübertragung war auf diesem Mond erfasst worden, und hatte die Oberfläche der Kolonie erreicht. Was bedeutete, dass der Hive direkt über unseren Köpfen eine Art Basis hatte, ein Schiff oder eine Kommunikations-Zentrale.

Beim Gedanken daran wollte ich aus der Haut fahren, denn das hieß, dass sie gezielt diesen Planeten im Visier hatten. Und wenn sie den Planeten im Visier hatten, dann hieß das, dass sie hierher kommen könnten. Eine Invasion. Uns gefangen nehmen. Ein weiteres Mal.

Captain Marz führte die Mission an, und es fiel mir schwer, ihm nach dem Drama in der Arena am Vortag in die Augen zu blicken. Aber ich tat es. Ich funkelte ihn an, genauer gesagt, noch nicht ganz dazu bereit, ihm zu vergeben. Aber ich hörte zu, wenn er sprach, denn er hielt nicht an der Vergangenheit fest, also würde ich das auch nicht tun. Und ich würde ihm in eine Mission folgen, weil, nun, weil ich auf eine verdammte Mission wollte, aber auch, weil ich ihn als Kämpfer respektierte. Ich würde nicht zulassen, dass uns ein dämliches Alien-Paarungsritual den Job vermieste.

„Wir nehmen zwei Schiffe und lassen unsere Scans überlappen. Wenn einer von uns einen Treffer abbekommt oder in ein Gefecht verwickelt wird, muss der andere vor allem anderen die Hive-Kommunikation stören. Das ist oberste Priorität. Die verdammte Hive-Kommunikation ausschalten."

„Verstanden." Ich konnte es nicht erwarten, hochzugehen und dem Hive in den Arsch zu treten. Ich hoffte, dass Captain Marz und sein prillonischer Freund Vance die Kommunikationseinrichtung fanden, denn ich wollte den Hive-Ärschen Angesicht zu Angesicht gegenübertreten. Und sie vernichten. Vielleicht ein, zwei Arme ausreißen.

Ich hätte eigentlich erschöpft davon sein sollen, dass ich die halbe Nacht wach gewesen war und gefickt hatte, aber stattdessen war ich voller Energie.

„Ich gehe mit Leutnant Fernandez." Der Trion-Krieger, der neben dem Gouverneur saß und diese Worte sprach, war mir nicht bekannt. Aber es war mir egal. Er war irrelevant. Mak und ich hatten einen Plan, eine Abmachung. Er hatte mir gegeben, was ich wollte, seinen Duft auf meinem ganzen Körper und mehr Orgasmen, als ich zählen konnte. Außerdem war ich hier für eine Missionsbesprechung, ganz darauf vorbereitet, hinauszuziehen und Hive zu vermöbeln. Und wie versprochen behandelte mich jeder Mann auf der Kolonie, dem ich begegnet war, seit wir Maks Quartier verlassen hatten, als wäre ich nicht interessanter als jedes andere Mitglied der Verseuchten. Sie hielten Maks Besitzanspruch in Ehren. Ich wollte nur nicht allzu stark darüber nachzudenken, wie sie es auf ihre Alien-Art fertigbrachten, seinen Samen an mir zu riechen—selbst, nachdem ich ihn von mir gewaschen hatte.

Was unsere Abmachung betraf? Ich würde mich daran halten, was für mich bedeutete, dass ich mein Versprechen jetzt einlösen musste. Ich blickte zu Mak hoch, nickte ihm zu, dass er gehen konnte, dass wir uns immer noch einig waren.

Eine Abmachung war eine Abmachung, egal, wie scheiße es sich anfühlte und meinen hungrigen Körper zum Weinen brachte. Eine Nacht war nicht genug, und ich hatte den dummen Verdacht, dass alle anderen Männer für mich nun verdorben waren—auch wenn sie sich ohnehin nicht mehr in meine Nähe wagen würden, solange Maks Geruch an mir haftete.

„Ich werde meine Gefährtin begleiten", sagte Mak und schoss dem Trion-Kämpfer einen tödlichen Blick zu. „Ich werde für ihre Sicherheit sorgen. Ich traue diesen Schwächlingen nicht zu, ihren Schutz zu gewährleisten." Mak verkündete das mit kalter, ruhiger Stimme, die lauter sprach als ein Schrei es könnte.

Der Trione blickte hilfesuchend zu Gouverneur Rone und hielt den Mund, aber ich konnte an jedem Zug seines Körpers sehen, wie wütend er war.

Der Gouverneur beugte sich vor, stützte die Ellbogen auf dem Tisch ab, verschränkte die Finger, legte den Kopf schief und starrte uns beide an wie ein neugieriger Bluthund, der eine Lüge ausschnüffeln wollte. „Ich kann von hier aus riechen, dass ihr euch gepaart habt. Daran besteht kein Zweifel."

„Also wo liegt dann das Problem?",

fragte ich, und ich weigerte mich an die Röte zu denken, die meine Wangen überzog, angesichts der Tatsache, dass er riechen konnte, wieviel Sex Mak und ich gehabt hatten. „Sie sagten, ich solle mir einen Gefährten suchen. Ich habe mir Mak gesucht. Nun können Sie sich mit den Konsequenzen herumschlagen. Wenn er darauf besteht, mit mir zu gehen, dann werde ich ihn nicht umstimmen können. Ihr alle wollt, dass ich Verständnis für eure Bräuche aufbringe, so verdammt herrisch, wie ihr alle seid, und dabei mitspiele." Ich zuckte mit den Schultern. „Das tue ich. Wenn er gehen will, wer bin ich, dass ich ihn abhalte?"

„Das tun Sie nicht", sagte der Gouverneur. „Ich bin es, der ihn abhält."

Der Prillone schüttelte den Kopf, nachdem der Gouverneur fertig gesprochen hatte. „Es ist zu früh für dich, um den Planeten zu verlassen, Makarios."

Mak richtete sich zu seiner vollen Größe auf, und ich lehnte mich zurück und grinste. Gott, er war atemberaubend. Ernsthaft.

„Mir ist scheißegal, was ihr alle von mir haltet. Die Dinge haben sich geändert. Sie gehört mir!" Seine Stimme war nun ein Brüllen, und seine Fangzähne waren vollständig ausgefahren, als Mak auf mich zeigte. Als gäbe es einen Zweifel daran, von wem er sprach. Zwei weitere Wachen huschten bei dem Ausbruch in den Raum, aber der Gouverneur hob die Hand und sie hielten sich zurück, warteten ab, wie dieses Durcheinander sich entwickeln würde.

Das interessierte mich selbst auch. Was ich zuvor eher als Alien-Protzgehabe wahrgenommen hätte, empfand ich nun als höllisch scharf. Zumindest das Geknurre und Alpha-Gehabe von Mak. Ich wollte ihn am liebsten aus dem Raum zerren und ihn verknuspern.

„Immer mit der Ruhe."

„Sie gehört mir", wiederholte Mak. „Mir! Sie wird nicht ohne mich in den Kampf ziehen. Es ist meine Aufgabe, sie zu beschützen.

Meine Aufgabe allein." Er ging in vollen Biest-Modus, oder was auch immer seine Alien-Version davon war. Ich wusste, dass seine Fangzähne ausgefahren waren. Wusste es, da ich letzte Nacht mitbekommen hatte, wie er den Instinkt unterdrücke, mich zu beißen. Wusste, dass seine Augen wahrscheinlich leuchteten, dass sein Muskeln anschwollen, das Gift von seinen Zähnen tropfte.

Ich lehnte mich zurück, legte die Füße auf den Tisch, kreuzte die Knöchel und drehte buchstäblich Däumchen. Ich wollte den Gouverneur auslachen für seinen entsetzten Gesichtsausdruck. Diese kleine Demonstration von hyperionischem Temperament hatte er sich mehr als verdient. Ich wusste, dass Mak nur spielte, aber die wussten das nicht. Sie wussten nur, dass sie uns an einander riechen konnten.

Was für männliche Einfaltspinsel. Als wäre die Diskussion damit beendet.

„Mak—", setzte der Gouverneur an, aber Mak ließ sich nichts gefallen.

Er beugte sich vor, stützte die Hände

auf den Tisch und funkelte alle Umstehenden an. „Ich werde jeden töten, der versucht, mich aufzuhalten. Es ist mein Recht, sie zu beschützen. Ich bin sicher, wenn sie Marz oder Tane gewählt hätte, würden die ebenso empfinden. Und bei Tane wisst ihr, dass ihr es in diesem Moment mit einem Atlan-Biest zu tun hättet. Seid dankbar, dass ich nur Hyperione und Forsianer bin. *Sie. Gehört. Mir.*"

Der Gouverneur lehnte sich in seinem Stuhl zurück und fuhr sich mit der Hand durchs dunkle Haar. Der Kerl tat mir beinahe leid. Beinahe.

„Bei allen Göttern, und ich dachte, die Atlanen wären schlimm." Die Worte waren gemurmelt, dann seufzte er und deutete Mak, sich wieder hinzusetzen. „Also gut, in Ordnung. Marz und Vance nehmen den ersten Sektor. Ihr beiden übernehmt den zweiten", sagte er und meinte mich und Mak. „Wir wissen nicht, was wir dort vorfinden werden, also handelt es sich hier um eine reine Erkundungsmission. Wenn ihr eine gute Schusslinie auf ihre Kommunikationszentrale habt, schießt. Ansonsten markiert den Aufenthaltsort und kommt zurück, damit wir einen vollen Angriffseinsatz planen können. Kapiert? Wir werden nur eine einzige Chance darauf bekommen, sie zu zerstören, danach weiß der Hive, dass wir sie aufgespürt haben—und ich will nicht, dass ihr das in den Sand setzt."

„Ja, Sir." Ich wusste, dass ich im Moment wie eine Grinsekatze aussah. Wusste es und versuchte nicht einmal, das süffisante Lächeln zu verstecken, das meine Mundwinkeln umspielte. Wir gingen auf Mission. Gemeinsam. Unser Plan hatte funktioniert. Mak und ich, nun, wir waren nicht nur dafür gut, einander das Hirn rauszuficken. Ich brauchte ihn nicht einmal anzusehen und wusste, was er dachte, fühlte. Und wir konnten diesen Raum bearbeiten wie ein Kindergartenkind seine Knetmasse. Ich hatte eine solche...Verbindung zu jemandem schon sehr lange nicht mehr gespürt. Wenn überhaupt.

„Ihr zieht in einer Stunde los. Treffpunkt im Hangar für Flug-Checks." Der Blick des Gouverneurs fiel auf mich, und ich hätte schwören können, dass ich einen Anflug von Belustigung darin sah. „Erdenfrauen. Ich hätte wissen können, dass Sie mir Ärger machen würden, selbst nachdem Sie sich einen verdammten Gefährten gesucht haben."

„Die beste Form von Ärger." Ich hüpfte aus meinem Stuhl, klatschte Mak auf den Arm und zerrte ihn hinter mir her. „Gehen wir, Mak. Wir haben einen Job zu erledigen."

Mak war mir auf den Fersen. Ich konnte spüren, wie er sich hinter mir auftürmte wie eine Gewitterwolke, während wir uns die verschlungenen Flure von Basis 3 entlang arbeiteten. Aber das machte mir nichts aus, ich fühlte mich dadurch sicher. Selbst wenn er den Leuten da drin etwas vorgespielt hatte, damit er auf diese Mission geschickt werden konnte—damit er mich verlassen konnte—hatte sogar ich kurz geglaubt, dass er tatsächlich eine Art

Urinstinkt hatte, mich zu beschützen. Nur für einen Moment.

Wir hatten unser Ziel erreicht. Ich ging auf eine Mission. Meine Pussy fühlte sich nicht länger verlassen und vernachlässigt an, ich hatte den Gouverneur und alle Männer auf dem Planeten vom Hals, und Makarios von Kronos würde nach Hause auf Rogue 5 zurückkehren können.

Win-Win. So wie wir beide es gewollt hatten. Also warum wurden meine Füße mit jedem Schritt in Richtung Shuttle-Hangar schwerer? In Richtung Abschied.

Gott, war das scheiße. Ich wollte keinen grüblerischen, herrischen, dominanten Neandertaler zum Gefährten. Und doch wollte ich Mak. Und er verkörperte all diese Dinge. Jedes. Einzelne. Davon.

Ich konnte ihn atmen hören, aber er sprach nicht. Sagte kein Wort. Fasste mich nicht an. Er war ein Schatten hinter mir, und ich fragte mich, ob er auch so fühlte. Waren wir beide nur noch Schatten unserer selbst? Lebten nicht wirklich? Starben auch nicht wirklich? Lebten auf Autopilot, bis wir bekamen, was wir wollten—von diesem verdammten Planeten wegzukommen?

Und *das* war verdammt deprimierend, denn letzte Nacht hatte sich wie Leben angefühlt. Ich hatte zum ersten Mal in einer langen, langen Zeit etwas *gespürt*. Mak würde losziehen, um in der Galaxis wie Han Solo aus Star Wars rumzuziehen, und ich würde hierher zurückkehren, auf Missionen gehen, aber würde ich je wieder fühlen? Meine Hand konnte mir nicht die Orgasmen schenken, die Mak mir schenkte. Und das war das Schlimmste. Ich hatte genau das, was ich wollte. Ein Leben —auch wenn es auf der Kolonie nicht gerade ein trautes Heim war—mit Missionen, mit einem Sinn.

Nun würde ich das wieder haben, dank Mak. Denn seit ich ihn erwählt hatte, *wollte* er, dass ich auf Missionen ging und tat, was ich mit meinem Leben tun wollte. Solange es nicht mein Ziel war, offiziell von ihm in Besitz genommen zu werden, war ihm alles recht. Er ging ja fort.

Aber irgendwie hatte ich über Nacht angefangen, ein klein wenig mehr zu wollen. Nein, nicht klein. Riesig. Ich wollte Maks riesigen Schwanz. Welche heißblütige Frau würde das nicht? Nur eine Kostprobe—und ich *meinte* damit Kostprobe—und ich wusste, dass ich mich nach mehr sehnen würde. Meine Pussy zuckte bei dem Gedanken daran zusammen, nie wieder von seinem enormen Schwanz gefüllt zu sein.

Ich schüttelte den Kopf, um ihn klarzubekommen, da ich mich wie ein lächerliches kleines Mädchen benahm. Dann blieb ich abrupt in dem verlassenen Korridor stehen und drehte mich herum. „Danke, Mak. Das war perfekt. Du solltest einen Oscar für diese Darstellung bekommen."

Er blieb stehen und runzelte die Stirn. „Wer ist Oscar?"

Ich betrachtete ihn. Seine Fangzähne waren immer noch ausgefahren. Seine Haut gerötet. Seine Hände hingen zu Fäusten geballt an seinen Seiten, und seine Brust hob und senkte sich deutlich. Was zum Teufel war los? „Es ist ein Preis, den Schauspieler auf der Erde bekommen. Was ist denn mit dir los? Geht es dir gut?" Ich legte ihm meine Hand auf die Wange. Ich konnte seine Stirn nicht erreichen, aber ich nahm, was ich kriegen konnte. Er fühlte sich heiß an. Als würde er verglühen. „Bist du krank? Können Leute wie du Fieber bekommen?"

Er hob eine Hand und schlang sie sanft um mein Handgelenk, hielt meine Handfläche an seine Haut. „Ich habe nicht gespielt, Weib."

Nun war ich an der Reihe, die Stirn zu runzeln. Er hatte nicht gespielt? „Wie? Aber alles verlief doch genau nach Plan. Du kommst mit mir auf den Mond. Wir zerstören dort den Hive, und dann kannst du wieder in die Galaxis hinaus ziehen oder was immer du sonst vorhattest. Rogue 5, Forsia. Wo immer du deinen Mantel aufhängen willst." Ich streichelte ihn mit dem Daumen, weil ich es konnte, und weil ich dumme Dinge wollte, wenn ich so nahe bei ihm stand. Wie etwa, mehr zu sein. Aber mehr was? Normaler? Schöner? Hilfloser? Perfekter?

Ich wusste nicht, was Mak an einer Frau gefiel. Aber scheinbar war die Antwort darauf selbst nach mehreren Runden Ficken nicht ich. Wäre ich das gewesen, hätten sich diese Fangzähne letzte Nacht tief in mir versenkt, und ich hätte vor Lust geschrien, während er mich für immer zu seinem Eigentum machte. Denn wie Rachel und Kristin beschrieben hatten, hatten ihre Männer nur einen Blick auf sie geworfen und sie an Ort und Stelle in Besitz nehmen wollen. Keine Rede von einem One-Night-Stand. Bei ihnen war es für immer.

Aber nicht bei Mak. Es war ein Handel gewesen. Eine Abmachung, mit heißem Sex als Bonus.

Und was die Besitznahme anging? Gott, ich hätte es zugelassen. Ich kannte die Wahrheit. Konnte mich über meine neue Schwäche, was ihn betraf, nicht selbst anlügen. Er war wie eine Droge. Ich war süchtig. Was war los mit mir? War das eine Art forsianische Gehirnwäsche? Hatte sein Schwanz Zauberkräfte? Etwas in seinem Samen, wie es die Viken hatten?

Ich zog ruckartig die Hand weg, ekelte mich vor mir selbst. Ich war nicht die Art Frau, die einen Mann in die Ecke drängte. So etwas tat ich nicht. War nie so, würde nie so sein. Mak hatte ficken wollen, und die Kolonie verlassen. Er war von Anfang an ehrlich mit mir gewesen. Es sah mir nicht ähnlich, deswegen jetzt traurig zu werden, besonders, da ich genau das gleiche wollte. Auf Missionen gehen, in meinem Fall. Aber das war gestern gewesen. „Bringen wir dich nach Hause, Mak. Du gehörst ebenso wenig hierher wie ich."

„Ist das eure Art, euch zu verabschieden, Weib?"

Ich verzog das Gesicht. „Was meinst du?"

Er blickte über seine Schulter hinweg nach hinten auf jemanden, der im Korridor an uns vorbei lief, aber Mak war so groß, dass ich nicht sehen konnte, wer es war. Sanft umfasste er meinen Oberarm und brachte mich in ein Besprechungszimmer, wo er die Tür hinter uns schloss. Das Zimmer war identisch mit dem, das wir gerade verlassen hatten, nur, dass dieses leer war. Seine Hände klatschten an die Wand und drückten auf die Türverriegelung.

„Wir haben eine Stunde. Was tust du für gewöhnlich vor einer Mission?"

„Mich mit den Teamkollegen unterhalten."

Seine Augen wanderten an meine Lippen. „Ich habe viel bessere Verwendungsmöglichkeiten für deinen Mund als eine Unterhaltung."

Oh.

Oh.

Heilige. Scheiße. Oh.

Er ließ die Hand sinken, und ich wich zurück. Ich lutschte sehr gerne an seinem Schwanz, aber ich bekam nicht viel mehr in meinen Mund als die gefächerte Eichel. Und ich hatte es versucht. Ich öffnete den Verschluss meine Hose, ließ sie lose an meinen Hüften hängen, während ich mich herumdrehte und mich über den großen

Tisch beugte. Ich stützte mich auf die Unterarme ab und blickte einladend über meine Schulter zu ihm.

Mak beobachtete jede Bewegung, und sein Blick legte sich auf meinen hochgestreckten Hintern.

Von einer Sekunde zur nächsten war er hinter mir. Finger zerrten am Bund meiner Hose und rissen sie nach unten, sodass mein Hintern frei lag.

Ich war darauf eingestellt, dass er sich die eigene Hose aufreißen und mich ficken würde. Stattdessen gab er mir einen heftigen Klaps.

Ich erschrak, spürte, wie der scharfe Stich durch meinen Körper ging. Ich stützte mich ab, wirbelte herum und stand ihm gegenüber. Großer Fehler. Er war riesig, heiß, sexy und roch himmlisch. Anstatt zu protestieren, wollte ich ihn berühren. Oh Mann. Wie erbärmlich. Aber ich schabte die Willenskraft zusammen, um mich gegen die Hitze zu wehren, die sich nun über meinen Hintern ausbreitete.

„Wofür zum Teufel war das denn?"

„Deine Gedanken wanderten, sie waren besorgt", sagte er und umfasste seinen Schwanz, der seine Missions-Uniform nun bis an die Grenze ausbeulte. „Jetzt bist du hier, bei mir. Und während es dem Hyperionen in mir gefällt, dich von hinten zu nehmen, macht es den Forsianer sauer."

Er öffnete seine Hose. Endlich. Holte seinen Schwanz heraus, strich einmal darüber.

Er trat an mich heran, presste die Rückseite meiner Schenkel gegen den harten Tisch. Ich konnte nicht entkommen.

„Du hast zu viele Persönlichkeiten, mit denen ich mithalten muss. Sag mir einfach, was du willst."

„Und du wirst es mir geben?"

Ich leckte mir über die Lippen und erkannte, dass die Antwort immer Ja sein würde. Ich würde ihm alles geben, was er wollte. Nach der vergangenen Nacht wusste ich, dass er vielleicht bekam, was er wollte, aber er würde mir auch geben, was ich brauchte. „Das ist meine Aufgabe als deine Gefährtin."

Für eine kleine Weile länger. Also würde ich das annehmen. Diese letzte Stunde.

„Ein Forsianer fickt gern so, dass er das Gesicht seiner Gefährtin sehen kann. Zusehen kann, wie sie kommt. Sehen, wie er sie für alle anderen ruinieren kann. Sie verderben. Sie besitzen. Ihr Lust bereiten."

Oh Gott, mein Höschen war nun ruiniert.

Mit einer Hand in der Mitte meiner Brust drückte er mich nach hinten, bis ich quer über den Tisch ausgestreckt lag. Er hakte sich hinter meinen Kniekehlen ein und öffnete mich. Seine Hände glitten unter meinen Hintern und zogen mir die Hose an den Beinen hinunter. Als er sich vor mir auf die Knie senkte, wimmerte ich.

Rasch zog er mir alles aus, selbst Stiefel und Socken. Und dann legte er sich meine Beine über seine Schultern, machte es sich zwischen meinen gespreizten Schenkeln gemütlich und sah sich an mir satt.

„Mak", stöhnte ich. Er hatte mich noch nicht einmal berührt.

„Das hier wirst du mir schenken. Deine

Lust. Ich will sie auf meinem Gesicht, deinen Duft, deinen Geschmack, während wir auf dieser Mission sind. Und nachdem du gekommen bist, werde ich deine Lust auflecken. Erst dann werde ich dich ficken."

Ich wimmerte, spannte die Beinmuskeln an, in der Hoffnung, ihn näher an mich zu ziehen. *Dorthin.*

„Du willst meinen Schwanz, nicht wahr?" Seine Finger umkreisten meinen Eingang, und meine Hüften zuckten.

„Ja. Bitte. Alles, was du willst. Aber berühr mich bitte."

„Ach, du bettelst so lieblich. Ich frage mich, ob du ebenso lieblich schmeckst."

Dann senkte er seinen Kopf. Brachte mich zum Kommen. Ließ mich alles vergessen, außer seinem unbeschreiblichen Können, meinen Körper gnadenlos zu beherrschen.

8

Mak, Shuttle 2, Mond der Kolonie

„Marz, melden." Gwen saß neben mir im Co-Piloten-Sitz, und ihre Hände bewegten sich so schnell über die Steuerkonsole, dass sie beinahe verschwammen. Sie war in ihrem Element. Schnell. Tödlich.

Wunderschön. Es war ein Wunder, dass sie festgesetzt worden war, denn sie war eine unglaubliche Bereicherung für jede Mission. Eine Wahnsinns-Koalitionskriegerin, und auch Pilotin, was ich nicht gewusst hatte. Der Gedanke, dass sie mit dem Gouverneur einen Handel eingehen musste, um ihre Expertise wieder einsetzen zu dürfen, war eine Schande.

Ihr Geruch haftete auf meiner Haut, und mein Schwanz wuchs an. Schon wieder. Ich wollte mich tagelang nicht waschen, nur um mich nach meiner Abreise so lange wie möglich an diese letzte kleine Verbindung zu ihr zu klammern.

„Wir sind hier", meldete sich Marz. „Wir sind zu Fuß unterwegs. Zehn Minuten von den ersten Koordinaten entfernt."

„Verstanden. Wir ziehen in fünf Minuten los. Funkmeldung erfolgt alle zehn Minuten."

„Zehn Minuten. Ab jetzt." Marz klang ruhig, was ein gutes Zeichen war. Ich musste sichergehen, dass diese Mission planmäßig verlief, dass Gwen und die beiden Prillon-Krieger, die da draußen im Nebel des Mondes herumwanderten, lebend wieder auf die Planetenoberfläche zurückkehrten. Ich verließ Gwen vielleicht nach dem hier, aber während sie mit mir zusammen war, würde ich für ihre Sicherheit sorgen.

„Ab jetzt." Gwen blickte auf die Anzeige auf ihrem Handgelenk und dann hoch, diese dunklen Augen auf mich gerichtet, aber laserscharf auf die Mission konzentriert. „Bereit?"

Ich nickte, blickte wieder aus der Cockpit-Anzeige hinaus und setzte unser kleines Shuttle sanft ab. Die Landestreben nahmen das Gewicht mit leisem Knirschen auf.

„Ich werde dich beschützen, Gwen, und dann muss ich losziehen. Ich kann nicht auf die Kolonie zurückkehren."

„Ich weiß." Sie schnallte sich ab und stieg aus ihrem Sitz. Sie stand neben mir und war zur Abwechslung einmal größer als ich. Sie legte ihre Hände an mein Gesicht, beugte sich hinunter und küsste mich sanft auf die Lippen. Ihre Berührung war sanft, feminin. Es war die zarteste Berührung, die sie mir je geschenkt hatte, und sie erschütterte mich tief im Kern, besonders jetzt, wo ich ihre Kraft kannte. „Es ist in

Ordnung, Makarios von Kronos. Du gehörst nicht hierher. Ich verstehe das."

Sie schenkte mir ein kleines Lächeln.

Ich zog die Braue hoch. „War das ein Abschiedskuss?"

„Niemals." Sie grinste nun, gab mir einen weiteren Kuss, diesmal kräftiger. Schneller. Und mit einer guten Portion Zunge. Mein Schwanz regte sich genüsslich. „Du gehörst mir, bis du tot bist, nicht wahr? Das ist ein langer Zeitraum, Mak. Alles Mögliche kann passieren."

Sie bewegte sich fort, außer Reichweite, bevor ich widersprechen konnte. Ihre Worte gefielen mir nicht, und wären wir zurück auf der Kolonie und in meinem Quartier, dann wäre sie dafür übers Knie gelegt worden. Sie war schnell, und der Sitzgurt hielt mich zurück, als ich versuchte, ihr nachzugehen.

Scheiße.

Bis ich die Schnallen aufbekommen hatte, war sie bereits in der Luftschleuse, Helm auf, bis an die Zähne mit Ionen-Blastern, einem großen Gewehr, einer Reihe

Granaten an ihrem Gürtel und einem bösartig aussehendem Messer bewaffnet, das an ihren Schenkel geschnallt war. Sie trug einen kleinen Rucksack und ich wusste, dass der Prillone Vance einen identischen Rucksack hatte, bis zum Rand mit Sprengstoff gefüllt.

Genug, um ein weitaus größeres Schiff außer Gefecht zu setzen als das kleine Shuttle, mit dem wir auf die Mondoberfläche geflogen waren. Genug, um eine Hive-Kommunikationsvorrichtung und dutzende Späher oder Drohnen auszuschalten. Und meine Gwen mit dazu.

Ich wollte sie necken, um die Stimmung zu lockern, aber das stellte sich als unmöglich heraus. Es war gut möglich, dass sie den gesamten Sprengstoff brauchen würde, und die Waffen. Ich wusste, dass der Hive da draußen war. Und wir waren dämlich genug, in diesen wallenden Nebel hinauszugehen, um sie zu finden.

„Bericht." Das war Gouverneur Rones Stimme, die über die Lautsprecher im Helm hereinkam, laut und deutlich.

„Wir verlassen nun das Shuttle. Wir erreichen das erste Ziel in"—Gwen sah auf dem Navigationsschirm in ihrem Helm nach. Ich sah das Ziel deutlich in meinem eigenen, sobald ich ihn aufsetzte, aber verspürte nicht den Wunsch, mit Maxim Rone zu sprechen, dem verkrampften Prillonen, der mich viel zu lange als Quasi-Gefangenen auf der Kolonie festgehalten hatte. Er war vielleicht Gouverneur, aber das hieß nicht, dass ich ihn mögen musste— „in etwa fünf Minuten."

„Wir hören mit, Leutnant, und verfolgen beide Teams", sagte er, um deutlich zu machen, dass sie beobachtet wurde. Nur ein Fehltritt von Gwen, und er würde sie zurück zur Basis bringen und sie wieder aus dem Verkehr ziehen.

„Das habe ich mir schon gedacht."

Ich zog eine Braue hoch über ihren frechen Tonfall, aber sie lächelte mir einfach durch den Helm hindurch zu und drückte den Kontrollknopf, der die Rampe auf den Boden senkte. Ein dichter, wirbelnder grauer Nebel umfing uns, zog sich dicht um uns herum zusammen wie Federn. Sofort reichte unsere Sicht nicht weiter als ein paar Schritte in alle Richtungen.

Von Anfang an war ich in Alarmbereitschaft. Nicht als Krieger, denn ich war keiner. War ich noch nie gewesen. Sondern als ein Gefährte. Es war vielleicht etwas Neues, aber der Beschützerinstinkt, den ich für Gwen empfand, war intensiv.

Ich packte sie am Arm, als sie den ersten Schritt auf die Oberfläche machte, nicht fest, nur fest genug, um ihre Aufmerksamkeit zu gewinnen. „Bleib da, wo ich dich sehen kann", befahl ich.

Meine Frau wandte mir ihr Gesicht zu und lächelte. Es war allerdings kein liebes Lächeln. „Schau auf die Anzeige in deinem Helm, Mak. Du kannst mich auf dieser gesamten Felskugel nachverfolgen. Und es gefällt dir vielleicht, mich im Bett herumzukommandieren, aber hier in diesem verdammten Nebel habe ich das Sagen."

Verdammt, sie hatte recht. Ich war nur zu ihrem Schutz hier, nicht, um die Mission zu leiten. Also tat ich, worum sie mich gebeten hatte, und wusste bereits, was ich vorfinden würde. Ich konnte tatsächlich einen kleinen Punkt sehen, der ihre Position relativ zu meiner angab. Captain Marz und der Prillone Vance schienen ebenfalls auf dem Monitor auf. Die Bereiche, die wir zur Erkundung abgesteckt hatten, erschienen in Rot, hell leuchtende Zielbereiche auf einem Raster zwischen den beiden Shuttle-Landeplätzen.

Es war mir egal. Ein paar Farbpunkte reichten mir nicht.

„Nein, Gefährtin. Bleib da, wo ich dich mit meinen eigenen Augen sehen kann."

„Gefährtin?" Gwen schüttelte meine Hand ab. „Das ist doch lächerlich. Das sind keine drei Schritte."

„Ich werde nicht mit dir diskutieren, Weib."

„Weib?"

Ich hätte besser auf Bruans Worte über Erdenfrauen hören sollen. Ich hätte mir merken sollen, dass man sie austricksen musste, damit sie zuließen, beschützt zu werden. Aber in meinem Körper wütete der Drang, sie zu beschützen, an ihrer Seite zu bleiben, für ihre Sicherheit zu sorgen. Ich stellte mir vor, dass sie verletzt sein könnte, wieder vom Hive gefangen, und mein Hirn brodelte. Meine Fangzähne traten hervor, und meine Stimme war teils Knurren, teils Fauchen. „Du wirst mir in dieser Sache gehorchen. Du gehörst mir. Ich werde dich beschützen."

Gwen tätschelte meinen Arm, den Kopf schief gelegt, ein scheinbar unschuldiger Ausdruck lag auf ihrem Gesicht. „Krieg dich wieder ein, Fangzahn. Das gilt hier nicht."

Bevor ich widersprechen konnte, war sie fort, verschwunden in den Nebelschwaden, nicht mehr als ein kleiner grüner Punkt in meinem Visier.

„Die Götter seien verflucht! Gwendolyn. Komm sofort zurück!" Ich brüllte ins Mikrofon, aber der kleine grüne Punkt bewegte sich immer weiter weg, und mit einer Geschwindigkeit, die für einen normalen Menschen zu schnell war.

Das heisere, männliche Lachen, das

von der Basis hereinkam, half meiner Stimmung nicht. So wie auch nicht Captain Marz's Auflachen in meinem Ohr.

„Halt deine verdammte Schnauze, Marz. Oder ich werde deinen Körper von deinen Armen befreien", knurrte ich.

Jetzt lachte mich auch noch Vance aus.

„Ach fickt euch doch, alle beide."

Und meine süße, fügsame Frau meldete sich schließlich auch noch dazu. „Nein, Mak, wenn hier irgendjemand gefickt wird, dann bist du das, und zwar von mir."

Das Lachen ging weiter, gänzlich auf meine Kosten, und das machte mich nur noch zorniger.

„Verdammt nochmal, ihr alle da draußen, bleibt bei eurer Aufgabe und haltet die Schnauze, zur Hölle." Der Befehl des Gouverneurs setzte Marz und Vance's Lachen ein Ende, aber ich hätte wissen sollen, dass es meine Gwen nicht aufhalten würde. Diese Frau war zu verwegen und stur für ihr eigenes Wohl.

Noch mehr Ratschläge, die ich mir von Kampflord Bruan hätte merken sollen.

„Tut mir leid, Gouverneur", sagte sie süßlich, beinahe zu süßlich. „Ich übe nur meinen Besitzanspruch auf Maks prachtvollen Schwanz aus."

Was. Soll. Der. Scheiß?

„Schweigen Sie, Leutnant." Der Gouverneur meinte es ernst, aber das Lachen meiner Gefährtin, das im Hintergrund aus der Ferne herüberhallte, ließ mich grinsen. Ja, das war meine Gefährtin. Das, und die Tatsache, dass Gwen gerade dem ganzen Planeten verkündet hatte, dass mein Schwanz prachtvoll war. Das war er auch.

Ich gab es auf, die Wildheit meiner Frau zähmen zu wollen, und folgte ihrem kleinen grünen Punkt auf dem Helm-Display, fest entschlossen, sie zu beschützen, ob sie meinen Schutz nun wollte oder nicht.

~

Gwen

. . .

Ich konnte absolut nichts sehen... aber ich konnte sie hören. Die Hive. In meinem Kopf. Die leisen Vibrationen mehrerer hochrangiger Hive-Soldaten wanderten über meine Haut, unter meine Haut, wie das sanfte Streichen tausender Moskito-Flügel, die über meinem Körper schwebten, bereit, zuzubeißen. Der Hive hatte mir diese Technologie nicht dafür verpasst, um sie gegen ihn einzusetzen, aber genau das tat ich.

Sie waren hier. Irgendwo. Und ich musste sie finden, sie töten, bevor sie Mak wieder etwas antun konnten.

Als ich ihre Gefangene war, hatte ich mir geschworen, sie zu bekämpfen, bis nichts mehr von mir übrig war. Ich würde den Hive jagen und mit meinem letzten Atemzug töten. Aber das war meine Wahl. Nicht Maks.

Er wollte nichts weiter als seine Freiheit. Von all diesem Wahnsinn wegzukommen und zu vergessen, zu seinem alten Leben zurückzukehren. Einfach nur... wegzufliegen.

Ich konnte das nicht tun, aber er schon. Und ich konnte ihm helfen. Wenn ich die Kommunikations-Zentrale des Hive ausschalten konnte, bevor er sie zu sehen bekam, würde die Tat vollbracht sein. Er würde frei sein, und er würde nie wieder mit ihnen zu tun haben müssen. Er würde keinem von ihnen je wieder in die Augen blicken und sich daran erinnern müssen, was sie ihm angetan hatten.

Es war nicht viel, aber es war das, was ich tun konnte, um ihm zu helfen. Und ich wollte etwas tun, wissen, dass ich ihm etwas geschenkt hatte, mich auf eine kleine Art um ihn gekümmert hatte. Er war vielleicht derjenige, der die Hosen anhatte, aber hier unten konnte ich das Sagen haben, etwas voranbringen. Für ihn.

Der Drang, ihn zu beschützen, war dämlich, und territorial, und ergab absolut keinen Sinn, aber meinem Herzen war das egal. Ich musste das hier für ihn tun. Eine letzte Sache.

„Gwen, halt. Warte auf mich. Sei nicht

so dumm." Maks Befehl war einfach zu ignorieren.

Ich lief dem Surren entgegen, dem kaum wahrnehmbaren Summen meiner ehemaligen Peiniger. Das Signal war nicht exakt so, wie ich es in Erinnerung hatte, aber die Nexus-Einheit, die an mir herumgewerkt hatte, mich gefoltert und mit den Integrationen begonnen hatte, die mich an das Zentralgehirn des Hive anschlossen, war weit von hier entfernt in einem anderen Sektor der Galaxis. Die Hive-Soldaten hier auf diesem Mond standen wohl unter der Herrschaft einer weiteren Nexus-Einheit.

Nicht meiner. Sie nannten die Einheit Nexus 2.

Das würde ich nie vergessen. Er hatte mir seinen Namen genannt, während er mich bearbeitete, mich quälte, mich nach seinen Wünschen modifizierte. Seinen wahren Namen.

Er wollte, dass ich bei ihm blieb. Dass ich ihm *gehörte*.

Dass ich seine Kinder bekam.

Seine Königin wurde. In meinem Magen rumorte es, während ich auf meine Vergangenheit zu lief, auf die Schrecken dieser Wochen, die ich im Bann von Nexus 2 verbrachte, gegen die Untiefen seiner Gedanken ankämpfte, den hypnotischen Sog seiner dunklen Augen an meinen Emotionen. Er war nicht wie die anderen, die die Koalition tagtäglich bekämpfte und tötete. Er war eine Alien-Rasse. Seine Haut war von dunkelstem Blau. Seine Augen wie die tintenschwarzen Untiefen eines großen weißen Hais auf der Erde. Nichts Menschliches lag in diesen Augen, oder in seinen Berührungen. Er war keine Drohne, war nicht das, was die Koalition als Hive verstand, die Krieger von anderen Welten, die über biosynthetische Integrationen und psychische Frequenzen gesteuert wurden. Die immer in Dreiergruppen unterwegs waren.

Nein. Nexus 2—mein Hive-Erzfeind—war etwas anderes. Eines der Kernwesen des Hive. Er steuerte Millionen, vielleicht gar Milliarden von Gehirnen. Und er wollte meines. Er wollte, dass ich mich ihm freiwillig hingab.

Nein danke.

„Leutnant, wohin gehen Sie?", erklang Gouverneur Rones Stimme in meinem Ohr. „Sie sind aus dem Raster verschwunden."

„Wir haben uns geirrt. Sie sind hier. Ich bin nahe dran. Ich kann sie hören."

Kurze Funkstille, dann schrien sie mich alle zugleich an.

„Abtreten, sofort! Warten Sie auf Verstärkung."

Das war der Gouverneur. Ja also, dazu sage ich schon mal Nein.

„Nein, Gwen! Das wirst du nicht. Ich verbiete es."

Verbieten? Sorry, Mak. Das Wort kenne ich nicht.

„Wir sind zwanzig Minuten von deinem Standort entfernt. Warte auf uns!"

Marz. Warten? Das wäre vielleicht ganz klug, aber dann würden sie alle mitspielen wollen, und ich wollte jeden einzelnen dieser Hive-Mistkerle eigenhändig umbringen. Sie ein für alle Mal aus dem Weg räumen, bis zur nächsten Mission. Ich wollte Mak auf dieser Mission beschützen, damit er freikam.

„Was zur Hölle machst du, Weib?" Das war Vance, und er sagte als einziger etwas, das eine Antwort verdiente.

„Ich knöpfe mir ein paar Hive vor, das mache ich." Ich blickte auf den Zeitmesser, prüfte das Surren in meinem Kopf. „Ihr solltet rechtzeitig für die Aufräum-Arbeiten ankommen, Jungs. Ich werde mich bemühen, nicht allzu viel Dreck zu machen." *Lügen.* Ich würde den Boden mit ihrem Hive-Blut tränken wie eine Kriegsgöttin. „Ende."

„Nein!"

Ich schaltete mein Funkgerät aus. Im Ernst, ich konnte es nicht gebrauchen, mir ihr Geschrei anzuhören, oder dass sie mitbekamen, was ich sonst noch sagte oder tat.

Ich hatte einen Vorteil, etwas, das keiner von ihnen wusste. Nicht Marz, nicht Vance, nicht Mak und nicht einmal der Gouverneur. Etwas, das ich niemandem eingestanden hatte. Nicht, als der Geheimdienst mich tagelang befragte, nachdem ich alleine auf dem Hive-Schiff gefunden worden war. Nicht, als die Ärzte mich stundenlang pieksten und drückten, hunderte Tests durchführten. Nicht, als ich Mak in die Augen blickte und den Drang verspürte, jemandem, dem ich vertraute, die Wahrheit zu erzählen.

Aber ich behielt mein Geheimnis für mich, denn Mak gehörte nicht mir. Nicht wirklich. Wir hatten eine Abmachung. Wir stimmten zu, dass wir ficken und danach getrennte Wege gehen würden. Er würde die Kolonie verlassen. Mich verlassen. Daher brauchte er nicht Bescheid zu wissen.

Ich richtete die Schultern gerade und tat das, was ich nicht zugelassen hatte, seit ich dem Nexus entkommen war, der versucht hatte, mich zu besitzen. Ich ging in vollen Hive-Modus. Ja, das konnte ich tun, und ich hatte das Gefühl, dass die anderen auf der Kolonie das nicht konnten. Es war, als wäre ich Bruce Banner und verwandelte mich in den Hulk. Niemand—zumindest niemand, der nicht von der Erde war—würde diese Anspielung verstehen. In Alien-Sprech war es wie ein Atlane im Biest-Modus, nur besser. Ich war bereits unfassbar stark. Ich brauchte das Biest nicht rauslassen. Ich musste den *Hive* rauslassen. Oder eher sie in meinen Kopf hinein lassen. In meinen Körper. Ich konnte ihre Technologie, ihre Pläne für mich gegen sie nutzen. Ich würde mich in die Hive-Soldaten einklinken, von denen ich nun wusste, dass ich sie hinter der nächsten Kuppe der Mondlandschaft auffinden würde.

Das Surren in meinem Kopf verwandelte sich binnen Sekunden von einem dumpfen Pochen zu einem Kettensägen-Kreischen, aber ich biss einfach die Zähne zusammen und kämpfte nicht gegen den Informationsfluss an, den sie mir zuspielten. Ich war wie ein wandelnder Supercomputer, verarbeitete Daten und Informationen in Echtzeit. Ich rannte auf sie zu und filterte aus, so viel ich konnte, während eine ausgeprägte Migräne dafür sorgte, dass meine Augen sich anfühlten, als würden sie jeden Moment aus den Augenhöhlen springen.

Ein warmer Tropfen Flüssigkeit rann mir von der Nase zur Lippe, und ich schmeckte Blut. Mein Gehirn war buchstäblich voll. Lief über.

So sei es.

Ich rannte schneller, so schnell es die biosynthetischen Fasern in meinem neuen Körper zuließen. Und ich war schnell. Felsen und Staub flogen unter meinen Füßen vorbei, während ich wie ein verschwommener Strich durch die Landschaft raste. Je schneller ich zu ihnen gelangte, umso schneller würden die Schmerzen vorbei sein und die Mission erledigt. Ich würde die Scheißkerle erledigen.

Wie vorausgesehen warteten die Hive auf mich, jeweils zu dritt in fein säuberlicher Dreiecks-Formation. Neun insgesamt, und sie alle hatten ihre Waffen auf mich gerichtet, als ich abrupt ein paar Schritte vor ihnen zum Stehen kam und mich räusperte. Ich war überhaupt nicht außer Atem, aber Adrenalin schoss mir durch die Adern, ließ mich zittern, mein Herz zu schnell rasen. Ich würde mir Sorgen machen, dass es platzen könnte, aber es war auch nicht mehr ganz menschlich.

Ich brauchte nicht laut zu sprechen, denn ich wusste, dass sie wir telepathisch mit mir verbunden waren. Aber ich sprach trotzdem, brauchte die Laute, um mich in der Realität zu verankern, mich daran zu erinnern, dass ich mehr war als nur eine Hive-Integration.

„Wir sind Nexus 2. Bericht. Warum ist die Mission hier noch nicht abgeschlossen?" Ich achtete darauf, wie ein echter Hive zu sprechen, auch wenn es lächerlich klang. Als Teil der vollständigen Einheit namens Nexus 2, als Teil meines vermeintlichen Hive-Meisters, hätte ich nie in der Einzahl von mir gesprochen. Das tat kein Hive, außer den Solo-Nexus-Einheiten, die das gesamte Hive-Kollektiv steuerten. Die Hive-Bosse. Die dunkelblauen Kreaturen waren furchterregend, und ihre Telepathie so mächtig, dass sie eine Frau davon überzeugen konnten, sie stünde auf einer Wiese voller Schmetterlinge und Wildblumen, während sie in Wahrheit auf einem OP-Tisch lag. Sie konnten sie Zuneigung empfinden lassen, sogar Liebe, ohne jegliche Grundlage oder Wissen, dass es nicht echt war. Ja, das hatte Spaß gemacht. *Nicht wirklich.*

Erst später. Als ich aufwachte, während Nexus 2 nicht mehr in telepathischer Reichweite war, erlitt ich quälenden Selbsthass, den ich nie wieder erleben wollte. Als ich die neun Hive-Soldaten erblickte, bereitete mir das Ekel und Sodbrennen.

Vor den Nexus-Einheiten hatte ich Angst, aber diese Hive waren Untergebene für mich. Für sie war ich *ihre* Vorgesetzte. Als Bestätigung dessen fielen alle neun vor mir auf die Knie und ich nutzte das aus, scannte ihre Gedanken nach ihren Absichten, alles, was ich von ihnen erfahren konnte. Und so traurig es auch war, suchte ich in ihren Gedanken nach etwas, das noch kämpfte, noch zu retten wäre. Einem Koalitionskämpfer, der sich immer noch gegen die Gedankenkontrolle des Hive wehrte und nur noch nicht das Glück gehabt hatte, zu entkommen und auf der Kolonie existieren zu können.

Der höchstrangige Soldat war einst Prillone gewesen. Von Kopf bis Fuß bedeckt, nicht ein Zentimeter seiner Haut war frei von silberner Hive-Technologie. Er sah aus wie ein Androide, nichts Biologisches oder Natürliches war mehr übrig. Er sprach laut, wie ich es getan hatte, und ich erkannte, dass die Hive mich durch den geschlossenen Helm nicht hatten hören können. Ich konnte seine Stimme nicht lauter hören als ein Raunen. Aber ich hörte ihn in meinem Kopf.

„Meine Königin, wir sind hier, um die Kommunikationsvorrichtung zu beschützen, bis Nexus 4 seine Aufgabe abgeschlossen hat." Abgeschlossen? Den Ausdruck kannte ich und wusste, wie er von ihnen verwendet wurde. Das war Hive-Code dafür, eine Frau zu stehlen und sie zu zwingen, sich vom Hive implantieren und züchten zu lassen. Hive-Gedankenkontrolle zu ertragen und ‚eins' zu werden mit dem Nexus, der sie folterte.

„Und die Transporter-Ressourcen? Sind sie abgesichert?" Ich war in einigen Besprechungen gewesen, wo die Möglichkeit besprochen wurde, dass der Hive die Mineralien stehlen könnte, die auf der Kolonie abgebaut wurden. Die Substanz, die unsere Transporter-Systeme am Laufen hielt. Wenn der Hive genug davon stahl, um den Betrieb der Koalition zu beeinträchtigen, würden sie den Krieg gewinnen. Trotz monatelanger Suche war es uns nicht gelungen, sie—angeführt von Nexus 4—in dem Netz von Höhlen und Tunneln unter der Planetenoberfläche aufzufinden. Wir wussten nicht einmal, ob es wirklich das war, was sie—wie Kanalratten unter der Erde—taten. Und wir wussten, dass sie da waren, so wie Krael, der Verräter, der bei ihnen war.

„Die erste Lieferung wurde empfangen. Die zweite Lieferung wird planmäßig auslaufen, sobald Nexus 4 uns das Kommando gibt."

Na toll. Also hatten sie bereits genügend Mineralien aus den Minen auf der Kolonie gestohlen, dass es für eine volle Lieferung reichte, und eine zweite bereitstand. „Und wo liegt die Verzögerung? Wir sind nicht erfreut über die Verzögerung."

Die Hive-Soldaten bebten bei meinem Tonfall. Als Frau, die mit einer Nexus-Einheit verbunden war, konnte ich sie allein mit meinen Gedanken foltern. Ich war wie eine Bienenkönigin in einem Stock voller Soldaten und Drohnen. Ich könnte buchstäblich jeden von ihnen nach Lust und Laune töten, wenn mir der Sinn danach stand... und mir stand definitiv der Sinn danach. Diesen Koalitionskriegern war vielleicht alles Persönliche entrissen worden, als sie verwandelt wurden, aber Angst kannten sie noch. Sie hatten immer noch ihren Überlebensinstinkt. Nicht einmal die Hive-Programmierung konnte diesen Urinstinkt aus ihren Körpern bannen. Und Angst war eine Emotion, die jedem gut diente, der am Leben bleiben wollte. Oder zumindest funktionstüchtig für den Hive.

„Nexus 4 hatte noch keinen Erfolg dabei, sich ein weibliches Wesen zu sichern."

Ich schluckte die Galle hinunter, die mir in die Kehle stieg. Ich wusste ganz genau, wie es war, ein *gesichertes* weibliches Wesen zu sein. Nexus 2 hatte mich gut geschult. Die dunkelblaue Alien-Kreatur hatte mich als seine Gefährtin gewollt, seine Königin. Und ich hatte beinahe meinen Verstand verloren, jegliches Identitätsgefühl, unter seiner Beherrschung. Eine störrische Ader, dieselbe, die mich als kleines Mädchen so oft in Schwierigkeiten gebracht hatte—verdammt, das tat sie mit dem Gouverneur immer noch—hatte mich gerettet. Ich hatte mich einfach geweigert, den Kampf aufzugeben, bis endlich, endlich meine Chance kam und ich ein Schiff stehlen und entkommen konnte.

„Wir fordern den genauen Aufenthaltsort von Nexus 4. Wir werden direkt mit ihm sprechen", sagte ich, weiterhin in der Mehrzahl.

Diese neun würde ich umbringen, dann zum Planeten zurückkehren und den Rest ausschalten. Und Nexus 4, die telepathische Nexus-Einheit, die vor ein paar Monaten versucht hatte, CJ und Rezzers Zwillinge zu töten? Die Caroline Jane für sich selbst haben wollte? Rezzers Atlan-Babys töten wollte, die bereits stark und gesund in CJs Bauch heranwuchsen? Er war immer noch hier oben und suchte nach einer weiteren Frau. Es gab nicht allzu viele Frauen auf der Kolonie—dem Nexus wäre es egal, ob sie alleinstehend wären oder Gefährten hätten—und das verhieß nichts Gutes für meine Freundinnen von der Erde. Und ich wusste, dass Rezzer mit aller Wahrscheinlichkeit in den Biest-Modus wechseln würde, wenn ich ihm die Chance geben würde, mich auf einen kleinen Rachefeldzug zu begleiten.

Ich würde dem dunkelblauen Arschloch schon noch eine Frau liefern, nur nicht die leicht zu folternde Variante, die er sich vorstellte. Ein Schluck seiner eigenen Medizin war fällig.

Der Hive-Soldat vor mir erhob sich langsam. „Nexus 4 hat zugestimmt, Sie zu treffen. Er möchte vorschlagen, dass Sie sich mit ihm verbünden, da Nexus 2 nicht hier ist, um sich Ihrer anzunehmen."

Es dauerte einen Moment, bis ich verstand, was er sagte. Dass Nexus 4 mein Hive-*Beschützer* werden wollte. Was für ein Haufen Scheiße. Der Begriff Züchter kam der Sache schon näher. Herr im Himmel.

Waren die Hive was Frauen anging um nichts besser als die Aliens auf dem Planeten da unten? Da mein sogenannter Gefährte Nexus 2 sich in einem anderen Weltraum-Sektor aufhielt und nicht neben mir stand, verspürte Nexus 4 den Drang, mich für sich selbst zu stehlen? Zu meinem eigenen Schutz? Um sich meiner *anzunehmen?* Um... wie etwa, für meine Sicherheit zu sorgen?

Folter traf es schon eher. Dazu gezwungen werden, noch mehr kleine blaue Soziopathen auszuwerfen. Nein.

Aber eines wusste ich, was ich den Ärzten beim Geheimdienst *sehr wohl* erzählt hatte. Die Nexus-Einheiten waren untereinander nicht befreundet. Verdammt, sie hassten einander, betrachteten einander als vorübergehendes notwendiges Übel, Verbündete und Einsatzkräfte, die notwendig waren, um die Koalitionsflotte zu besiegen und die Galaxis zu erobern. Aber sobald das erledigt war, würden sie sich gegenseitig in den Rücken fallen wie verhungernde Monster, die um einen Brocken Fleisch kämpften. Jede Nexus-Einheit herrschte über einen festgelegten Sektor im All, hatte ihre eigenen Späher und Soldaten. Sie steckten in einem Rennen darum, jedes biologische Wesen in ihre eigene persönliche Armee zu rekrutieren, bevor der *wahre* Krieg ausbrach, der Krieg zwischen den Nexus-Einheiten selbst. Jahrhundertelang hatte man auf den Koalitionsplaneten gedacht, dass der Hive ein gut durchorganisiertes Kollektiv von kooperativ handelnden Wesen war. Der Geheimdienst und die wenigen anderen, die wussten, dass Nexus-Einheiten existierten, hatten angenommen, dass sie wahre Brüder waren. Aliens, die für eine gemeinsame Sache kämpften, unter einem Banner.

Sie lagen falsch. Die Nexus-Einheiten waren Einzelgänger. Egoisten. Sie arbeiteten zusammen, weil sie das mussten, um eine organisierte Koalitions-Flotte zu überleben. Eine vereinte Widerstandskraft. Kooperation war zweckmäßig. Nicht mehr als das. Und nicht weniger.

Die Koalitionswelten? Rohmaterial. Wir waren Vorräte, die sie ansammelten. Krieger, die sie in ihre Hive-Strichliste eintragen konnten. Kugeln in einer Pistole. Einsatzkräfte. Entbehrlich.

Und die Nexus-Einheiten würden nicht zögern, einander die Soldaten und Späher zu stehlen, oder mich. Soweit ich wusste, war ich die erste, vollständig integrierte Nexus-*Gefährtin*.

Ich konnte es nicht erwarten, Nexus 4 zu töten. Für mich waren sie alle gleich. Das pure Böse. Ohne Gewissen. Ohne Seele. Ich musste nur daran denken, ihm nicht in die Augen zu blicken, bevor ich den Job erledigt hatte. Nur ein Blick in diese dunklen Augen, und ich wäre erledigt. Gefangen. Völlig unter seiner Kontrolle. Denn auch wenn ich dank ihnen knallhart war, hatte ich eine Schwäche, wie sie gegen meinen Willen wieder die Kontrolle über mich erlangen konnten. Verbindung. Eine Verbindung von Hirn zu Hirn.

Wenn ich Nexus 4 einließ, wäre es um mich geschehen. Mein Hirn verbraten. Dann wäre es v-o-r-b-e-i.

„Schickt uns die Koordinaten", befahl ich. „Wir werden sofort zu ihm gehen."

„Ja, meine Königin." Die Information strömte in meinen Kopf wie ein Daten-Upload und ich drang tiefer, verschaffte mir Zugang zu mehr Informationen, als er mir zu geben beabsichtigt hatte. Es war fast zu einfach. Ich empfing den Standort des Schiffs auf der Mondoberfläche. Karten von ihren verborgenen Höhlen auf der Kolonie. Koordinaten. Minenbereiche. Posten von Hive-Soldaten und Drohnen. Das alles hatte ich in wenigen Sekunden erhalten, einschließlich des Standortes des wartenden Nexus-Frachtschiffes und der Menge an gestohlenen Mineralien im Frachtraum des Schiffes. In nur zwei Sekunden gehörte das alles mir.

„Vielen Dank." Nun lächelte ich, ging auf ihn zu und packte seinen Kopf, mit Helm und allem Drum und Dran. Ich packte mit meiner ganzen Wut zu, die ich in den letzten Wochen aufgestaut hatte, brach ihm das Genick und ließ ihn tot zu meinen Füßen fallen. Ich empfand nichts dabei. In diesem Körper war kein Prillone mehr übrig gewesen. Wäre ich ihm früher begegnet, hätte er sich sicher gewünscht, von mir getötet zu werden. Dass er nie so sein wollte, ohne eigenen Verstand, nichts weiter als eine leere Hülle, die gezwungen wurde, Böses zu tun.

Schockiert und überrascht beeilten sich die anderen, sich aus ihren knienden Positionen zu erheben und ihre Waffen abzufeuern.

Der erste Ionen-Blaster stach stärker, als ich gedacht hatte, aber nicht stark genug, um mich davon abzuhalten, den

Brustkorb des Schützen einzudrücken, bis die Rippen sein Herz zum Stillstand gebracht hatten. Er war einst von Viken gewesen. Jetzt war er ein Monster. Ein totes Monster.

Zwei erledigt, noch sieben übrig. Ich zog das Messer von meinem Oberschenkel und schnitt dem integrierten Atlanen neben mir die Kehle durch. Er war immer noch auf den Knien. Seine Augen wurden glasig und ich hätte schwören können, Dankbarkeit darin zu sehen. Er kämpfte nicht und versuchte nicht, mich aufzuhalten, was mir das Herz brach, auf eine Million Arten schmerzte. Er sah Mak viel zu ähnlich. Zu groß. Zu stark. Zu nobel.

Er hätte mich töten können, aber er hatte gegen seine Konditionierung angekämpft, hatte stillgehalten für den Todesstoß. Ja, *das* hatte ich erwartet. Einen Hauch von Leben, vom ursprünglichen Wesen im Inneren.

Die Erleichterung in seinen Augen

würde mich ewig in meinen Träumen verfolgen. Endlich hatte er Frieden gefunden.

Die Ungerechtigkeit seines Opfers brachte mich fast dazu, zu schreien und mir die Augen auszuheulen. Aber das würde nichts bringen. Er wollte sterben, seine Würde wiederhaben. Ehre. Und er hatte nicht weniger verdient.

Ein Ionen-Blaser traf mich in den Rücken, und ich drehte mich mit einem Lächeln in die Schusslinie.

Ich war nun Nexus, dank ihrer eigenen Meister. Sie würden nun sehr viel mehr brauchen als ihre Ionen-Blaser, um mich auszuschalten. Sie schossen mit Knallpatronen auf einen wütenden Bären.

Das schienen drei von ihnen schließlich zu erkennen, stürmten auf mich zu und ich schaltete sie mit einem weit ausholenden Rundum-Kick aus, der Chuck Norris stolz gemacht hätte. Der Tritt brach dem ersten Soldaten den Schädel, zerbröselte dem zweiten den Brustkorb und schlug dem dritten das halbe Bein weg. Er fiel vor Schmerzen brüllend zu Boden, aber er schwieg, nachdem ich ihm mit einem Tritt den Hals zermalmte.

Ich wandte mich den anderen zu, schlug ohne Gnade zu, bis ich allein dastand, von den Toten umgeben. Die gesamte Begegnung hatte nicht mehr als ein paar Minuten gedauert, aber ich fühlte mich, als hätte ich jahrelang gekämpft— was ich auch hatte. Ich hatte auf Missionen gehen wollen, um den Hive Stück für Stück auszuschalten, aber es war nie einfach. Nie ohne persönliches Opfer. Emotionale Zerstörung.

Ich brauchte ein Valium. Eine Beruhigungstablette. Etwas, das mich vergessen ließ.

Mak war das gelungen; für die wenigen Stunden war ich etwas anderes gewesen als ein kaputtes Ding, eine Hive-Königin, eine Gefährtin eines blauen Nexus-Bastards, der wollte, dass ich seine Kinder bekam. Bei Mak fühlte ich mich lebendig. Schön. Sinnlich. *Wie ich selbst.*

Aber nicht begehrt. Sexuell, ja, aber nicht vollständig. Nicht so, wie mein gebrochenes Herz das brauchte. Er weigerte sich, mich zu beißen, auch nur in Betracht zu ziehen, bei mir zu bleiben und auf der Kolonie zu leben. Sobald der Geheimdienst die Wahrheit herausfand, die ich ihnen vorenthalten hatte—und was ich gerade in meinem Kopf gesammelt hatte—würden sie mich dazu benutzen wollen, die Nexus-Einheiten zu ködern und zu fangen, die den Hive kontrollierten. Sie würden mich in der ganzen Galaxis herumschicken wollen. Ich würde der Köder sein, um die Nexus zu ihnen zu locken, wieder und wieder. Das ergab Sinn, ich konnte ihnen ihren Plan nicht verübeln. Verdammt, es war eine gute Idee, auch wenn ich nicht begeistert davon war, ihren Köder zu spielen, wie es ihnen beliebte. Ich war mir nicht sicher, ob ich es überleben würde, und ich war mir nicht sicher, ob ich das wollte.

Ich würde nur... am Leben sein. Überleben. Kämpfen. Kein Glück. Keine Freude. Keine Verbindung außer der über die Gedanken von anderen Hive. Und das war nicht die Verbindung, nach der ich mich sehnte.

Ohne Mak würde ich nicht viel mehr sein als der Atlane, den ich gerade getötet hatte. Eine leere Hülle meines früheren Ichs, in einem Körper, der nicht länger mir gehörte. Zum Kampf eingesetzt, für die Schlacht. Als Strategie, und sonst nichts. Ich würde eine Schachfigur sein, ein Zahnrad in der Kriegsmaschine, die sich durch die gesamte Galaxis zog.

Damit konnte ich nicht leben. Nicht lange. Nicht, wenn ich nicht den einzigen Mann haben konnte, den ich wollte. Es war erst einen Tag her, dass ich ihn ausgewählt hatte und wir unsere Abmachung getroffen hatten. Aber seither war so viel passiert. Die *Verbindung*—ja, dieses Wort hallte in meinem Kopf—war stark. Intensiv. Es war, als wären wir *doch* über das Bräute-Programm zugeordnet worden. Oder als wären wir geprägte Gefährten von Everis. Der Bund war echt, und dabei hatte er mich noch nicht einmal in Besitz genommen. Ich fragte mich, wie es wohl wäre, wenn er mich wahrhaft zu seinem Eigentum machen würde.

Kraftvoll. Intensiv. Einfach nur... friedvoll.

Und doch war Makarios von Kronos ein wildes Wesen, ein freier Geist. Er hatte mir nichts versprochen. Er hatte sein Wort nicht gebrochen, oder sich ehrlos verhalten. Ich konnte ihm nichts vorwerfen als das, meine Emotionen auf eine Weise einzufangen, die ich nie erwartet hätte. Aber das war mein Problem, nicht seines. Ich würde keine Fessel an seinem Bein sein. Ich würde mich an unsere Abmachung halten.

Aber ich wusste, dass mir nichts helfen würde, außer den Hive direkt ins Herz zu treffen. In ihrem Kern. An den Nexus-Einheiten, die sie alle kontrollierten.

Und Nexus 4, der sich auf dem Planeten verkroch wie eine Schlange? Er wusste, dass ich immer näher kam. Und das passte mir ganz gut.

Ich ging auf das Hive-Schiff zu und hatte mir vorgenommen, bei meiner Begegnung mit Nexus 4 klaren Kopf zu behalten. So ließ ich zu, dass die Hive-Technologie, die beinahe meinen gesamten Körper überzog, ihre ursprüngliche Farbe annahm— um für die Nexus-Einheit verführerischer auszusehen—ein sattes, dunkles Blau. Ich hatte gelernt, es zu unterdrücken, aber nun, als würde ein Damm brechen, breitete die Farbe sich auf meinem Körper aus. Jetzt sah ich genau so aus wie sie. Wie Nexus 2 mich erschaffen hatte.

Blau. Feminin. Stark.

Perfekt für die Zucht.

Wenn es einen Drang gab, der so ursprünglich war wie das Überleben, dann war es der Drang, zu ficken. Und soweit ich wusste, war ich die einzige Frau in der Galaxis, die eigens dafür gefertigt worden war, die blauen Mistkerle zu verführen. Wenn ich ihn dazu bringen konnte, mit dem Schwanz zu denken anstatt mit dem Kopf, dann würde ich eine Chance haben. Und anstatt ihn mit den Händen einer Geliebten zu berühren, würde ich ihm glatt den Schädel abreißen.

9

Mak, Oberfläche des Mondes der Kolonie

ENDE?

Waren das tatsächlich Gwens Worte zu mir gewesen? Ich würde dieses Weib finden, sie mir übers Knie legen und ihr den Hintern versohlen, bis er unter meiner Hand rot brannte.

Ende.

Nein, sie würde verhauen werden, und dann würde ich in ihr sein und sie ficken, bis sie sich mir unterwarf. Dafür sorgen, dass sie nie wieder etwas so Dummes tun würde. Als ich in der Missionsbesprechung saß, hatte ich gesagt, dass ich für Gwens Sicherheit sorgen würde. Ja, es war ein Vorwand gewesen, um von dem verdammten Planeten runter zu kommen, aber ich hatte die Wahrheit gesagt. Solange sie mit mir zusammen war, würde ich sie beschützen.

Und dann rannte sie davon und machte sowas. Was zum Teufel sollte das?

Sie konnte genau in diesem Moment ganz auf sich allein gestellt vom Hive getötet werden. Und sie hatte einen Sack voll Sprengstoff auf dem Rücken.

SCHEISSE.

Der Gedanke, dass sie sterben könnte, in Stücke gerissen, ließ mich schneller laufen und Marz und Vance zubrüllen, dass sie sich verdammt noch mal beeilen sollten.

„Wir sind näher an unserem Schiff", antwortete Marz. „Wir werden zurücklaufen und zu ihrem letzten bekannten Aufenthaltsort fliegen."

„Beeilt euch einfach, Marz."

„Wir kommen, Mak. Halte sie nur irgendwie am Leben." Ich hörte an seiner Stimme, wie sauer er war. Ich schätzte, dass auch er Gwen für ihr Verhalten am liebsten übers Knie legen würde, aber er würde sich einfach damit zufrieden geben müssen, dass ich die Sache in die Hand nehmen würde.

Ich musste sie nur bis dahin am Leben halten.

Leichter gesagt als getan. Wenn der Gouverneur dachte, dass ich auf diese Art meine Frau unter Kontrolle halten würde, dann hatte sein Plan versagt. Kläglich. Bestimmt verfolgte er jede Sekunde dieser Totalkatastrophe über den Satellitenfunk mit. Was hatte ich denn gedacht? Ich würde sie niemals unter seinem Schutz zurücklassen können. Sie war viel zu stur. Zu dickköpfig. Zu wild für ihr eigenes Wohl. Und wie sie davongelaufen war—mit ihrer unfassbaren Hive-Geschwindigkeit—in den wirbelnden Nebel hinein und auf den Feind zu, das war der Beweis dafür.

Kampflord Bruans Ratschläge über

Menschenfrauen spukten mir wieder im Kopf herum. Ich hatte die Wichtigkeit seiner Worte nicht verstanden, die Tiefe seiner Einsichten, die er über diese Frauen gewonnen hatte. Wild fing gar nicht erst an, sie zu beschreiben. Und meine, mit Cyborg-Integrationen... Ich war verloren.

Diese Frauen warfen sich ohne Rücksicht auf ihr eigenes Überleben in die Schlacht. Und auch wenn Gwen nicht offiziell meine Gefährtin war, ich sie nicht beißen und mich so mit ihr paaren konnte: das würde mich nicht davon abhalten, sie vor sich selbst zu beschützen. Ich war ein Mann von Ehre, und ob es ihr gefiel oder nicht, hatte sie sich mir verschrieben. Sie stand unter meiner Fürsorge. Sie stand unter der Herrschaft meines Schwanzes. Sie gehörte mir.

Ich schaltete die Anzeige in meinem Helm aus, die Funkverbindung zur Kontroll-Zentrale der Mission, zur Planetenoberfläche. Es gab Dinge, die ich nicht teilen wollte, und dazu gehörte, was auch immer Gwen davonlaufen ließ.

Ich roch sie, bevor ich sie sehen konnte: die metallische Schärfe des Hive, die sich mit ihrer seltsamen Nährstoff-Mischung und elektrischen Schaltkreisen am Leben hielten, nicht schwitzten oder weinten oder *fühlten*.

Meine Hyperion-Giftzähne schnellten hervor, diesmal nicht für eine Paarung, sondern um Fleisch von Knochen zu trennen. Um zu kämpfen.

Ich konnte die Hive riechen. Und meine Frau war unter ihnen. Kämpfte. Alleine.

Niemals wieder.

Mit einem herausfordernden Brüllen sprang ich über die niedrige Kuppe und fand dort völlige Verwüstung vor. Und Gwen, die unberührt inmitten von einem, zwei, drei... sechs, nein, neun toten Hive-Soldaten stand. Einer von ihnen so groß, dass er eindeutig Atlane gewesen war.

Der Anblick ließ mich erbeben. Sie hatte es ganz alleine mit ihnen aufgenommen. Mit ihnen allen. Neun verdammte Gegner.

Als sie sich zu mir herumdrehte, wirbelte in ihren Augen ein dunkles, undurchdringliches Blau, eine Farbe, die ich noch nie gesehen hatte. Nicht ihre eigene. Alien. Wie ihr Gesicht, ihre Hände... blau. Aber ihr Blick war wie ein Schlag in die Magengrube, so voller Schmerz und erlittenem Verrat. Sie wusste wohl nicht, wie viel sie mir mit diesem Blick verriet, aber ich kannte sie. Ich war in ihr gewesen.

Hatte es geliebt. Scheiße. Ich liebte sie. Ich würde für sie sterben. Sie niemals verlassen.

Wenn sie mich nur wollte. Ich hatte sie erst beinahe verlieren müssen, bevor mir das klar wurde.

Und das nach nur einem Tag. Wenn ich nun daran dachte, dass sie mir gehörte, war ich mehr als nur ein beschützender Mann. Nein, ich war so viel mehr. Mein Herz war nun mit dabei.

„Geh, Makarios", sagte sie. „Nimm das Schiff, mit dem wir herkamen, und flieg nach Hause. Du bist nun frei." Sie wandte sich von mir ab, nahm ihren Helm ab und schüttelte ihr schwarzes Haar aus, das ihr über den Rücken fiel. Die giftigen Substanzen in der Luft um uns herum schienen ihr nichts anhaben zu können. Sie rang nicht um Atem. Über meinen Helm kamen keine Warnsignale von ihren Körperdiagnosegeräten herein. Gar nichts. Und zum Glück hatte ich die Funkverbindung getrennt. Ich konnte nicht brauchen, dass der Gouverneur diese Unterhaltung mitanhörte und erfuhr, dass ich vorhatte, ein Schiff zu stehlen und zu Rogue 5 zurückzukehren.

„Gwen? Was machst du da?" Ich trat einen Schritt näher und packte den Helm, um ihn ihr wieder über den Kopf zu stülpen. „Setz den sofort wieder auf."

Sie wandte sich mir zu und zog sich währenddessen die Uniform aus. Sie stieg aus aller Kleidung heraus, und ich konnte nur zusehen. Gebannt. Verblüfft. Verwirrt. Nach einer Minute stand sie nackt vor mir, und der seltsame Nebel wirbelte um ihren Körper, als würde er ihre Haut liebkosen.

Ich starrte sie wie gefesselt an. Ich konnte meine Augen nicht abwenden. Sie war wunderschön, aber es war nicht die Gwen, die ich kannte. Tiefblau von Kopf bis Fuß, ihr schwarzes Haar wie ein Heiligenschein um ihre Kurven. Das Blau war in Abschnitte unterteilt, die ein Muster von Hell und Dunkel bildeten, das ich nur zu gerne mit den Händen nachzeichnen wollte. Mit meinen Lippen.

Bei allen Göttern. Was zum Teufel hatte der Hive mit ihr angestellt?

„Geh, Mak. Wir hatten eine Abmachung. Du bist frei." Sie wiederholte ihre Worte, aber ich konnte mich immer noch nicht rühren. Oder wegsehen. Als würde ich sie so verlassen können. Nackt und blau, mit toten Hive um ihre Füße verstreut.

„Und wohin gehst du? Was hast du vor, Weib?"

Sie legte den Kopf schief, mit einem traurigen Lächeln. „So viele von ihnen zu töten, wie ich nur kann." Sie bewegte sich leicht und drehte den Kopf ein wenig, als würde sie auf etwas horchen, das ich nicht hören konnte. „Er ist böse auf mich, weil ich seine Soldaten getötet habe. Gut so."

Jetzt grinste sie, und der Anblick war geradezu furchterregend. Ihr fehlte nur noch ein Flammenschwert, oder dass ihr Schlangen aus dem Kopf stiegen, und Krieger auf dutzenden Welten würden ihr zu Ehren Schreine errichten und sie vergöttern. „Wir müssen sofort los. Er wartet."

Ich verzog das Gesicht. „Wer ist wir? Wer wartet? Was zum Teufel ist hier los? Warum zum Teufel hast du dich ausgezogen?" Ich trat näher an sie heran und hielt sie mit einer Hand an ihrer nackten Schulter davon ab, wegzugehen. „Gwen. Sprich zu mir. Bitte. Ich kann dir helfen."

Sie schüttelte den Kopf, und ihr schwarzes Haar glitt hin und her wie Seide. „Du kannst mir nicht helfen." Ihre blaue Hand ruhte auf meiner, ihr nackter Körper so perfekt, dass ich mich fühlte, als würde ich mit einer Statue sprechen, die ein Künstler erschaffen hatte. Wo war meine Gefährtin? Meine Gwen? Und wer war dieses Geschöpf, das mich mit so viel Resignation in ihren Augen ansah?

„Kann ich doch, wenn du mir sagst, was

du vorhast." Ich hatte noch nie so sanft zu ihr gesprochen. Wir waren immer voll Feuer und Starrsinn gewesen, ein reiner Machtkampf, streiten und ficken, bis wir beide zum Schluss gesättigt waren. Aber das hier? So wie sie jetzt war? Ich verstand nichts, und es kam gar nicht in Frage, dass ich ihr von der Seite weichen würde.

Sie blinzelte, langsam, und ich könnte schwören, dass ich zusehen konnte, wie ihr Verstand ihre Optionen ausrechnete. „Ich fliege mit dem Hive-Schiff auf den Planeten zurück und töte Nexus 4, bevor er eine weitere Lieferung von Transporter-Mineralien vom Planeten entfernen kann."

Nexus 4 auf dem Planeten? Mineralien? Mir doch egal. Um das Problem konnten sich anderen kümmern. Sie konnte dem Gouverneur und den tausenden rastlosen Kriegern auf dem Planeten die Details geben und sie das erledigen lassen. Und das würden sie. Mit Begeisterung. Mir waren sie scheißegal, der Hive auch, und auch, wie wütend der

Gouverneur sein würde. Nur sie war mir nicht egal.

„Ganz allein?"

Sie blickte mich an, als wäre ich es, der wirres Zeug redete und nackt auf einem Mond stand. „Natürlich. Der Rest von euch würde ihm niemals nahe genug kommen, um ihn auch nur anzufassen." Ihr Lächeln jagte mir Angst ein, voll mit Tod und Gefahr. Nicht menschlich. „Er wird diesen Körper begehren. Er wird dem nicht widerstehen können, was der andere für sich selbst erschaffen hat."

Ich sollte sie also nahe genug an einen Nexus 4 heranlassen, wer oder was auch immer das war, damit sie ihn *anfassen* konnte? Nackt? Um ihn dazu zu verleiten, sie zu *berühren*?

„Nur über meine Leiche."

„Geh, Mak. Du bist nun frei." Sie schüttelte mich ab und ging weiter. Schnell.

Ich rannte ihr nach, hob sie in meine Arme hoch und drückte sie an meine Brust, wie ich es auch getan hatte, als ich sie in mein Quartier getragen hatte um sie zu lecken und zu schmecken und zu ficken. Ich wollte, dass sie sich *daran* erinnerte. Ich *brauchte* es, dass sie sich an uns erinnerte. Aber ich steckte in diesem verdammten Raumanzug, also konnte ich sie nicht küssen. Nicht schmecken.

Aber ich konnte sie berühren, sie aus ihren Gedanken reißen, wie ich es in meinem Bett geschafft hatte. Gegen meine Wand gedrückt. Oh ja, ich hatte ihr alle Gedanken aus dem Hirn geblasen, und wünschte, dass ich das auch jetzt konnte.

„Lass mich los" sagte sie und wehrte sich, aber zur Abwechslung würde ich all meine Kraft dazu einsetzen, sie genau da zu behalten, wo ich sie haben wollte. Sie konnte mich verletzen, mich zu einem Kampf mit vollem Krafteinsatz zwingen. Ich sah dieses Wissen in ihren Augen, aber sie tat es nicht. Mein Herz machte einen Sprung. Ich war ihr nicht egal.

„Du wirst mich umbringen müssen, Gwen. Du wirst dort nicht alleine hingehen."

Sie erstarrte in meinen Armen, und der

trübe Blick in ihren Augen klärte sich endlich. Zorn loderte auf. Gut, mit Zorn konnte ich umgehen. „Das ist nicht fair, Mak. Wir hatten eine Abmachung. Du sollst doch abhauen. Zurück nach Rogue 5 und zu Kronos. Also mach. Geh."

„Nein." Ich verstrickte meine behandschuhte Hand in ihren schwarzen Locken und hielt sie gefangen, zog ihren Kopf nach hinten, sodass sie mich entweder anblicken musste oder die Augen schließen wie ein Feigling. Und ich wusste, dass sie mehr als genug Mut hatte.

„Verdammt nochmal." In ihren Augen schimmerten Tränen, und ich wollte sie fortküssen. Meine wilde Kriegerin war innerlich ganz aufgelöst. Es gefiel mir nicht, dass sie nun weinte, aber ich würde sie nicht gehen lassen, bis die Sache geklärt war. Bis sie verstanden hatte, dass ich nicht von ihrer Seite weichen würde.

„Was tust du da? Du willst doch keine Gefährtin, schon vergessen? Also geh."

„Ich will *dich*."

Sie schüttelte den Kopf. Sie hörte mich,

aber sie hörte mir nicht richtig zu. „Nein." Ihr Blick wanderte zu meinen hervorstehenden Giftzähnen, dann zurück zu meinen Augen. „Nein, Mak. Das tust du nicht. Nicht für immer."

Der Biss. Die Götter seien verdammt, sie dachte, dass ich sie nicht wollte, weil ich sie nicht biss, wie es ein Hyperione tun würde. Weil ich sie nicht in Besitz genommen hatte. Ihre Traurigkeit, diese Tränen waren nur meinetwegen. „Mein Biss würde dich töten, Gwen. Ich bin halber Forsianer. Die Kombination der Hyperion- und der Forsia-Gene machen meinen Biss giftig für eine Gefährtin. Es gibt nur drei Halbblüter wie mich, und der letzte Mann, der versucht hat, eine Frau in Besitz zu nehmen, konnte dem Instinkt nicht widerstehen, sie zu beißen. Er musste zusehen, wie sie in seinen Armen starb."

Sie versuchte, mich wegzudrücken, während ich das Dröhnen des Shuttles mit Marz und Vance hören konnte, das in der Nähe landete.

„Was für ein Unsinn", entgegnete sie.

„Das hättest du mir doch sagen können. Ich bin nicht gerade normal, Mak." Sie deutete auf ihren umwerfenden blauen Körper und ihren fehlenden Helm. Und sie trug ja auch sonst nichts. Sie holte tief Luft und blies in die Nebelschwaden, um ihr Argument zu unterstreichen.

Ich hatte ihr die Wahrheit gesagt, aber das hieß nicht, dass ich sie beißen würde. Niemals.

„Wie kommt es, dass du diese Luft atmen kannst?", fragte ich, um das Thema zu wechseln. Niemand sollte in der Lage sein, das zu tun. Selbst die Hive, die sie getötet hatte, hatten Helme getragen.

„Ich bin nicht mehr so ganz menschlich, falls dir das nicht aufgefallen ist."

Ich ließ meinen Blick über sie schweifen und wollte ihr verdeutlichen, wie sehr sich gerade mein Verlangen nach ihr in meinen Augen ansammelte. „Mir doch egal, welche Farbe deine Haut hat, Gefährtin. Blau oder orange, rot oder lila, ist mir alles egal. Du bist wunderschön.

Und du gehörst mir. Ich lasse dich nicht wieder los."

Hinter mir hörte ich Schritte, aber ich ignorierte die beiden Prillonen, als sie näherkamen. Gwen hatte weniger Glück, und sie zuckte bei ihren Worten zusammen.

„Bei den Göttern."

„Was zum Teufel?"

Ich drehte mich mit grimmigem Gesicht herum und zeigte den beiden Männern meine Zähne. „Ihr wagt es, meine Gefährtin zu beleidigen? Und schaltet gefälligst eure verdammten Funkgeräte ab", knurrte ich. Ich wollte nicht, dass irgendjemand am anderen Ende erfuhr, was hier vorging.

Marz legte sich die Hände an den Helm und streckte sie dann vor sich aus, Handflächen nach oben. „Sie sind aus", sagte er. „Und deine Gefährtin beleidigen? Nie und nimmer. Aber was zur Hölle ist mit dir passiert, Gwen? Geht es dir gut? Warum bist du blau? Wo ist deine Rüstung? Sollen wir einen Krankentransport rufen? Wir haben dich im Handumdrehen zurück auf der Krankenstation."

„Es geht mir gut." Vance ging um mich herum, während er leise pfiff und sich die toten Hive ansah, die ein Stück weiter weg auf dem Boden verstreut lagen. „Hast du das getan, Mak?"

„Nein. Das habe ich nicht. Und du beleidigst meine Gefährtin, indem du mich zuerst vermutest."

„Heilige Scheiße." Marz gesellte sich zu Vance und blickte um sich. Er beugte sich hinunter, um einen der Toten zu untersuchen, und ignorierte betont die Tatsache, dass Gwen nackt war. Als wäre das auf einer Mission ein völlig normales Vorkommnis. „Erinnere mich daran, dich niemals wütend zu machen, Leutnant."

Gwen brach in schallendes Gelächter aus, Musik in meinen Ohren. Sie klang wieder wie sie selbst. Noch besser, sie entspannte sich in meinen Armen und ließ zu, dass ich sie festhielt. Sie war zwar immer noch blau, aber sie gehörte immer noch mir.

Würde immer mir gehören.

Ich blickte in ihre Augen hinunter. „Nun, da das ganze Team hier ist, erkläre uns den Plan."

„Es gibt kein Uns, Mak", antwortete sie.

„Den Teufel gibt es das nicht." Marz sprach im Befehlston. Er hatte einen höheren Rang als wir beide, und er scheute nicht davor zurück, Gwen daran zu erinnern. „Sprich zu mir, Leutnant. Erkläre mir genau, was zum *Teufel* hier los ist. Und warum zum Teufel bist du nackt?"

Sie seufzte auf eine Art hin, die ich als Kapitulation erkannte, und schlang meine Arme um sie, so gut ich konnte, um sie zu bedecken. Zum Glück waren Marz und Vance vernünftig genug, nirgendwo anders hinzublicken als in ihr Gesicht, was es mir ersparte, ihnen die Schädel einzuschlagen.

Sie berichtete uns alles, was sie von den Hive erfahren konnte, die sie getötet hatte. Einschließlich des Teils, wo sie sich telepathisch mit ihnen unterhalten hatte, was verdammt verrückt war. Ich hatte ihre Integrationen vom Hive aus nächster Nähe gesehen, aber wir alle erfuhren nun das volle Ausmaß dessen, was sie ihr angetan hatten. Mehr, als sich irgendeiner von uns je vorstellen konnte. Wahrscheinlich auch weit mehr, als der Aufnahme-Arzt je erfahren hatte. Sie war blau, verdammt. Als sie fertig war, standen wir alle schweigend da. Geschockt.

Betäubt.

Und tief in mir lief das Hyperion-Biest in seinem Käfig auf und ab und wartete. Wartete darauf, zu töten.

Vance setzte sich auf einen Felsen und tappte mit seinem Ionen-Blaster gegen sein Bein. „Sollen wir es dem Gouverneur melden? Ihm zumindest sagen, was wir vorhaben?"

Meine Gefährtin wehrte sich gegen meinen Halt, und ich setzte sie ab und ließ sie vor uns auf und ab laufen, atemberaubend, wunderschön und nackt. Sie hatte keine Scham, keine Scheu, und so lehnte ich mich zurück und bewunderte, was mir gehörte. Als ich ihr vorschlug, dass sie sich bedecken und ihre Rüstung wieder anziehen sollte, warf sie mir einen so bösen Blick zu, dass ich sofort den Mund hielt.

„Sie ist voller Blut, Mak."

Mir gefiel nicht, dass Marz und Vance sie sehen konnten, aber wenn ich sie nicht zu Boden ringen und zwangsweise bedecken wollte—was mich nicht weit bringen würde—dann würde ich mich einfach damit begnügen müssen, dass diese Männer zwar hingucken konnten, aber sie niemals, *niemals* anfassen.

Sie war wild, und ich hatte keine Chance, sie kontrollieren zu wollen. Mit jedem Hüftschwung, jedem Felsbrocken, den sie mit der bloßen Hand zu Staub zermalmte, erinnerte sie mich daran. An ihren Füßen hing eine Staubspur aus den Steinen, die sie beim Auf- und Ablaufen zu Pulver zermahlen hatte. Sie dachte nach.

Götter, sie war stark. Stärker als alle, die ich je gesehen hatte. Mann. Biest. Atlane oder Hive.

Und sie hatte sich mir angeschlossen. Hatte sich von mir niederdrücken lassen. Ficken lassen. Mit meinem Samen füllen lassen. Mich ihre Pussy lecken lassen. Ihren Körper erobern lassen. *Mich lassen.* Denn wenn sie mich nicht wirklich gewollt hätte, dann hätte ich keine Chance gehabt, irgendetwas davon zu tun. Sie war viel zu mächtig, auf ihre Art. Und doch...

Meins.

Ich sehnte mich danach, sie mir über die Schulter zu werfen und sie zum nächsten Felsen zu zerren, der groß genug war, damit ich sie darauf vornüber beugen und ficken konnte. Hart.

„Mak, bist du noch da?"

Ich befahl meinem Schwanz, aufzuhören, mich so zu quälen, und hob den Kopf, um meiner Frau zu antworten. Der Plan, den sie uns präsentiert hatte, war gefährlich. Tödlich. Verrückt. Und sie war gänzlich darauf eingestellt, ihn alleine durchzuführen.

„Immer, Gefährtin."

„Gut." Gwen schlug die Hände zusammen und deutete auf Marz und Vance. „Ihr beiden nehmt das Shuttle zurück zu Basis 3. Holt Rezz. Erklärt ihm, was Sache ist. Nur Rezzer. Niemandem sonst. Ihr habt die Ortungssonde?"

„Natürlich." Marz fasste in seine Tasche und warf ihr das kleine Gerät zu. Sie fing es mit Leichtigkeit auf.

„Gut. Gebt Rezz die Frequenz zu dieser Sonde und sagt ihm, er soll sich bereithalten. Sagt ihm, dass wir uns am Zielort dieser Sonde treffen. Verstanden?"

Marz nickte, und obwohl er das Kommando hatte, nahm er die Anweisungen ohne Kommentar entgegen. „Kampflord Rezzer verdient eine Chance auf Rache dafür, was der Hive-Nexus seiner Gefährtin und seinen Kindern antun wollte. Er wird vielleicht nicht alleine kommen wollen. Die anderen Kampflords wollen sich ihm womöglich anschließen."

„Zu viele Köche verderben den Brei", antwortete sie, obwohl ich keine Ahnung hatte, was das bedeutete. „Und ich will nicht, dass der Gouverneur erfährt, was wir vorhaben, bis es zu spät ist. Er darf es nicht wissen, bis alles vorbei ist und ich weit fort bin."

„Fort? Fort wohin? Du wirst ihm früher oder später Rede und Antwort stehen müssen. Der Geheimdienst wird dich wochenlang verhören." Captain Marz wagte es, ihr zu widersprechen. Ich ließ ihn. Er sagte all das, was ich mir dachte. Soll er es doch sein, der meine Frau verärgerte.

„Das Hive-Schiff, das ihr hinter mir seht, gehört jetzt mir. Dies ist nur eine einzige Nexus-Einheit, auf einer Welt. Es gibt mindestens acht weitere."

„Und du willst sie alle jagen?", fragte ich. Ich kannte die Antwort bereits, aber ich fragte trotzdem. Wo sie hinging, dahin würde ich folgen. Ende der Diskussion. Wenn sie den Rest ihres Lebens damit verbringen wollte, Hive zu jagen, dann würde ich an ihrer Seite sein, Schädel einschlagen und so viele der Mistkerle umbringen, wie ich nur konnte.

Gwen drehte sich zu mir herum, ihre Augen immer noch tiefblau, nicht ihr natürliches, sanftes Braun. Aber die Entschlossenheit darin war unverkennbar. „Ja."

„In Ordnung."

Ihr blieb der Mund offen stehen. „Keine Widerrede? Kein brustklopfender Höhlenmenschen-Protest? Wirst du mir nicht *verbieten*, dich zu verlassen? Zu jagen? Mich in Gefahr zu begeben?"

„Nein, Gefährtin. Wohin du gehst, dahin folge ich. Wenn du tausend Hive jagen und töten willst, dann wirst du auf die Jagd gehen, aber du wirst das nicht allein tun."

„Bei allen Göttern, würdet ihr beide bitte die Klappe halten? Ihr redet davon, ein Hive-Schiff zu stehlen, sich den Befehlen des Gouverneurs zu widersetzen und zu Abtrünnigen zu werden." Nun lief Captain Marz auf und ab, mit deutlichem Frust in seinen schnellen Schritten und seiner starren Wirbelsäule.

10

Mak

WÄHREND CAPTAIN MARZ AUFGEBRACHT WAR, saß Vance seelenruhig auf dem Boden, ein Bein abgewinkelt, eines ausgestreckt vor sich. Völlig entspannt. „Sobald wir uns um den Hive auf dem Planeten gekümmert haben, ist mir ziemlich egal, was ihr beiden tut oder wohin ihr geht, besonders, da diese... Sache mit der blauen Haut da ist. Marz hat recht, die würden dich nie fortlassen. Aber es muss oberstes Prinzip sein, dass die Bedrohung für die Kolonie zuerst entsorgt wird. Und ich denke, wir sollten mit voller Kampfkraft in die Höhlen gehen."

Gwen schüttelte den Kopf, bevor Vance fertig gesprochen hatte. „Das wird keine gewöhnliche Schlacht sein. Es handelt sich hier um eine Nexus-Einheit. Er kann jeden Verstand spüren, der sich ihm nähert. Er wird wissen, dass wir kommen. Wenn es zu viele sind, wird er sich nur wieder verstecken. Ich muss alleine hinein, seinen Schutz beseitigen, ihn unterkriegen, damit wir ihn ein für alle Mal erledigen können. Sobald ich ihn auf dem Boden habe, kann Rczzer dazukommen und tun, was er will. Das überlasse ich ihm, denn ich weiß, dass er noch immer von seiner Begegnung mit der Nexus-Einheit zerfressen ist. Aber ich will nicht, dass der Gouverneur davon erfährt. Niemals."

„Das wäre Verrat." Captain Marz räusperte sich. „Darauf steht die Todesstrafe."

Sie blickte auf ihren blauen Körper hinunter, dann wieder auf uns. „Wenn der Geheimdienst herausfindet, was ich für den Hive bin, dass ich mehr Integrationen habe, als sie sich je vorstellen konnten, und dass die Nexus-Einheiten aus ihren Verstecken hervorkommen werden, um mir nachzustellen und mich zu besitzen—"

Gwen stockte, als mir ein Knurren durch die Kehle grollte, aber blickte so schnell wieder weg, wie sie zu mir geblickt hatte und vertraute darauf, dass ich mich zusammenreißen würde. Nein, forderte es.

„Sie werden mich in einen Käfig stecken, Marz. Deswegen bin ich nackt, um euch zu zeigen, wie ich wirklich bin. Was sie mir *wirklich* angetan haben. Ich bin nicht normal. Ich bin nicht einmal für die Kolonie *normal*. Ich werde bestenfalls ein Experiment sein und schlimmstenfalls eine Waffe. Ich werde es nicht überleben. Ihr habt gesehen, wie ich verrückt geworden bin, als ich am Planeten festsaß. Ich bin nicht nur verseucht. Ich bin völlig anderes. Ich bin eine von denen. Keine Drohne oder Soldat. Sie haben mich zum Nexus gemacht. Ich bin dauerhaft beschädigt. Falsch. Zuerst dachte ich, ich könnte einfach auf Missionen ausziehen und Hive töten, und damit glücklich sein. Aber das war unrealistisch. Ich würde nicht verbergen können, wer ich jetzt bin. *Was* ich jetzt bin. Ich kann nie wieder nach Hause. Verdammt, ich habe nicht einmal ein Zuhause. Wenn ich erst mit Nexus 4 fertig bin und der Gouverneur und die anderen die Wahrheit erfahren, werde ich fliehen müssen. Entwischen. Und ihr beide müsst mir schwören, niemals zu verraten, was ihr heute hier gesehen habt. Ihr dürft niemandem die Wahrheit über mich verraten." Sie winkte mit der Hand über ihren Körper. „Versteht ihr das?"

Marz hörte mit dem Rumlaufen auf und wandte sich ihr zu. „Du willst den Hive hier töten, uns dann alle verlassen und alleine auf die Jagd nach ihnen gehen." Er schüttelte den Kopf. „Du bist vielleicht die stärkste Frau, die mir je begegnet ist, aber du bist immer noch eine Frau. Jede Zelle in meinem Körper fordert, dass du beschützt wirst, nicht in den Kampf geschickt. Es gefällt mir nicht."

„Es muss dir nicht gefallen. Das hier ist keine Bitte, Marz. Es ist ein Befehl." Die Drohung war da, die Ankündigung, dass sie wenn nötig Gewalt anwenden würde, um das in seinen dicken Prillon-Schädel hineinzubekommen.

„Sie wird nicht alleine sein. Sie gehört zu mir." Eine Tatsache.

Marz blickte von Gwen zu mir, dann hob er den Kopf, als würde er die Sterne ansehen. „Mögen die Götter gnädig mit uns sein. Dafür werfen sie mich noch in die Zelle."

„Nicht, wenn sie nicht wissen, was passiert ist", sagte Vance. „Rezzer wird den Mund halten. Wir werden ihn und Bruan dazu bringen, unsere Story zu bestätigen. Wir sind auf die Oberfläche zurückgekehrt, hatten das Bedürfnis, in den Höhlen nach etwas zum Kämpfen zu suchen, und hatten Glück." Vance blickte zu meiner Gefährtin, der Frau, für die ich sterben würde. „Wir sagen ihnen, dass du hier oben mit dem

Hive gestorben bist." Er blickte zu mir. „Ihr beide. Ins Weltall geschossen. Verloren." Marz sah aus, als würde er protestieren wollen, aber dann hielt er Vances Blick und nickte langsam. „Solange wir die Nexus-Einheit zerstören und verhindern, dass die Transporter-Mineralien von der Oberfläche transportiert werden. Wenn wir scheitern"—er wandte sich wieder zu Gwen — „dann gibt es keine weiteren Abmachungen. Keine Geheimnisse. Wir halten sie auf, oder jeder Krieger auf dem Planeten wird uns helfen, sie auszuschalten."

„Abgemacht. Ich stimme zu." Gwen sprach für sich selbst, was hieß, dass sie auch für mich sprach. „Aber ich bin die einzige, die ihm nahe genug kommen kann, um ihn zu töten." Gwen deutete auf das Hive-Schiff, das wir alle in unserer Nähe sehen konnten. Die Toten hatten wir zurückgelassen, und das Hive-Schiff war nur wenige Schritte entfernt. Das eigentümliche Gebilde war durch die Nebelschwaden hindurch verschwommen zu sehen. „Sobald Nexus 4 tot ist, nehme ich deren Schiff, mit deren Flug-Codes, und ziehe los, um sie zu jagen und zu töten, solange ich das kann."

Ich kannte Bruan. Rezzer. Tane. Ich kannte die paar Atlanen auf dieser Welt, und keiner von ihnen würde sich diesen Kampf entgehen lassen, selbst wenn sie den Mund halten und gegen Befehle verstoßen mussten, um teilzunehmen. Damit blieben Marz und Vance. Als Prillonen waren sie hier die große Unbekannte. Der Gouverneur war ebenfalls Prillone, und ein guter Anführer. Aber für Gwen und für Rezzer war die Angelegenheit persönlich. Das verstand ich nun, und ich würde meiner Gefährtin auf jede Art behilflich sein, die ich konnte, denn den Nexus zu töten war die einzige Möglichkeit, ihre Sicherheit zu gewährleisten.

„Rezzer wird sich diesen Kampf nicht entgehen lassen ", stimmte ich zu. „Und er wird auch nicht alleine kommen. Es ist sein Recht, die Anwesenheit der anderen Kampflords anzunehmen oder abzulehnen. Es ist das Biest in ihm, das dies entscheiden muss. Aber es liegt an dir, Marz, ob er versteht, was auf dem Spiel steht, und den Mund hält."

„Oder sich raushält", fügte Gwen hinzu.

„Mir ist es nur recht, wenn ich Nexus 4 alleine töte. Ich mache das für ihn, und für CJ und die Zwillinge. Das ist alles."

Ich hielt die Luft an, während Marz seine Entscheidung traf. Vance war sein Sekundär, und ich wusste, dass der Prillon-Krieger Marz unterstützen würde, egal, wie seine Entscheidung ausfiel.

Er nickte knapp. „In Ordnung. Ich werde es geheim halten. *Vorerst*. Aber wenn sie dich in Blau sehen... nun, dann wird das Geheimnis denke ich gelüftet sein. Bist du jetzt für immer blau?"

„Nein. Ich habe volle Kontrolle über meine Integrationen." Während sie sprach, verblasste das Blau, bis sie so vor mir stand, wie ich sie kannte: karamellfarbene Haut, schwarzes Haar, dunkelbraune Augen, in denen ich gerne ertrinken würde.

Marz und Vance waren weise genug, sich abzuwenden. „In Ordnung. So sei es.

Aber hier steht zu viel auf dem Spiel.", sagte Marz. „Dieses Wissen über die Nexus-Einheiten könnte eine Wende im Krieg bedeuten."

Was Marz sagte, traf zu, aber ich blickte zu Gwen, um zu sehen, ob sie zustimmte.

„Ich habe dem Geheimdienst bereits die Wahrheit über die Nexus und die Natur ihrer Allianz miteinander erklärt. Ich bin das einzige Geheimnis, Marz. Ich will nicht als wissenschaftliches Experiment enden, oder als Köder. Ich kann das Blatt im Krieg ganz alleine wenden, wenn ihr alle mich nur lasst." Sie zuckte halbherzig die Schultern und ich genoss die Art, wie ihre Brüste sich bei der Bewegung hoben und senkten. Ich blickte zu den anderen, bereit, ihnen die Augen auszustechen, wenn sie die Bewegung wahrgenommen hatten. Falls sie das hatten, zeigten sie keine Reaktion, die Köpfe immer noch wie ehrenhafte Männer abgewandt. Zum Glück.

„Also, sind wir alle zufrieden?", fuhr sie fort.

„Nein, ich bin nicht zufrieden. Auch

Maxim hat Rache verdient. Wo immer diese Nexus-Einheit ist, wird auch der Verräter Krael sein. Er hat meinen Sekundär Perro ermordet. Er hätte beinahe den Gouverneur getötet, und hat den Menschen Captain Miller umgebracht. Es gefällt mir nicht, aber ich stimme zu... wenn du mir und dem Gouverneur den Aufenthaltsort des Verräters überlässt." Marz streckte Vance die Hand entgegen und zog seinen Sekundär vom Boden hoch.

„Ich unterstütze diese Bitte", fügte Vance hinzu. „Ich habe bis jetzt nicht klar darüber nachgedacht. Rezzer ist nicht der einzige Krieger auf dem Planeten, der Rache verdient hat."

Gwen lächelte und verneigte sich leicht. „Du bist hart im Verhandeln, Marz, aber wie es sich so fügt, befinden sich das Transportschiff und die Nexus-Einheit nicht im gleichen Höhlensystem." Sie ging zu Marz und streckte ihm die Rechte hin, mit der seltsamen menschlichen Art, einen Handel abzuschließen. „Ich *biete* dem Gouverneur die Koordinaten zu den gestohlenen Mineralien auf dem Frachtschiff, gegen einen Preis."

„Welchen Preis?" Marz blickte sie grimmig an.

„Das ist eine Sache zwischen ihm und mir. Haben wir eine Übereinkunft?"

„Du bist eine formidable Frau. Und ja, die haben wir." Marz legte seine behandschuhte Hand in ihre, und sie drückte ihm die Hand, schüttelte den Arm auf und ab, in diesem menschlichen Ritual. Marz ignorierte mich, was mir gut passte. Er ließ Gwens Hand los und sprach zu Vance. „Geh zurück zum Shuttle von Mak und Gwen. Erstatte Bericht, dass es ein Gefecht gegeben hat und wir jede Spur von Mak und dem Leutnant verloren haben." Er wandte sich zu uns. „Da Helm und Tracker deiner Gefährtin bereits auf dem Boden liegen, musst du auch deine abwerfen, bevor du die Mondoberfläche verlässt. Der Gouverneur muss in dem Glauben bleiben, dass euch der Hive erwischt hat. Das sollte uns genug Zeit verschaffen, um euch beide in Stellung zu bringen."

„Abgemacht." Clever. Ich konnte gerade nicht klar denken. Gwen beinahe zu verlieren, und dann mitansehen zu müssen, wie sie furchtlos und stolz unter uns stand, machte meinen Schwanz steif und mein Herz schwer.

„Gut. Ich sehe zu, dass ich viele Aufnahmen von den toten Hive und dem Kampfschauplatz mache. Vance wird mir helfen, die Toten zu verladen. Bestimmt haben diese Krieger Familien, die wissen möchten, wie es ihnen am Ende ergangen ist. Wir bringen sie zur weiteren Bearbeitung auf die Kolonie, und ihr beiden verschwindet." Er blickte zu Gwen. „Du hast meine private Funknummer?"

„Natürlich."

„Benutze sie, wenn du bereit bist, dem Gouverneur deinen Handel anzubieten. Wie lange habe ich Zeit, um Rezzer und die anderen Atlan-Kampflords zu rekrutieren?"

Gwen legte den Kopf schief, und nun war sie an der Reihe, in die Sterne zu starren. „Ich gebe euch zwei Stunden, sie zum Höhleneingang zu bringen. Keine Minute mehr. Nehmt ein Shuttle und haltet euch nördlich von Basis 3, etwa achtzig Meilen weit bis zum Eingang zu den Eishöhlen."

„So nahe?" Vance schien hinter seinem Helm blass zu werden.

Gwen ignorierte ihn. „Und sagt Rezzer, wenn ich CJ nicht so gerne hätte, würde ich den Mistkerl einfach selbst töten und Rezzer seinen Kopf auf einem Tablett servieren."

„Kampflord Rezzer wird äußerst dankbar dafür sein, dass du das nicht tust", sagte Vance, und ein Lächeln umspielte seine Mundwinkel.

„Ach ja? Nun, er kann CJ im Gegenzug tausend Schultermassagen und zweitausend Orgasmen schenken."

Marz verschluckte sich bei ihren gewagten Worten. Vance lachte. Ich blickte meine Kriegerin an und lächelte. Zweitausend Orgasmen? Es würde vielleicht Jahre dauern, aber ich fühlte mich der Aufgabe mehr als gewachsen. Immerhin würde ich nicht damit leben können, wenn ein Atlane seiner Gefährtin mehr Lust bereitete als ich meiner. Ich hatte nur noch nicht genug Zeit mit ihr gehabt. Die Ewigkeit würde mir reichen.

Als konnte sie meine Gedanken lesen, wandte sich meine Frau mir zu. „Wenn du das wirklich durchziehen willst, dann los, Mak." Sie winkte locker in Richtung Marz und Vance, während sie davonging. „Ich schalte die Sonde an den exakten Koordinaten ein, wenn ich bereit bin, die Bude von Rezz und seinen Kumpels stürmen zu lassen."

Marz wollte widersprechen, aber Gwen ignorierte ihn, und ich konnte die Augen nicht von ihrem schwingenden Hintern abwenden, dem verführerischen Gleiten ihres langen, glänzenden Haars, das ihr über den Rücken fiel, während ich ihr in das leere Hive-Schiff folgte.

Dieses Schiff gehörte nun uns. Und jetzt verstand ich, warum Gwen nicht beabsichtigte, es je aufzugeben. Nicht, bevor der Krieg vorüber war, oder alle Nexus-Einheiten tot. Ich hatte mich geirrt, wenn ich dachte, dass sie mit der Kolonie zufrieden sein würde und damit, in eine Mission nach der anderen zu ziehen. Dass es ihr ausreichen würde, eine so kleine Rolle zu spielen. Ich hatte so falsch gelegen. Wenn ich sie mir nun so ansah, hatte sie recht gehabt. Sie wollte dem Hive nachstellen, ihn zerstören, aber sie würde das nicht können, wenn sie die Regeln eines Gouverneurs befolgen musste. Sie würde sich vielleicht nicht nackt vor ihm ausziehen, um ihm zu zeigen, in was sie verwandelt worden war, aber die Informationen, die sie eingeholt hatte, und wie sie das alleine fertiggebracht hatte, würden sie für die Koalition zu einer Waffe machen.

Ein *Ding*, keine Person.

Auch sie musste fliehen. Und solange sie mich neben sich fliegen ließ, war es mir egal, was für eine Art Schiff wir zu unserem Zuhause machten. Oder welche Farbe sie hatte, wenn wir abends schlafen gingen.

„Habt ihr beide vor, den Hive nackt zu bekämpfen?", rief Vance uns nach.

„Natürlich nicht", antwortete Gwen fröhlich. „Sie haben S-Gen-Geräte auf jedem Schiff. Wir machen uns unsere Kleidung selbst." Die spontanen Materie-Generatoren waren üblicherweise auf jedem Koalitionsschiff in der Flotte zu finden. Jeder Haushalt hatte einen auf den fortschrittlichen Planeten. Er konnte alles erstellen, von Waffen und Kleidung bis zu Essen und persönlichen Gegenständen, und zwar aus recycelter Quantenenergie, die zu neuen Modulen geformt wurde. Wenn der Hive S-Gen-Geräte hatte, dann würde es uns an nichts fehlen.

Sie lief die Rampe hoch und verschwand im Schiff, und ich folgte ihr, seufzte erleichtert, als sie die Tür schloss und den kleinen Raum mit Luft füllte, die ich atmen konnte.

Sobald ich dazu in der Lage war, zog ich mir den Helm vom Kopf und schnappte sie mir für einen Kuss.

Bei allen Göttern, sie war atemberaubend, egal, welche Farbe sie hatte.

„Zieh dir diese verdammte Uniform aus und wirf sie hinaus, Mak. Sie müssen denken, dass du gefangengenommen wurdest. Zumindest eine Weile lang."

„Schaffst du mir gerade an, mich nackig zu machen, Weib?"

„Ja, Mak. Das tue ich."

„Gut. Denn es wird leichter sein, dich zu ficken, nachdem ich dich übers Knie gelegt habe."

11

*G*wen, Mond der Kolonie, an Bord des Hive-Schiffs

"Wie bitte?"

"Du hast mich schon verstanden", antwortete er.

"Du wirst mich übers Knie legen? Wofür das denn?" Der Kerl tickte ja wohl nicht richtig, wenn er dachte, dass er Hand an mich legen durfte—zumindest nicht auf diese Art. Gegen das Ficken hatte ich überhaupt nichts.

„Dafür, dass du dich in Gefahr begeben hast. Dass du nicht auf ein einziges Ding *gehört* hast, was ich sagte. Dass du dir *neun* Hive ganz alleine vorgeknöpft hast."

Die Art, wie er das Wort *neun* aussprach, ließ mich zurückweichen. Sein Gesicht war rot, die Sehnen in seinem Hals traten hervor. Seine Fangzähne hingen tief herunter, knapp über seine Unterlippe hinweg. Ja, er war sauer.

„Aber ich wollte nicht, dass dir etwas passiert. Du kannst ihnen ja nicht zuhören, ihre Gedanken nicht erfahren. Oder sie töten."

Er trat einen Schritt näher. „Du hältst mich für schwach, Gefährtin?"

Ich schüttelte den Kopf, schluckte. Sein angespanntes Gesicht, während er seine Stiefel und seine Kleidung auszog, machte mich nervös.

„Nein. Natürlich nicht."

„Du hast getan, was du für nötig gehalten hast. Ich kann die Zeit nicht zurückdrehen und das ändern. Aber ich *kann* deine Meinung darüber ändern, etwas so Unvorsichtiges in Zukunft zu tun."

Bevor ich mich herumdrehen und davonlaufen konnte— es gab auch keinen Ort auf dem kleinen Schiff, wohin ich laufen konnte—hatte er mich über seine Schulter geworfen. Seine Hand sauste auf meinen Hintern, während er mich... irgendwohin trug. Da ich kopfüber hing und auf seinen strammen, nackten Hintern starrte, war ich ein wenig abgelenkt.

Außerdem tat der eine Hieb ganz schön weh. Seine Hand war riesig!

„Du wirst nicht mehr allein in einen Kampf rennen, hast du mich verstanden, Gefährtin? Es ist mein Recht und meine Pflicht, dich zu beschützen. Das kann ich nicht tun, wenn du mich zurück lässt."

Er ließ mich auf ein Bett fallen, und ich sah zu, wie er die Hände in die Hüften stemmte. Er sah aus wie ein Krieger, sehnige Muskeln, starker Körperbau und umwerfender Schwanz. Ich hatte sein Ego angekratzt, als ich davongelaufen war und den Hive alleine erledigt hatte. Ich konnte es ohne ihn schaffen. Ich *hatte* es ohne ihn geschafft. Hatte ihm gezeigt, dass ich nicht schwach war. Aber dieser Beweis hatte ihn nur verletzt. Nicht nur emotional, indem es ihn wütend machte, sondern tief in seinen Genen. Es war tief in ihm verankert, ein Weibchen zu beschützen. Sie zu vergöttern. Sie vor allem Leid abzuschirmen. Von Verrückten wie dem Hive fernzuhalten. Und ich hatte ihm die Möglichkeit dazu genommen.

Jetzt holte er sich seine Kontrolle zurück. Und indem er mich verhaute, bestätigte er sich selbst, dass ich bei ihm war, in Sicherheit, und dass er erneut die Kontrolle über mich hatte.

Als wäre das je der Fall gewesen. Aber ich konnte ihm in dem Glauben lassen. Konnte ihm erlauben, sich wieder einzukriegen, sein Gleichgewicht wieder zu finden. Das Wissen, dass ich eine solche Wirkung auf ihn hatte, war berauschend. Dass ich ihn quasi mit Emotionen in die Knie zwingen konnte, war ein intensives Gefühl.

Ich setzte die Füße aufs Bett, spreizte die Beine weit, ließ ihn sich sattsehen. Alles an mir sehen. „Es tut mir so leid, Mak. Aber du weißt doch, dass ich auf mich selbst aufpassen kann. Das habe ich doch heute bewiesen."

„Und was, wenn da fünfzig Hive gewesen wären? Hundert? Was, wenn sie modernere Waffen gehabt hätten? Nein. Du kämpfst nicht allein. Nie wieder." Er verschlang mich mit den Augen, und sein Schwanz reckte sich mir entgegen. Groß. Begierig. Ich kannte diesen Schwanz, wusste, dass er mich weit dehnen würde und hart sein würde. Grob. Wild. Gott, ich wollte ihn wild.

„Komm her, Mak."

Er schüttelte den Kopf, sein Blick laserscharf auf meine nassen Pussylippen gerichtet. „Du willst deine Hiebe auf die Pussy bekommen?", fragte er.

Sofort schloss ich die Beine. „Was? Nein!"

„Dann dreh dich herum und zeig mir deinen Hintern."

Ich musste zugeben—vor mir selbst, Mak würde ich das nicht erzählen—dass seine Herumkommandiererei im Schlafzimmer mich scharf machte. Ich wollte nicht, dass meine Pussy versohlt wurde, Himmel, aber sein Dirty Talk gefiel mir. Und diese heiße Hand auf meinem Hintern störte mich auch nicht.

Also drehte ich mich herum, stellte mich auf Hände und Knie und bog den Rücken durch, sodass mein Hintern hochgestreckt und für ihn auf dem Präsentierteller war.

„Ach, Gefährtin, ich liebe es, wie mein Handabdruck sich hübsch rosa auf deinem Hintern abzeichnet. Wir werden ihm ein paar hinzufügen."

Er schlug noch einmal zu, und ich wurde nach vorne gestoßen. Ich zischte über den Stich, aber ich beugte den Kopf nach unten, betrachtete seinen triefenden Schwanz durch meine Beine hindurch, und wie er bei jedem Laut, den ich machte, hüpfte. Ich wollte meine Macht über ihn überprüfen, also rutschte ich nach hinten, ihm entgegen, und achtete darauf, dass er sehen konnte, wie nass meine sehnsüchtige Pussy war. Seine Hiebe stachen, aber taten nicht weh. Nicht wirklich. Nicht genug, um zu vermindern, wie aufregend es war, mich ihm hinzugeben und ihm zu erlauben, mit mir anzustellen, was er wollte.

Mein ganzes Leben lang war es nur ums Kämpfen gegangen. Um Widerstand. Erst zu Hause, dann beim Militär und in der Koalitions-Truppe. Noch mehr, als der Hive mich gefangen nahm und folterte, und mich zu dem machte, was ich nun war. Auf die Kolonie zu kommen, hatte es nicht besser gemacht, denn sobald ich auftauchte, fingen die Männer an, um mich zu kämpfen. Mich zu verfolgen. Zu versuchen, mich zu verführen. Mich für sich zu gewinnen. Mich für sich zu beanspruchen.

Aber ich hatte Mak gewählt. Ich *wollte* seine Berührung, seine Hände auf meinem Körper. Seinen Verstand, der auf meine Bedürfnisse eingestellt war. Ich *brauchte* es, dass ich ihm wichtig war. Und in diesem Augenblick bebte er vor Emotionen, die ich gar nicht benennen wollte, während er mir den Hintern versohlte. Meine Haut brennen ließ und mein Herz platzen vor Liebe und Lust und Vertrauen. Ich hatte noch nie jemandem so völlig vertraut wie Makarios von Kronos, dem Rebellen, Schmuggler, Verbrecher. Weil er *mir* gehörte.

„Das hier wird keine volle Tracht Prügel werden, weil dafür keine Zeit ist. Ich will in den nächsten zwei Minuten bis zu den Eiern in dir stecken. Aber davor wirst du lernen, wie sich meine Hand anfühlt und erfahren, was passiert, wenn du das nächste Mal beschließt, davonzurennen und dir den Hive eigenhändig vorzunehmen."

Ein weiterer Hieb landete.

„Kapiert?"

„Ja, Sir", hauchte ich. Das Stechen breitete sich aus, verwandelte sich in etwas Anderes, etwas... Primitives. Ein Höhlenmensch, der seine Frau markiert. Nun, es würde vielleicht keine Besitznahme werden, aber es würde ein guter

Fick werden. Ich war vorgewärmt und bereit. Hungrig. Bestimmt konnte er sehen, dass meine Pussy nass war, quasi für ihn triefte.

„Ach, mir gefällt, wie gehorsam das klingt."

Ich blickte über die Schulter hinweg zu ihm und konnte sehen, wie sehr es ihm gefiel. Er war gar nicht so angespannt, wie ich dachte. Sein Gesicht war verkrampft, aber sein Blick feurig. Jede Linie an seinem Körper signalisierte Macht. Selbst sein Schwanz, der aus dem dunklen Nest seiner Locken hervorstand, rötlich, hart, pulsierend. Ein Lusttropfen trat aus der Spitze hervor, hungrig nach mir.

„Bitte", flüsterte ich in der Hoffnung, dass er mich ficken würde. Jetzt sofort.

Ich brauchte es. Das Adrenalin verflüchtigte sich langsam, und ich brauchte es. Brauchte ein Ventil, das Gefühl, real zu sein. Menschlich. Am Leben. Ich brauchte Mak.

Er trat näher ans Bett heran, legte seinen rechten Arm um meine Taille und hob mich hoch, bis meine Knie in der Luft hingen. Sein Schwanz stupste an meinen Eingang, und er richtete seine Schenkel an meinen aus, dann stieß er einmal kräftig zu.

Ich war aufgespießt, keuchte, zuckte. Er ließ mir keine Zeit, mich an seine riesige Größe anzupassen. Er nahm sich einfach, was er wollte. Beherrschte. Dominierte. Er schob mich weg und zog mich an sich, als wäre ich schwerelos. Fickte mich. Füllte mich. Die untere Hälfte meines Körpers hing in der Luft und ich hatte keine Kontrolle, keinen Halt, konnte nur nehmen, was er mir gab.

Mit einem Stöhnen wurde er schneller, hob mit der linken Hand meine Schultern vom Bett, umfasste meine Brüste, drückte meinen Rücken an seine Brust. Mein Kopf fiel auf seine Schulter zurück. Als ich ihm entgegen schmolz, drehte er sich herum und trug mich auf eine glatte, kalte Wand zu. Er presste meinen Körper gegen die Wand und schob seine Hände unter meine Schenkel, spreizte mich weit, hielt mich hoch, fickte mich von hinten, als würde er nie genug bekommen.

So fickte er mich, unsere Körper aneinandergepresst. Heftig und wild. Grob. Die Laute von aufeinander klatschendem Fleisch erfüllten den Raum. Der Geruch von Sex hing in der Luft. Meine Pussy zuckte um ihn herum, hatte keine Zeit, sich anzupassen. Mein schmerzender Hintern bekam keine Ruhepause, denn seine Hüften drückten sich wieder und wieder in ihn hinein.

„Du wirst kommen, Gefährtin."

Der Gedanke, dass ich nur deswegen kommen würde, weil er es befahl, wäre lachhaft gewesen. Früher. Ich konnte kaum jemals nur von einem Mann kommen, ohne irgendeine Stimulation meines Kitzlers. Besonders nicht so. Aber ich war bereits warm, nicht nur von der Schlacht mit dem Hive, sondern von dem Machtkampf mit Mak. Dominanz. Kontrolle.

Außerhalb dieser Wände hatte ich vielleicht Kraft, aber hier drin füllte mich sein Schwanz tief und hart, unerbittlich, füllte mich mit seinem Samen, und er hatte die Macht. Der raue Schrei, mit dem er kam, war Beweis dafür.

Und ich war gewillt, mich ihm hinzugeben. Begierig darauf, die Kontrolle abzugeben, mit dem Kämpfen aufzuhören. Was immer er mir geben wollte, ich würde es nehmen. Was immer er haben wollte, ich würde es geben. Alles. Und so kam ich. Mein Schrei hallte von den Wänden wider und lockerte etwas in mir, in meinem Herzen.

Gott, ich wollte Mak. Für immer. Selbst, wenn es bedeutete, mich ihm zu unterwerfen. Denn schließlich war ich es, die das größte Geschenk erhielt.

Ich vergaß alles, außer ihm. Den Hive, den Gouverneur, die Kolonie. Nexus 4 und selbst meine blaue Haut, die Folter und die Qualen. Den Krieg. Ich vergaß alles außerhalb dieses Raumes, denn nichts war von Bedeutung, außer Mak.

GWEN, *Hive-Schiff, Integrationskammer*

„KOMM HER, Mak." Ich packte seine Hand und zerrte ihn durch die Tür in eine Kammer, die man als Miniaturversion einer Hive-Krankenstation bezeichnen konnte. Die Koalition nannte sie Integrations-Stationen, denn das waren die Räume, in denen neu erworbene biologische Wesen mit neuen Hive-Integrationen ausgestattet wurden. Ein überaus diplomatischer Ausdruck für etwas, das auf der Koalition als Folterkammer galt, und für die Hive, die auf diesen Schiffen lebten und arbeiteten, als Ärzte- und Krankenstation.

Er stockte vor dem Eingang. „Da gehe ich nicht hinein."

„Doch, das tust du. Ich habe einen Plan."

Er ließ sich von mir widerstandslos in den Raum ziehen, wofür ich dankbar war. „Das hier ist nun *unsere* Krankenstation, auf *unserem* neuen Schiff, also gewöhnst du dich besser daran."

„Ich werde sie nutzen, wenn es nötig ist", antwortete er mit grimmigem Tonfall. „Abgesehen davon werde ich keinen Fuß in diesen Raum setzen."

„In Ordnung." Ich ließ ihn gehen und durchsuchte mehrere Aufbewahrungs-Behälter, bis ich fand, wonach ich gesucht hatte. Mit einem glücklichen Lächeln ging ich zu meinem Gefährten zurück und hielt ihm ein kleines Glasröhrchen hin. „Beiß hier oben rein."

„Was?"

„Beiß hinein. Steck einen dieser Fangzähne durch den Pfropfen und spritze etwas von deinem Gift hinein. Ich will es analysieren." Er wich einen Schritt von mir zurück und schüttelte den Kopf. Gott, er war riesig. Und sexy. Und so verdammt scharf, dass ich ihm die Rüstung vom Leib reißen und wieder über ihn herfallen wollte.

Dank des S-Gen-Gerätes an Bord waren wir beide in frisch generierte Kampfrüstung gekleidet. Seine hatte ein dunkles schwarz-braunes Tarnmuster, das zum Rest der Koalitionsflotte passte. Ich? Ich trug ebenfalls Rüstung, aber meine war tief blau, und das Muster darauf zeichnete exakt die Färbung meiner Hive-Haut nach. Mak wollte nicht, dass ich noch einmal ohne Rüstung in einen Kampf ging, und auf diese Art konnte ich den Nexus immer noch mit genau dem locken, was darunter lag. Wenn er mich mit diesen gruseligen dunklen Augen nur überflog, fiel ihm vielleicht nicht einmal auf, dass die blauen Kurven aus Rüstung bestanden und nicht aus natürlicher Haut.

Aber was war schon natürlich für ein Monster?

„Gwen, mein Biss ist tödlich. Es gibt keinen Grund für mich, das zu tun."

„Tu mir den Gefallen." Ich ging langsam zu ihm und schmiegte mich an seinen Körper, presste meine Lippen in die Mitte seiner Brust, denn bis dorthin reichte ich ihm mit meiner Größe, wenn er Stiefel trug. „Bitte? Ganz viel bitte mit Zucker oben drauf?"

Sein ganzer Körper bebte und ich

wusste, dass ich gewonnen hatte. „Ich weiß nicht, was Zucker ist, aber ich werde mich später stattdessen mit Pussy bezahlen lassen."

Ich lachte und hob ihm das Glasröhrchen an den Mund. Ich versuchte, zu verbergen, was für eine starke Wirkung seine unanständigen Worte auf mich hatten. „Ich spiel dir gern jederzeit das Cowgirl, Mak."

Er packte mich am Handgelenk, kurz bevor ich seinen Fangzahn in das Ende des Röhrchens stecken konnte. „Was ist ein Cowgirl?"

Ich grinste und achtete darauf, dass er spüren konnte, wie meine freie Hand die steinharten Muskeln in seinem Hintern erkundete. „Wenn du dich auf den Rücken legst und ich deinen Schwanz reite."

„So wie beim ersten Mal?"

„Ja."

Ein Knurren grollte durch seine Brust. „Ja. Sobald wir mit dieser Mission fertig sind."

„Dem stimme ich zu."

„Dann werde ich aber auch verlangen,

dass du auf meinen Lippen Cowgirl spielst, Gefährtin. Ich will dich wieder schmecken, bevor du kommst, und das werde ich tun, indem du auf meinem Gesicht sitzt."

„Abgemacht." Als würde ich jemals Nein dazu sagen, mich von seinen geschickten Lippen und dieser Zunge bearbeiten zu lassen.

Ich schob seinen Zahn ins Röhrchen und wartete ein paar Sekunden, bis das Vakuum seine Arbeit leistete und das Gift zu Boden tropfte. Sobald ich ein paar Tropfen der Flüssigkeit gesammelt hatte, zog ich es von ihm ab und klatschte ihm so hart ich es wagte auf den Hintern, dann floh ich aus seiner Reichweite zur Analysestation. Ich lud sein Gift in einen der kleinen Ports und summte. Glücklich. Ich war kurz davor, in den Kampf mit etwas wahrlich Bösem zu ziehen, das schon seit Jahrhunderten mit der Koalition im Krieg stand... und ich war glücklich.

Die Daten waren sofort da, die Anzeige bestätigte klar, was Mak gesagt hatte. Die Substanz war giftig. Aber die Maschine fragte mich auch, ob ich ein Gegengift herstellen wollte, und ich drückte ganz schnell auf Ja.

Das Schiff konnte an einem Gegenmittel arbeiten, während wir uns um ein paar kleine Probleme auf dem Planeten kümmerten. Und danach? Würde ich die Dosis nehmen, zum Cowgirl-Ritt auf seinen Schwanz klettern und mir Maks Zähne selbst in die Schulter rammen, falls notwendig. Er gehörte *mir*. Wenn er mich nicht verlassen wollte, nicht nach Rogue 5 und zu Kronos zurückkehren, dann würde er mich anständig in Besitz nehmen.

Keine. Weitere. Diskussion.

Mak sah mir zu, mit verschränkten Armen, sichtlich nicht erfreut. Aber er versuchte nicht, mich aufzuhalten. Das war eines der Dinge, die ich an ihm liebte. Er ließ mich Ich sein.

Sobald die Maschine ihr Ding tat, drehte ich mich mit einem Lächeln zu ihm herum, rannte auf ihm zu und sprang ihm in die Arme. Er fing mich auf, natürlich. Ich wusste, dass er das würde.

„Küss mich, Mak. Küss mich, und dann gehen wir Monster jagen."

„Was immer dich glücklich macht, Weib."

Ich lächelte ihn an und strich ihm über die zerfurchte Wange. „Du, Mak. Du machst mich glücklich."

Er erstarrte, starrte mir in die Augen, als hätte ich ihn geschockt. Bevor mir noch die Tränen kommen würden, oder ich *Ich liebe dich* ausrufen würde oder sonst einen schmalzigen Unsinn, küsste ich ihn. Hart. Schnell. Mit ganzer Kraft, um ihm ohne Worte zu sagen, wieviel er mir bedeutete. Denn die Wahrheit war, ich war mir nicht sicher, ob ich Nexus 4 besiegen konnte. Die Nexus-Einheiten waren mächtig. Trickreich. Bösartig. Völlig frei von Gewissen oder Moral. Ihr Verstand war so stark, dass es ein verdammtes Wunder gewesen war, dass ich überhaupt entkommen war, beim ersten Mal. Und nun kehrte ich zurück. Freiwillig.

Aber ich würde es versuchen. Ich war

nun stärker. Viel stärker. Außerdem hatte ich Mak an meiner Seite.

Ich zog mich zurück und wandte mich ab, bevor er etwas sagen konnte, auf das Cockpit zu und den Co-Piloten-Sitz. Ich war ein guter Pilot, aber er war ausgezeichnet, und mein Stolz war nicht so groß, dass ich nicht zugeben konnte, dass er viel besser war als ich.

„Gwen." Seine Stimme rief mir nach, aber ich blieb nicht stehen oder drehte mich herum.

„Komm schon, Mak. Wir haben nur noch fünfzehn Minuten Zeit, um rechtzeitig dort zu sein." Ich wollte gerade keine Worte der Liebe oder Hingabe hören, oder das Wort *Gefährtin*. Ich musste in diesen Kampf ziehen, ohne etwas zu verlieren zu haben. Ich musste mein gesamtes Wesen darauf fokussieren, Nexus 4 zu besiegen.

Ich musste Makarios beschützen.

12

Gwen, Hive-Schiff, Die Kolonie, Höhleneingang nördlich von Basis 3

ICH LEHNTE mich über die Steuerkonsole und legte die Hand flach auf einen Bildschirm. Es war eigenartig, teils Maschine zu sein. Ich konnte mit dem Hive-Schiff kommunizieren, ohne zu *reden*. Es las meine Gedanken, was einfach nur irre war, aber es war sehr, sehr praktisch.

Das erste, was ich tat, nachdem ich das Baby in Betrieb genommen hatte, war, die

Sicherheitsprotokolle des Schiffs auf die höchste Stufe umzuprogrammieren. Niemand außer mir, Mak oder einer Nexus-Einheit konnte die Sicherheitseinstellung auf dem Schiff nun ändern. Und um das zu tun, würde der Nexus körperlich anwesend sein müssen. Das Schiff gehörte uns, mir und Mak, außer ein Nexus spazierte an Bord und übernahm die Kontrolle. Ich fühlte mich, als wäre ich auf dem Millennium-Falken und wäre Han Solo. Aber das würde heißen, dass Mak Chewbacca wäre, und dafür war er zwar groß genug, aber ansonsten bestand nicht viel Ähnlichkeit.

Vielleicht war Mak Han Solo und ich war Prinzessin Leia. Und die Nexus waren wie Darth Vader.

Naja, nicht ganz. Aber mir würde jedenfalls kein Nexus auf das Schiff kommen. Auf gar keinen Fall.

Sollte das passieren, dann hatten wir wohl irgendwo einen Riesenfehler gemacht und waren sowieso verloren, also machte ich mir keine Gedanken darüber. Solange kein Hive-Handlanger, Pirat, Schmuggler oder Koalitions-Krieger unser Schiff stehlen konnte, war mir das genug. Und mit den neuen Einstellungen würde das Schiff für jemand anderen nicht einmal starten. Kein Strom. Keine Navigation. Gar nichts.

„In Ordnung, Mak, das Baby gehört nun ganz uns." Ich erklärte ihm, was ich getan hatte, während ich mir die Hände rieb. Das Hive-Schiff war klein, für nicht mehr als achtzehn Mann über längere Zeit angelegt. Aber das hieß, dass es für uns beide riesig war. Drei Schlafkammern, ein volles S-Gen-Gerät und Platz für acht Personen im Essbereich. Da der Hive vermutlich in drei Schichten arbeitete, hieß das, je ein Drittel würde immer auf einmal essen. Der Hive arbeitete durch und durch wie eine Maschine. „Unser Baby braucht einen Namen."

Meine Stimme holperte über das Wort *Baby* und ich hätte mir für meine Dummheit in den Hintern treten können. Mak war es aufgefallen. *Natürlich* war es ihm aufgefallen.

„Was ist los, Gefährtin? Warum bist du aufgebracht?"

In Ordnung. Wenn schon, denn schon, nicht wahr? „Ich weiß nicht, warum ich gerade jetzt darüber nachdenke, aber ich weiß nicht, ob ich Kinder bekommen kann, Mak. Ich weiß nicht, ob du das überhaupt willst, aber ich weiß nicht, ob ich es kann. Oder überhaupt möchte. Ich kann dir keine Babys versprechen. Das kann ich dir nicht bieten. Ich kann nicht..."

Er legte seine Hand auf meine. „Ich will dich, Weib. Ich will für dich kämpfen, für dich töten, für dich sterben. Solltest du Kinder haben wollen, werde ich für sie das Gleiche tun, denn sie gehören dir und mir. Wenn nicht, bin ich ganz zufrieden damit, dir für den Rest unseres Lebens den Hintern zu versohlen für deine dummen Einfälle. Ich brauche keine Kinder, um glücklich zu sein."

„Na dann." Er sprach, als würde er eine Geschichtsstunde abhalten. Fakten. Ohne Emotionen. Wahrheit. Und mit einem Mal konnte ich wieder atmen.

Warum ich ihm gerade jetzt von Babys erzählen musste, wusste ich nicht, aber ich fühlte mich besser. „In Ordnung. Los geht's."

Ich beuge mich vor und drückte auf die Ortungs-Sonde, die Rezzer und den anderen Atlanen anzeigen würde, dass sie zu uns kommen sollten. Wir waren ohne Probleme auf der Planetenoberfläche gelandet, mit Genehmigung vom Gouverneur, damit wir nicht in Stücke geschossen würden. Wir warteten jetzt nur noch auf die anderen, dann würden wir die Sache in Angriff nehmen. Sie erledigen und endlich, und für immer, von diesem Planeten verschwinden können.

Sobald die Sonde ausstrahlte, legte ich meine Hand auf das Steuerpult des Schiffs und kontaktierte Captain Marz auf seiner persönlichen Funkfrequenz. Sein Gesicht erschien auf dem kleinen Schirm vor mir, und ich war erstaunt darüber, wie ähnlich die Hive-Technologie der der Koalition war. Doch irgendwie verwandt.

„Marz, hörst du mich?"

„Ja. Ich habe Maxim und Ryston bei mir."

Marz trat zur Seite, und das Gesicht des Gouverneurs erschien auf meinem Schirm.

„Gouverneur."

„Nein. Ich bin Maxim Rone. Primärer Gefährte von Rachel, und wir fordern Gerechtigkeit für den Verräter Krael. Ich bin in diesem Moment nicht der Gouverneur, Gwen. Diese Unterhaltung hat nie stattgefunden."

Ich nickte knapp. „Gut. Dann wird der Geheimdienst auch nie erfahren, dass ich von Ihnen Flugcodes der Koalition empfangen habe, im Austausch für Informationen über den Aufenthaltsort des Prillon-Verräters Krael Gerton und eines Hive-Frachters voll Transporter-Mineralien, der in weniger als einer Stunde planmäßig von Ihrem Planeten abheben wird."

Der Gouverneur—nein, Maxim— knurrte mir entgegen, seine Augen beinahe funkelnd vor Verärgerung. „Sie sind eine ausgesprochen schwierige Frau."

„Und wir beide wissen, dass Sie mir die

Codes geben werden. Ich muss mich ohne Angst vor einem Angriff durch den Koalitionsraum bewegen können. Ich kann die anderen Nexus-Einheiten erreichen, Maxim. Sie geben mir die Codes, ich gebe Ihnen die Informationen, die Sie brauchen, um die Kolonie zu retten, das Transporter-Netz, uns im Krieg zu erhalten und Ihre Rache an Krael für den Anschlag auf Ihr Leben zu nehmen. Es ist eine Win-Win-Situation."

Hinter ihm hörte ich eine weitere Männerstimme, weniger gefasst. Wütender.

Ryston.

„Tu es. Lass sie doch ihre Bastarde jagen. Kümmern wir uns um unsere. Denk an Rachel und unseren Sohn." Ihr kleiner Junge war ein Prachtkerl, und erst ein paar Monate alt. Und beide Krieger schmolzen dahin, sobald der Kleine in ihre Hände gelegt wurde.

Maxim kniff die Augen zusammen und nickte jemandem abseits des Bildschirms zu. Augenblicke später landeten mindestens ein Dutzend Flugcodes in unserer

Schiffsdatenbank, und in meinem Kopf. Sie waren zu wertvoll, um sie zurückzulassen. Diese Codes würden mich ohne weitere Vorfälle durch den Teil des Weltraums schleusen, den die Koalition kontrollierte. Die Hive-Codes, die im Schiff enthalten waren, würden mich wenn notwendig tief in das Revier des Hive bringen. Und ich konnte davon ausgehen, dass wir mit Maks Verbindungen zu Rogue 5 alles andere beschaffen konnten, was wir brauchten, um wie ein Geisterschiff durch die Sternensysteme schlüpfen zu können.

„Vielen Dank, Maxim. Und gute Jagd." Ich meldete mich ab und schickte ihm gleichzeitig die genauen Koordinaten und die Karten zu den Minen, in denen das Hive-Frachtschiff sich befand. Ich legte auch die Anzahl der Wachen und die Posten der Hive-Soldaten bei, sowie den Countdown bis zum Abflug mit den gestohlenen Mineralien.

Er hatte weniger als eine Stunde Zeit, seine Aufgaben zu erledigen, aber ich war zuversichtlich, dass er es hinbekommen würde.

Ich nickte Mak zu, und er stellte das Schiff auf Standby-Modus. Dann packten wir unsere Waffen, ließen unseren Millennium-Falken zurück und machten uns auf in Richtung Höhle.

Fünf Minuten später fanden wir im Eingang zum Höhlensystem nicht nur Kampflord Rezzer, sondern auch Bruan, Tane, den Everis-Jäger Kjel, den silberäugigen Menschen Denzel und einen weiteren riesigen Kampflord, dem ich noch nicht begegnet war. Er war so groß wie Mak, und dabei befand er sich noch nicht mal im Biest-Modus.

Ich blickte an ihm hoch und runter, was ihn zum Lächeln brachte.

„Ich bin Kampflord Bryck, Gouverneur von Basis 2."

Meine Augenbrauen schossen bei dieser Information in die Höhe. „Basis 2? Warum sind Sie dann hier?"

„Ich bin hier, weil Krael einen guten Mann, Captain Brooks von der Erde, ermordet hat. Er hat unseren gesamten Planeten mit Quell verunreinigt, einer Chemikalie, die uns den Verstand raubt. Ich bin hier als Rache für alle Krieger, die Opfer seines Verrats geworden sind."

In Ordnung. Ganz schön hart. „Sie sind am falschen Ort. Krael ist meilenweit von hier entfernt, in einer anderen Höhle. Ich kann Ihnen die Koordinaten geben, wenn Sie wollen. Vielleicht können Sie noch rechtzeitig für den Kampf dorthin transportieren."

„Wer führt diesen Kampf?"

Ich blickte zu Mak, unsicher, was ich sagen sollte und was nicht. Wenn Maxim derzeit nicht als Gouverneur handelte, würde er dann wollen, dass irgendjemand erfuhr, dass er in der Höhle war? Noch dazu ein anderer Gouverneur? Ich war mir nicht sicher, wie die Politik hier funktionierte. Mak war ein Mann, ein Krieger, und er war schon länger hier als ich. Sehr viel länger.

„Maxim und Ryston suchen Rache für den Mordversuch des Verräters, sowie seinen lange zurückliegenden Angriff auf ihre Gefährtin", sagte Mak. „Die anderen Prillon-Krieger stehen ihnen bei, um Krael zu eliminieren."

Der riesige Atlan-Gouverneur blickte von Mak zu mir. „Das hier ist Ihr Einsatz?"

„Ja."

„Dann bitte ich um Erlaubnis, hier bei meinen Atlan-Brüdern zu bleiben. Ich habe vollstes Vertrauen, dass die Prillon-Krieger für Kraels Tod sorgen werden."

Das bezweifelte ich ebenso wenig. „In Ordnung. Packen wir's an." Ich wandte mich an die sechs Krieger plus Mak. Ich hatte noch nie so viel Rückendeckung gehabt. Du liebe Scheiße. Sie waren alle riesig, und Rezzer war jetzt schon halb im Biest-Modus, sein Gesicht langgezogen, begierig darauf, Nexus 4 zu töten. Aber ein Frontalangriff würde nicht funktionieren. Diesmal nicht. „Ich gehe vor. Gebt mir exakt zwei Minuten, dann kommt ihr mit allem, was ihr habt."

„Nein." Mak sprach, bevor die anderen Gelegenheit dazu hatten.

Ich drehte mich zu Mak herum. „Ich muss nahe an ihn herankommen und ihn ablenken, bevor ihr ankommt, sonst tötet er jeden einzelnen von euch. Er ist stark, Mak. Stärker als ich. Wir können ihn nicht überwältigen."

„Wie viele Hive hat er bei sich?" Der Everis-Jäger Kjel stellte diese Frage, und der berechnende Glanz in seinen Augen zeigte keine Spur von Nervosität oder Angst. Ich hatte gehört, dass er so schnell laufen konnte, sich so schnell bewegen, dass er mit bloßem Auge nicht zu verfolgen war.

Das würde ich gerne einmal sehen.

„Dem letzten Stand nach zwölf. Aber es könnten inzwischen mehr oder weniger sein, da sie zwei Stunden Zeit hatten, sich darauf einzustellen."

„Er weiß, dass Sie kommen?", fragte Bryck.

„Ja, er weiß es. Und da ich neun seiner Soldaten auf dem Mond getötet habe, ist er auch nicht besonders erfreut über mich."

„Was?" Bruan blickte zu Mak, als wäre diese Anzahl von Opfern seine Schuld.

Mak zog eine Augenbraue hoch und blickte auf mich hinunter, als wollte er sagen: *Siehst du? Ich bin nicht der einzige. Du hast dir die Haue verdient, du unvorsichtiges Weib.*

„Das ist nicht wichtig." Ich winkte ab, als wäre es keine große Sache, neun Hive zu töten. „Die Nexus-Einheit ist blau. Dunkelblau. So." Vor aller Augen verwandelte ich mich, bis mein Gesicht, mein Hals und meine Hände, die als einzige Stellen meiner Haut sichtbar waren, so blau waren wie meine Rüstung. Ich wusste, dass Nexus 4 dadurch ein Signal bekam, dass ich in der Nähe war. Aber sie mussten es sehen, um es zu verstehen. „Sieh mich an", befahl ich Bruan.

Er tat es. Er starrte mir in die Augen, und ich nutzte die telepathische Kraft, die der Hive mir verliehen hatte, um ihn mit meinen Gedanken zu infiltrieren, ihn zu fesseln, nur ein paar Sekunden lang dazu zu bringen, dass er an Ort und Stelle bleiben wollte. Als ich ihn losließ, taumelte er fluchend nach hinten.

„Scheiße", raunte er, schüttelte den Kopf, als würde ihm das helfen, auszulöschen, was gerade passiert war.

„Wenn ihr ihm in die Augen seht, hat er euch fest im Griff. Ihr würdet eure eigenen Gefährtinnen ohne zu zögern für ihn töten, und fest glauben, dass es das Richtige war. Jetzt wisst ihr ein wenig mehr über euren Gegner. Das hier ist keine einfache Hive-Drohne. Also folgt mir nach zwei Minuten hinein und tötet alles, was sich regt, aber überlasst den Nexus mir und Mak. Und was auch passiert, blickt ihm nicht in die Augen."

Die Männer starrten mich alle an, mein blaues Gesicht, meine schwarzen Haare, die Hai-Augen. Ich wusste genau, wie ich aussah. Wie ein Alptraum. Nein, ein *Monster* aus ihren schlimmsten Alpträumen.

Bruan trat vor und starrte mich ein paar lange Sekunden lang an, bevor er sich hinkniete und vor mir verneigte, wie die Hive es vorhin getan hatten. „Du bist der tapferste Krieger, den ich je gekannt habe, Gwendolyn von der Erde. Du bist eine ehrenhafte Frau. Ich widme mein Leben deinem Schutz."

„Nein, ich will—" Ich kam nicht dazu, den Satz zu beenden. Sie alle, selbst Mak, knieten vor mir.

Er blickte zu mir hoch. „Befehle uns, Gefährtin. Wir stehen zu deiner Verfügung."

Ich war fassungslos. Verwirrt. Fühlte mich geehrt.

Ich holte tief Luft, nahm ihre Ehrerbietung an und bemühte mich, nicht zuzulassen, dass es mir das Herz brach. Was unmöglich war. Besonders, solange Mak mit seinen großen braunen Augen zu mir hoch starrte, als wäre ich die Sonne und die Sterne, sein Ein und Alles. „In Ordnung. Ich gehe vor. Gebt mir zwei Minuten. Zwei *ganze* Minuten. Dann kommt und kämpft."

Ich konnte mich nicht zurückhalten, beugte mich vor und küsste Mak auf die Lippen. „Bleib am Leben." Das war ein Befehl. Sollte er sterben, würde ich ihm ins Jenseits folgen und ihn noch einmal umbringen.

Bevor er widersprechen konnte, war ich fort. Ich setzte meine Nexus-Geschwindigkeit ein, um schneller als jeder Mensch, oder jedes Biest, oder selbst Everis-Jäger zu sein. Ich war zwar noch nie in einem Wettrennen mit Kjel von Everis gewesen, aber ich war mir ziemlich sicher, dass ich ihn schlagen könnte.

Kein Sterblicher würde mich sehen können, nicht bei voller Geschwindigkeit. Ich war kein verschwommener Strich in der Landschaft, ich war ein Windhauch. Ich war schon weg, bevor jemand mitbekommen konnte, dass ich vorbeigezogen war.

Aber die Hive waren nicht menschlich. Nicht mehr. Ihre Implantate registrierten Bewegung, als ich vorbei lief, aber keiner versuchte, mich aufzuhalten.

Ich war Nexus. Von Nexus 4 herbeigerufen. Ich wurde erwartet.

Ich war einer von ihnen.

Ich konnte hören, wie sich die Höhle bei meiner Ankunft mit Anspannung füllte. Sie waren zwar Hive, aber unter der Oberfläche waren sie immer noch emotionale Geschöpfe. Sie erfuhren immer noch die Wirkung von Angst, Adrenalin und Nervosität. Ich konnte sie in meinem Kopf mit mir sprechen hören, über mich, aber ich ignorierte sie alle. Ich lächelte aber, als ich mich daran erinnerte, wie Nexus 4 sauer auf mich wurde wegen des Verlustes seiner Soldaten auf dem Mond, aber selbst das ignorierte ich und hielt auf das Zentrum des Lärms in meinem Kopf zu, das schwarze Loch der Stille im Auge des Sturms. Nexus 4 sendete nichts aus. Er war eine Gefahrenzone, ein dunkler Fleck, tief und düster. In seinen Verstand zu tauchen war, als fiele man in einen tintenschwarzen Brunnen ohne Boden. Er war endlos tief, und ohne Ausweg. Ohne Wände. Nichts, woran man sich orientieren könnte. Nichts außer *ihm*.

Und sein Verstand war kalt. So unglaublich kalt.

Diese Kälte umfing mich nun, und mein ganzer Körper reagierte reflexartig darauf. Die große Menge an Hive-Implantaten und mikrozellularen Integrationen antworteten auf seinen Ruf. Mein Körper war wie eine Gitarrensaite, und er hatte gerade einen ganzen Akkord gespielt. Die Hive-Teile an mir, und davon gab es viele, summten. Sie waren aufgeladen mit Nexus-Energie. *Lebendig.*

Es fühlte sich an wie Millionen winziger Spinnen, die unter meiner Haut krabbelten. Meine Haut selbst fühlte sich nicht unwohl an... sondern die Zellen darunter. Sie schoben sich hin und her. Bewegten sich und organisierten sich neu, sodass sie ihm ähnlich sahen und nicht Nexus 2.

Sie waren eitel, die Nexus. Nexus 4 würde keine Frau wollen, die wie sein Rivale aussah, derjenige, der mich erschaffen hatte.

Ich blieb abrupt stehen, weniger als drei Schritte von ihm entfernt. Aber nicht, weil ich stehenbleiben wollte. Nein. Er zwang mich dazu, übernahm die Kontrolle über all die kleinen Teilchen und Stückchen in mir, die *ihm* gehörten.

Und ich hasste ihn dafür, dass er mich bewegte wie ein Puppenspieler seine Marionette. Hasste ihn mit einer Leidenschaft die ich vor Mak niemals empfunden hätte. Bevor ich wusste, wie sehr mich dieses Monster mit seiner Wirkung auf mich missbrauchte. Wie es sich anfühlte, von einem Gefährten geliebt zu werden, frei zu sein und dafür begehrt, wie ich war. Was *Güte* war.

Dennoch musste ich meine Rolle spielen. Ich versuchte nicht, den Hass zu verbergen. Meine Verärgerung hatte Nexus 2 amüsiert, ließ ihn sich mächtiger fühlen. Ich zählte darauf, dass es bei Nexus 4 nicht anders war.

„Wo ist Nexus 2?" Seine Stimme war tief, hypnotisch, und die Worte flossen als Einheit durch meine Ohren direkt in meinen Verstand. Ich starrte auf seine Füße, wagte es nicht, den Blick zu heben, nicht einmal an seine Hüften oder seine Brust. Es war einfach zu gefährlich.

Sofort, ohne nachzudenken, sagte ich ihm die Wahrheit. „Ich weiß es nicht. Ich habe ihn zurückgelassen."

Sein Lachen klang mehr wie ein Zischen. Ich stellte mir vor, dass es wohl so klingen würde, wenn eine Kobra lachen könnte. „Wir spielen offensichtlich keine Spielchen mehr, wie? Sollte es nicht *wir* sein, anstatt *ich*?"

„Ich habe Nexus 2 verlassen. Er ist schwach. Eitel. Ich kam auf der Suche nach dir hierher. Ich hatte gehofft, du wärst mächtiger als Nexus 2. Nicht so einfach zu besiegen. Aber ich habe die Hoffnung verloren. Deine Soldaten waren leicht aufzufinden. Noch leichter zu töten."

Er trat auf mich zu, und ich kämpfte gegen seinen Wunsch an, dass ich kniete. Mein Kampf hielt nur den Bruchteil einer Sekunde an, da er den Widerstand spürte und mich härter antrieb. Ich landete so heftig auf den Knien, dass es mir die Kniescheibe gebrochen hätte, wenn ich noch menschlich wäre.

„Deine Herausforderung erfreut mich nicht, Frau. Das waren meine Soldaten. Mein Kapital. Du wirst es mir zehnfach zurückzahlen."

„Nur, wenn ich bleibe."

Er war mir nun nahe, so nahe, dass meine Nase nur wenige Zentimeter von seinem Oberschenkel entfernt war. Seine große blaue Hand war direkt vor mir, sodass ich die ekelhafte schwarze Flüssigkeit sehen konnte, die durch seine Adern pumpte. Ich konnte ihn nicht als Mann ansehen. Das konnte ich einfach nicht. Nicht mehr.

Als seine Hand an meinen Hals wanderte, schlug ich zu. Hart. Schnell. Mit jedem Funken Kraft, den ich besaß. Das Messer, das ich im Ärmel versteckt hatte, sprang mir in die Hand, weniger als eine Sekunde, bevor ich das Silber in seinem Oberkörper versenkte.

Aber er war schneller. Er wich dem Angriff aus, sodass mein Dolch sein Herz um einige Zentimeter verfehlte.

Scheiße. Scheiße. Scheiße.

Waren es schon zwei Minuten gewesen? Wo war Mak? Wie lange würde er noch brauchen?

Nexus 4 ignorierte die Klinge, die ihm aus dem Bauch ragte, als hätte ich ihn mit einem Zahnstocher gepiekt. Seine Hand schlang sich um meinen Hals, und er hob mich am Kiefer hoch und trug mich an den Rand der Höhle, bis er mich dort festgenagelt hatte. Seine Kontrolle über meinen Körper war vollkommen. Ich konnte nicht kämpfen. Konnte nicht treten. Nicht schlagen.

Aber ich konnte meine Augen schließen. Und das tat ich. Ganz fest. Er konnte mich töten, aber er würde mich nicht besitzen. Nicht noch einmal.

„Ich kann deine Angst spüren, Frau. Für eine solche unnütze Emotion gibt es keinen Grund. Sie schränkt dich nur ein." Seine Stimme war einlullend. Ruhig. So unglaublich geborgen.

Ich kämpfte gegen das Gefühl an. „Leck mich."

„Meinst du wirklich, dass die Atlan-Krieger, die durch die Höhle stürmen, dich retten werden?"

Ich sagte nichts. Sein Zisch-Lachen brachte mich dazu, dass ich schreien wollte, also tat ich das. Der Laut hallte durch die Höhle, prallte von den Felswänden ab, das Heulen eines verletzten Tieres, von Terror und Rage und einem Todeskampf.

„Oh sehr gut. Jetzt hast du den Hyperionen wütend gemacht. Hmm, er ist nicht nur Hyperione. Mehr als das. Interessant und rar. Ich hatte gehofft, ihn nicht töten zu müssen. Ich habe eine Übereinkunft mit Cerberus, aber manche Dinge kann man wohl nicht vermeiden."

„Du bist ein Soziopath."

„Ich bin effizient, Mensch. Und schon bald wirst du das ebenfalls sein."

Ich hörte, wie die anderen Hive-Soldaten näher traten, einer an jeder Seite von mir. Ich war nicht überrascht, als sie mir die Augenlider aufrissen. Ich versuchte, dagegen anzukämpfen, aber Nexus 4 hielt mich so mühelos fest, als würde er einen Holzklotz am Fleck festhalten. Ich konnte mich nicht rühren.

Dieser Plan war den Bach runter, und falls ich überlebte, würden Mak und ich unsere Strategie, wie wir die anderen erledigen konnten, gehörig überdenken müssen.

„Du denkst, dass du uns alle ausschalten kannst? Herrje, was für ein ehrgeiziges kleines Weibchen." Die Hive zu meinen Seiten hielten meine Augenlider hoch, und Nexus 4 trat näher. „Welch gnadenlose Kinder du gebären wirst."

Er klang erfreut. Und als ich in seinem Blick ertrank, in der Einsamkeit und der verzweifelten Bedürftigkeit, die ich darin sah, da fühlte ich mich selbst auch erfreut. Nexus 4 brauchte mich. Würde mich immer beschützen. Er war ganz alleine, und nur ich konnte ihm Freude bereiten, ihn ergänzen.

Ich war verwirrt und konnte kaum atmen. Nein. Mak. Er brauchte mich auch. Makarios. Ich brauchte ihn. Er brauchte mich. Das hier war falsch. Nexus 4 war in meinem Kopf.

Maks Wutschrei hallte durch die Höhle, und der Nexus zischte mich an. „Nexus 2 hat dich zu stark gemacht. Eine gefährliche Fehleinschätzung. Du musst eliminiert werden."

„Leck mich."

Er drückte zu, bis ich Sterne sah, aber seine Konzentration war unterbrochen. Ich hatte die Kontrolle über meine Beine wieder, also setzte ich sie ein. Ich trat ihn gegen die Knie, die Oberschenkel, überall, wo ich hinlangte. Ich suchte blind nach dem Messer in seinem Bauch und erwischte es. Drehte es herum. Drückte es tiefer. Versuchte, es nach oben zu ziehen, wo ich es haben wollte. Um ihm ein Ende zu setzen.

~

Mak

. . .

Die Nexus-Einheit hielt meine Gefährtin an die Wand gepresst, seine Hand um ihren Hals gedrückt, während zwei Hive-Soldaten ihr die Augen aufrissen.

Ich wusste in dem Moment, dass sie verloren war. Ihr Körper, zuvor noch stramm, erschlaffte, als würde sie sich in seinen Armen entspannen. Unter seiner Kontrolle.

Einen Scheiß würde das passieren.

Das Brüllen trat als Herausforderung aus meiner Kehle. Ich würde diese Kreatur umbringen. Ihm den Kopf von den Schultern reißen. Ihm eine Gliedmaße nach der anderen auszupfen. Seinen Körper zu einer Pfütze von Eingeweiden und Gelee zerstampfen.

Um mich herum waren alle Atlanen im Biest-Modus und zerfetzten Hive-Soldaten. Rissen ihnen Arme und Beine ab. Brachen ihnen das Genick und warfen ihre toten Körper gegen die Mauern. Ich hatte meinen Teil zum Kampf beigetragen, war von Kopf bis Fuß voll Blut. Aber ich ignorierte den Kampf um mich herum und konzentrierte mich auf eine Sache. Meine Gefährtin.

Gwen.

Meins.

Und er tat ihr weh. Sagte ihr, dass sie zu stark war, und er sie eliminieren müsse.

„Leck mich." Ihre Weigerung war Musik in meinen Ohren. Sie war immer noch da drin, kämpfte dagegen an.

Ich rannte los, als sie zutrat. Ich hörte ihren Zornesschrei, als sie das Messer packte, das ich ihm nun aus der Brust ragen sah.

Es hatte ihn verletzt, aber es reichte nicht aus, um ihn auszuschalten. Er würde sie töten.

„Meins!" Das Wort wurde vom Hyperion-Biest gebrüllt, nicht von mir. Ich wurde nicht größer oder breiter wie die Atlanen. Aber meine Giftzähne traten hervor, sowie auch Krallen, die länger und schärfer waren, als ich je hervorzubringen gedacht hatte. Sie waren dick wie Klingen und rasiermesserscharf. Von ihnen triefte das Gift. Nur ein Kratzer und der Bastard würde verbluten. Sie waren vorher noch nie hervorgetreten, aber ich hatte ja auch nie zuvor eine Gefährtin in Lebensgefahr gehabt.

Ich würde sie an ihm einsetzen, wenn ich ihm nicht zuvor die Kehle mit den Zähnen ausreißen würde.

Der Nexus musste erkannt haben, dass die wahre Gefahr hinter ihm lag, denn er warf Gwen zu Boden und wandte sich mit seinem eigenen Zischen mir entgegen.

Gwen hatte mich gewarnt, ihm nicht in die Augen zu blicken, aber kein lebendes Wesen konnte ein Hyperion-Biest von seiner Gefährtin trennen. Gar nichts.

Ich starrte der blauen Kreatur in die Augen, jeder Strich meines Körpers eine Herausforderung, jedes Fauchen. Ich starrte in die schwarzen Tiefen und verspürte... nichts als Rage. Und den Drang, zu töten.

„Gwen gehört mir." Das Biest sprach, aber der Mann in mir stimmte zu. Meins.

„Ich würde dich nur ungern töten", sagte Nexus 4. „Ich wünsche nicht, das Abkommen zu brechen, das ich mit Rogue 5 habe."

Ich schabte mit den Krallen durch die Luft. „Lügen. Ich werde dir deinen blauen Hals zerfetzen."

Hinter ihm stand Gwen auf und blickte zu mir hoch. Ich sah die Bewegung aus dem Augenwinkel, aber ich wagte es nicht, den Blick von der wahren Bedrohung abzuwenden, dem Nexus vor mir. Er war groß, beinahe so groß wie ich. Dunkelblau von Kopf bis Fuß. An ihm sah es natürlich aus. Das einzig wirklich Eigenartige an ihm war ein großer Bogen von weichem Gewebe, das ihm vom Halsansatz über den Rücken verlief, mit großen Ästen wie denen eines Baumes.

Ich vermutete, dass dort sein Organ zur Gedankenkontrolle lag. Was hieß, dass ich es zerstören wollte.

„Er hat ein Abkommen mit Cerberus", erklärte mir Gwen. „Das hat er vorhin gesagt."

„Cerberus spricht nicht für Rogue 5." Meine Worte waren dunkel, tödlich, und ich begegnete dem Blick des Bastards frontal.

„Bist du ein Mitglied der Cerberus-Legion?"

„Niemals."

„Dann kann ich dich ohne weitere Folgen töten."

Er bewegte sich wie ein Blitzstrahl, zielte auf meinen Kopf ab. Meine Instinkte retteten mich. Ich hob die Hände hoch, und meine Krallen bohrten sich in seine Brust, während ich ihn von mir weg und zur Seite stieß. Er fand sein Gleichgewicht sofort wieder, und wir umkreisten einander. Ich starrte ihn die ganze Zeit über in die Augen.

„Pass auf!", schrie Gwen, und wie sie die Luft einsog warnte mich davor, dass der Nexus sich gleich bewegen würde. Nicht, dass ich das nicht wusste.

Ich erwischte ihn noch einmal mit den Krallen und senkte meinen Mund an seine Schulter, biss tief hinein, mit aller Kraft, die ich hatte. Ich zerrte kräftig daran und riss ihm ein Stück seiner Schulter vom Körper, während er vor Schmerzen brüllte. Es klang wie Musik in meinen Ohren. Der Geschmack des Blutes trieb mein Biest in einen Rausch. Blut. Es war nur Blut. Schwarz wie die Nacht, aber nichts weiter als Blut, so wie Milliarden andere.

Der Nexus verdrehte sich und versuchte, meinen Klauen zu entkommen, aber sie waren tief in ihm, und ich ließ nicht locker.

Es gelang ihm nicht, sich zu befreien, also schlang er seine Beine um mich und drückte zu. Rippen brachen. Schmerz schoss scharf und heiß durch mich. Ich konnte nicht atmen.

Ich weigerte mich, loszulassen.

„Mak!"

Ich hörte Gwens Schrei, aber ich konnte nicht sehen, dass sie sich bewegt hatte, bis sie sich dem Nexus an den Rücken klammerte und an dem Bogenfortsatz dort zerrte.

Der Nexus schrie auf, als etwas im Inneren krachte und knackte, ein Laut, als würde etwas brechen, aber es war unklar, ob Metall oder Knochen. Ich hatte keine Ahnung, welches davon.

Mit einem Kriegsschrei riss Gwen ihm das Organ zur Gänze ab und schleuderte es durch den Raum. Sie sprang vom Rücken des Nexus ab, und ich vergrub meine Krallen noch tiefer, bis ich seinen Herzschlag an meinen Fingerspitzen spüren konnte. Ich zwang die Kreatur in die Knie, wie er es mit meiner Gefährtin getan hatte. Ich blickte ihr fragend in die Augen.

Sie sah mich an, dann schüttelte sie langsam den Kopf.

„Er gehört Rezzer."

Ja. Rezzer. Dieses Ding hatte versucht, die Gefährtin des Atlanen zu töten, seine ungeborenen Zwillinge zu vernichten, seine Gefährtin und Familie zu ermorden. Der Atlane hatte Gerechtigkeit verdient.

„Rezzer." Ich rief seinen Namen, aber das war nicht notwendig. Er stand weniger als drei Schritte entfernt und wartete.

Sein Biest war zur Gänze heraußen. Von Kopf bis Fuß voller Blut, sah er aus, als käme er direkt vom Schlachtfeld. Was er auch tat. So wie wir alle.

Gwen blickte zu Rezzer, dann Bruan, der wieder seine wahre Atlan-Gestalt angenommen hatte und somit in ganzen Sätzen sprechen konnte. „Sind sie alle tot?"

„Tot." Das tiefe Brummen kam von Rezzer, der neben Nexus 4 auf und ab lief, den Moment auskostete.

Bruan räusperte sich. „Ich habe von Maxim gehört. Ihre Mission ist abgeschlossen. Sie waren erfolgreich. Jeder einzelne von denen ist tot. Hier und dort. Es ist vorbei."

„Gut so." Gwen kam an meine Seite und legte mir ihre Hand auf die Schulter. Ihr Grinsen war geradezu bösartig. Sie tätschelte mich, und ihr Lächeln war nur für mich. „Überlass ihn Rezzer und gehen wir. Du und ich sind hier fertig. Ich brauche eine Dusche."

Und eine verdammte Tracht Prügel. Dann würde sie auf meinem Gesicht sitzen, und ich würde sie zum Kommen bringen, bis sie das Bewusstsein verlor.

Der Gedanke an meine nackte Gefährtin machte die Entscheidung leicht und schnell. Sekunden später hatte ich die neu entdeckten Krallen eingezogen und schob den blutenden Nexus Rezzer entgegen.

Ich blickte nicht zurück. Wollte gar nicht sehen, was die Atlanen mit ihm anstellten. Es war mir egal. Welche Folter auch immer sie sich einfallen ließen, war mehr, als er verdiente.

Irgendwie glaubte ich nicht, dass es lange dauern würde. Rezzer war nicht in der Stimmung, mit dem Ding zu spielen. Er wollte töten. So wie ich, als ich den Feind mit einer Hand an der Kehle meiner Gefährtin gesehen hatte.

Sie steckte ihre blutverschmierte Hand in meine, und ich hielt sie fest wie das kostbare Geschenk, das sie war. Das Blut würde sich abwaschen lassen, aber sie gehörte mir. Die Zuneigung, die ich in ihren Augen leuchten sah, gehörte mir. Und wenn ich die Zeit dafür hatte, ihr zweitausend Orgasmen zu schenken, dann würde diese Zuneigung vielleicht zu Liebe heranwachsen. Ich wollte, dass sie mich liebte. Nicht nur meinen Körper brauchte oder Erlösung. Sie hatte nun die Finsternis in mir gesehen, wusste über meinen Biss Bescheid. Und sie war noch nicht davongelaufen, sondern sie führte mich zu unserem Schiff zurück.

Als sie ihre Hand um meinen Arm legte und mich bat, sie zu tragen, schlug mein Herz höher. Ich hob sie in die Arme und hielt sie mir fest ans Herz. „Immer, Gefährtin. Es ist mir eine Freude, dich zu halten."

Sie seufzte und schmiegte sich an mich.

„Wer hätte geahnt, dass du so ein Schmeichler sein kannst?"

13

Mak, im Weltraum

WIR WAREN IM OFFENEN WELTRAUM. Oh verdammt, ja. Als sich die endlose Schwärze vor dem Cockpitfenster ausdehnte, fühlte ich mich endlich frei. Keine Sektoren, keine Schlachtgruppen. Nur das unentdeckte, noch nicht eroberte Universum. Es war ein vertrautes Gefühl, dieses Bedürfnis, mein Leben selbst unter Kontrolle zu haben, mein Schicksal, aber es war schon eine Weile her. So vieles war geschehen, seit ich in die Falle geraten war, seit der Verräter, von dem ich nun wusste, dass er von Cerberus kam, alles zerstört hatte, was ich mir aufgebaut hatte. Mich ruiniert hatte. Mich in die Gefangenschaft getrieben hatte, erst durch die Koalition, dann die Gefangennahme und Folter durch den Hive. Der Kampf ums Überleben. Meine Befreiung. Die unzähligen Tage, die ich zum Leben eines Gefangenen auf der Kolonie verurteilt war. Es war alles seine Schuld gewesen.

Und nun hatte ich dem Verräter meine Gefährtin zu verdanken. Gwen. Und alles Finstere, das ich überlebt hatte, jeder Schmerz, jede Wut. Sie waren es wert gewesen.

Ich hatte vorgehabt, den Verräter zu jagen, nach Rogue 5 zurückzukehren und mir meine Rache zu holen. Jetzt gab ich mich damit zufrieden, Kronos über das Problem zu informieren und die Legion sich darum kümmern zu lassen. Ich hatte Wichtigeres zu tun. Wie etwa, meine Gefährtin am Leben zu erhalten.

Ich blickte zum Co-Piloten-Sitz neben mir und erkannte, dass mein Schicksal nicht ganz so war, wie ich gedacht hatte. Nein, mein Leben gehörte nun zu Gwen. Ich betrachtete sie, wie sie in die weiten Leeren hinausblickte, ihren ehrfürchtigen Gesichtsausdruck, so allumfassend friedlich. Ihr langes Haar war zusammengebunden, ihre Wangen mit Staub und Blut aus der Höhle verklebt, ihre Körperpanzerung voll Dreck, Eingeweide und Tränen auf dem blauen Stoff, und sie hatte noch nie schöner ausgesehen.

Und sie war voll und ganz mein. Nun, fast. Nur die offizielle Besitznahme fehlte noch, aber ansonsten gehörte sie mir mit Haut und Haar.

Und ich ihr, im Gegenzug. Ich würde keine andere wollen. Ich brauchte sie, meine zweite Hälfte, die andere Hälfte meiner Seele. Ich war insgeheim offenbar ein forsianischer Poet, aber dagegen konnte ich nichts tun.

Wie der Gouverneur gesagt hatte: er stand unter der Fuchtel. Ein Erden-Ausdruck, den seine Gefährtin Rachel ihm beigebracht hatte. Ich erinnerte mich, wie er darüber gelacht hatte. Er war seiner Gefährtin völlig verfallen. Obwohl sie schwächer war, kleiner und auf der Kolonie ohne Beschützer irgendwie hilflos, hatte sie die volle Macht über ihre beiden Prillon-Gefährten.

Und mit Gwen war es genauso. Sie hatte die volle Kontrolle. Ich konnte ihr nichts verwehren. Aber sie war körperlich nicht schwach. Sie war stark. Zu stark. Sie brauchte mich nicht zum Überleben, nicht für ihre Sicherheit. Sie war völlig unabhängig, und doch wollte sie mich bei diesem Abenteuer an ihrer Seite haben, um... wer zum Geier wusste schon, warum?

„Was ist?", fragte sie, als sie bemerkte, dass ich sie anblickte.

Ich lächelte. Lächelte aufrichtig. „Gar nichts. Wir haben das ganze Universum für uns, um es zu erkunden. Gemeinsam."

Sie spitzte die Lippen.

„Was ist?", fragte ich nun im Gegenzug.

„Weißt du, wie man dieses Ding auf Autopilot stellt?" Sie blickte auf die Anzeigen in der engen Kabine.

„Natürlich." „Ich möchte mir das Universum zwar gerne ansehen, aber ich brauche es nicht gleich in diesem Moment."

Ich zog eine Braue hoch. „Was hast du im Sinn?"

Mein Schwanz regte sich bei dem Gedanken, dass sie mir hier auf den Schoß klettern und meinem Schwanz einen Ausritt verpassen würde. Es stand mir noch bevor, sie in jedem Raum zu ficken—jeder geraden Fläche auf diesem Schiff, aber das war etwas, das ich ab jetzt auf jeden Fall genießen würde.

Ich öffnete den Gurt um meine Schultern und die Schließen an meiner Brust mit geschickten Fingern. Die Gurte fielen zur Seite. „Ich bin ganz dein."

Und das meinte ich ernst.

Sie lächelte, und ich hätte schwören können, dass die Sonne hinter dem siebenundvierzigsten Asteroiden-Gürtel hervorkam. Auch sie schnallte sich ab, stand auf und streckte mir die Hand entgegen. „Komm."

Ich runzelte die Stirn. „Aber willst du nicht—"

Sie packte mich am Handgelenk, zerrte mich hoch, zog mich hinter sich her, aus dem Cockpit und den Mittelgang entlang. Erst, als wir im zentralen Raum standen, blieb sie stehen. „Oh, das will ich. Aber Ficken reicht mir nicht. Ich habe das Gegengift genommen, das das Analysegerät für mich hergestellt hat."

„Wie bitte?" Mein Schwanz war bereits hart in meiner Hose, meine Eier schmerzten danach, ihre Pussy wieder zu füllen. Es war schon zu lange her, dass ich in ihr gewesen war.

„Bin ich dir so nicht genug? Wenn du mich auf den Knien haben willst, meinen Mund an deiner Pussy, dann ist das keine Qual. Du brauchst dich nicht davor zu scheuen, mir deine Bedürfnisse zu schildern."

Sie errötete wunderhübsch—selbst nach all dem, was wir schon miteinander angestellt hatten—und schüttelte den Kopf.

„Es gefällt dir nicht, wenn ich diese süße Pussy lecke?"

Sie lachte, schlug sich die Hand vors Gesicht. „Das ist es nicht. Ja, natürlich bist du mir genug. Das weißt du ganz genau, Mister Großes Ego. Ich liebe das, und du kannst mich lecken, so viel du willst."

„Was ist es dann? Ich werde dich auf jede erwünschte Art verwöhnen."

„Dann nimm mich in Besitz."

Diese fünf Worte ließen jeden Appetit, zu ficken, aus mir entweichen. Wie eine kalte Dusche prasselte die harte Realität auf mich ein. „Ich werde dir alles geben, außer das." Ich machte eine scharfe Geste mit der Hand. „Ich bin nicht bereit, dein Leben aufs Spiel zu setzen."

„Ich sagte doch, ich habe das Gegengift genommen. Alles in Ordnung."

Gegengift. Ja, sie hatte etwas von einem Gegengift erwähnt, aber ich hatte nur gehört, dass ich ihr nicht reichte. Nun, wie sie so die Arme vor der Brust verschränkt hatte, tat ich mein Bestes, nicht zu bemerken, wie ihre Brüste sich hoben, selbst unter den Rüstungsschichten. Verdammt, ich liebte diese Brüste, aber ich musste mich nun auf das konzentrieren, was sie sagte.

„Wann hast du dieses... Gegengift eingenommen?"

„Ich habe nach der Schlacht darauf vergessen, aber ich nahm es sofort, nachdem wir wieder an Bord waren. Wie schon gesagt, ich will mehr, Gefährte."

„Wir wissen nicht, ob das Gegengift wirkt. Es ist ein Hive-Behandlungsraum, der uns hier die Antworten liefert und das verdammte Gegengift, und ich traue ihm nicht." Sie war mir zu kostbar, um das Risiko einzugehen. Ich hatte sie gut genug ohne meine Giftzähne ficken können. Die Lust, die wir uns gegenseitig für den Rest unseres Lebens bereiten konnten, auch ohne sie, würde mir absolut reichen.

„Willst du mich nicht in Besitz nehmen?", fragte sie. Ihre Augen waren voller Zweifel, und das hasste ich.

Ich war in zwei Schritten bei ihr und umfasste ihr Gesicht mit meiner großen Hand. „Im Kern meiner Seele." Meine Zähne fuhren aus, als ich diese Worte sprach, körperliche Beweise für mein Verlangen, sie voll und ganz zu meinem Eigentum zu machen, auf jede Weise.

„Dann beiß mich."

Ich wich einen Schritt zurück. „Nein. Es ist zu gefährlich."

Sie lachte, auch wenn das Lachen mit Traurigkeit gefüllt war. Ich hasste, dass ich ihr dieses Gefühl gab, aber es war mir lieber, dass sie mit mir stritt, als dass sie tot war.

„Warum? Hältst du mich für *schwach*?" Ihre Hände stemmten sich in die Hüften. Zum Glück waren ihre Zweifel ihrem Ärger gewichen. Ich hatte nie gewollt, dass sie bezweifelte, wie perfekt sie war.

„Ich—"

„Wer hat denn die Prillonen in der Arena rumgeschleudert, als wären sie Puppen?"

„Du", musste ich zugestehen und

dachte daran, wie ich auf der Tribüne gesessen und zugesehen hatte, wie sie jeden Mann vernichtete, der ihr zu nahe kam.

„Wer hat eigenhändig neun Hive-Soldaten erledigt, bevor du oder einer meiner anderen Babysitter zu mir gelangten?"

„Die Nexus-Einheit hat dich fast das Leben gekostet." Ich blickte auf ihren Arm hinunter, das Loch in ihrem Hosenbein, wo die Ränder des Stoffes zerrissen und versengt waren. Sie hatte in der Höhle gekämpft, um ihr Leben, und ich war stolz auf sie. Aber ich würde ihr kein Leid zufügen.

„Ich bin ungeschützt auf dem Mond rumgelaufen, habe den Säurenebel eingeatmet, und meine Lunge heilte schneller wieder, als die Säure sie schädigen konnte."

„Und doch—" Sie hatte recht. Logisch gesehen wusste ich, dass sie die Wahrheit sprach. Aber mein Beschützerinstinkt weigerte sich, das Risiko einzugehen.

Sie schälte sich aus der Uniform, entblößte ihre Schultern, ließ mich einen verführerischen Blick auf ihre blasse Haut werfen. Kein Blut, keine Wunden. Völlig unversehrt.

Ich stöhnte auf, konnte die Augen nicht von ihrer weichen Haut abwenden, und ihr Duft füllte meinen Kopf und meinen Schwanz mit einem Rausch von Blut.

Sie hob die Hand und drückte gegen meine Brust. Ich wurde einen Schritt zurückgestoßen, an ihre Kraft erinnert. „Ich bin nicht schwach. Ich bin nicht zerbrechlich. Du wirst mich nicht umbringen, denn sobald du mich beißt, werde ich verheilen. Kein Verbluten. Kein Tod."

„Es ist Gift!", schrie ich und raufte mir die Haare. Ich packte sie am Bizeps beider Arme und hob sie hoch, bis wir auf Augenhöhe waren. Unser Atem vermischte sich, und ihr Blick traf und hielt meinen. „Ich bin Gift für dich."

Ich spürte, wie sie herumkramte und nach etwas suchte, das sie in ihrer Hosentasche hatte.

„Das bist du nicht. Das kann ich beweisen." Sie hob ein Injektionsgerät hoch, sodass ich es gut sehen konnte, mit angewinkeltem Unterarm, da ich sie festhielt.

„Was ist das?", fragte ich.

„Der Beweis." Sie versenkte das Injektionsgerät in ihrem Oberschenkel, und ich hörte das leise Zischen von Luft, das zu einer Injektion gehörte. „Ich habe das übrige Serum verwendet, um eine größere Dosis herzustellen."

Ich ließ sie fallen, wie betäubt. „Wie bitte?"

„Ich habe mir gerade mindestens dreimal so viel gespritzt, wie dein Biss in mein System pumpen würde."

Ich fiel auf die Knie, packte ihren Schenkel, zerrte an der Hose, die sie trug, und zerriss sie. „Nein! Scheiße, nein. Gott, Gwen. Was hast du getan?"

Ich riss ihr das Injektionsgerät aus der Hand und warf es quer durch den Raum, wo es zersprang und Gwen erschrak.

Meine Hand glitt über ihr durchtrainiertes Bein, die strammen Muskeln, die silbrigen Integrationen. Vom Hive gefangen und gefoltert zu sein, fiel leichter, als das hier. Es war, als hätte sie mir das Herz rausgerissen und hielt es in ihrer Hand. Und würde es dann fallenlassen und darauf herumtrampeln. Ich konnte nicht zusehen, wie sie starb. Nicht jetzt, nicht nach allem, was wir gemeinsam durchgemacht hatten. *Und überhaupt nie.*

Ihre Hände glitten in mein Haar, streichelten es und versuchten, mich zu beruhigen. „Es ist in Ordnung. Es geht mir gut."

Ich blickte zu ihr hoch und fauchte. „Nein! Es ist *nicht* in Ordnung! Scheiße, Weib, du wirst sterben. Das Serum ist—"

„—unschädlich gemacht."

Ich konnte nicht atmen, die Panik, die ich verspürte, war real. Intensiv.

„Mak. *Mak.* MAK!" Gwen nannte wieder und wieder meinen Namen, aber erst, als sie mich an der Hand nahm, einen Finger nahm und ihn nach hinten bog, reagierte ich.

„Scheiße!", schrie ich, und sie ließ mich sofort los.

„Das Serum hat keine Wirkung auf mich, wegen des Gegengiftes und ich schätze auch, weil ich schnell heile, dank des Hive. Es hat nicht genug Zeit, in meinen Blutkreislauf zu gelangen und mir zu schaden. Ich werde nicht sterben. Ich bin nicht *normal*, Mak. Ich bin nicht menschlich. Nicht mehr."

Ich holte tief Luft, dann nochmal. Sie wies keine Anzeichen von Schäden auf. Keine Atemnot, keine blauen Lippen. Keine Krämpfe. Kein Blut in ihren Augen. Kein Herzstillstand.

Ihre Worte drangen endlich zu mir durch. Die Injektion hatte keine Wirkung auf sie gehabt. Keine Veränderung. Gar nichts. Sie hatte recht.

Ich strich ihr übers Gesicht. „Verdammte Scheiße, Gwen. Dein Herz ist vielleicht nicht stehengeblieben, aber ich schwöre, meines schon."

Sie lächelte. „Also kannst du mich nun in Besitz nehmen."

„Dich jetzt gleich in Besitz nehmen?" Ich kniete immer noch vor ihr. Ich zog sie aus, und sie ließ es zu. Als ich sie nackt vor mir hatte, stand ich auf, warf sie mir über die Schulter und trug sie aus dem Hauptraum und in eines der Schlafquartiere. „Ich werde dir nun den Hintern versohlen."

„Was?", kreischte sie, als ich sie auf das große Bett warf.

Oh ja. Meine Frau, unversehrt und alleine mit mir auf unserem eigenen Raumschiff. Mit nichts als Zeit. Und keinen Grund, sie nicht vollständig in Besitz zu nehmen. Ich konnte meine Zähne in ihrer Schulter versenken, während ich sie mit meinem Samen füllte. Und der Paarungs-Schwanz... er würde—

Oh. Davon hatte ich ihr noch gar nichts erzählt.

Ich grinste, erinnerte mich daran, wie überrascht sie über meinen erregten Schwanz gewesen war, und das war, als er *normale* Größe hatte. Ja, erst eine ordentliche Tracht Prügel, und dann würde ich ihr den Rest mitteilen. Oder noch besser, es ihr zeigen.

Dann würde ich sie damit ficken.

Sie lag auf dem Rücken, ein Knie angewinkelt. Sie war nackt, und ein paar Haarsträhnen hatten sich aus dem Band in ihrem Nacken gelöst. „Warum willst du mich verhauen?"

Ich streckte mich, packte sie am Fußgelenk und drehte sie auf den Bauch herum. „Abgesehen davon, dass es dir gefällt?"

Sie setzte zum Protest an, aber sagte nichts.

„Weil du dich mit dieser Injektion in Gefahr gebracht hast. Du wirst mit deiner Gesundheit keine Spiele spielen."

„Aber ich wusste, dass es sicher war!"

„Du wusstest gar nichts mit Sicherheit." Ich biss die Zähne zusammen, wollte mir das Schlimmste gar nicht ausmalen.

„Aber es geht mir gut, und jetzt kannst du mich ficken und beißen. Nimm mich in Besitz, Mak."

Ich schloss die Augen beim Klang dieser Worte. *Nimm mich in Besitz, Mak.*

Wie sehr ich mich danach gesehnt hatte, das aus ihrem Mund zu hören, besonders jetzt, wo ich es auch tatsächlich konnte. Wo ich keinem von uns verwehren musste, was wir so verzweifelt wünschten.

Sie zerrte an meinem Griff um ihren Fuß, aber wir beide setzten nicht unsere ganze Kraft ein. Die Metallwände in diesem kleinen Zimmer würden Beulen und Risse bekommen, wenn wir wirklich einen Kampf austragen wollten. Aber ich spürte, dass sie mir nur zu verstehen geben wollte, dass sie sich nicht ganz widerstandslos fügen wollte... in keiner Angelegenheit. Ich grinste und packte sie mit der anderen Hand an der Taille, mit dem Rücken zu mir, sodass sie auf Händen und Knien vor mir war.

Ihr prachtvoller herzförmiger Hintern war direkt vor mir und wartete nur auf meine Verzierungen. Ich versetzte ihr einen Hieb, der mit lautem Knall verhallte. Sie keuchte auf, aber es war gar nicht kräftig gewesen. Trotzdem bildete sich ein wunderschöner Handabdruck auf ihrer Haut.

„Mak!", rief sie aus, blickte über die Schulter zurück und funkelte mich an. Sie sah zwar nicht gerade erfreut darüber aus, verhauen zu werden, aber sie wackelte mit den Hüften, und in ihrem Blick war Feuer.

Unverwechselbarer Hunger lag darin, und die weichen Lippen ihrer Pussy glänzten einladend.

„Du willst, dass ich dich in Besitz nehme. Nun, genau das tue ich." Ich hob mein Kinn. „Es gefällt mir, wenn ich meinen Handabdruck auf dir sehe."

„Ich will mehr als deine Hand", sagte sie, zog eine Schnute, streckte den Rücken durch und schob mir ihren Hintern weiter entgegen. „Gott, ich... das Serum tut mir zwar nichts, aber es macht mich scharf. Scharf auf dich. Geil."

Meine Braue zog sich hoch und ich ließ ihren Fuß los. Sie würde sich jetzt nicht mehr wehren. Nein, sie war hungrig. Begierig. Das verstand ich, denn meine Giftzähne kamen nicht nur dann hervor, wenn ich kampflustig war, sondern auch dann, wenn ich verzweifelt ficken wollte.

So wie jetzt.

„Jetzt weißt du, wie es mir geht", entgegnete ich. Ich schlug noch einmal zu, nicht zu fest.

Sie stöhnte, dann gab sie mir einen Befehl, den ich ihr nicht verwehren konnte.

„Zieh dich aus, Gefährte."

Hastig warf ich Hemd, Schuhe und Socken ab, alles außer meiner Hose. Als ich fertig war, kniete sie vor mir und sah mich an. Selbst, wenn sie auf dem Bett war, war ich größer.

„Brauchst du Hilfe?", fragte sie und fasste nach meiner Hose.

Scheiße, sie war umwerfend. Ihr Haar fiel ihr zusammengebunden über den Rücken. Der Rest von ihr war nackt. Perfekt. Von ihren silbernen Integrationen bis hin zu ihrer blassen, weichen Haut. Diese weichen kleinen Brüste mit den rosigen Nippeln, ihre schmale Taille, breiten Hüften, triefende Pussy.

Ich leckte mir über die Lippen und erinnerte mich an ihren Geschmack. Von meinen Fangzähnen tropfte das Serum, und ich schmeckte es auf meiner Zunge. Scharfer, dunkler Geschmack benetzte meinen Gaumen, und es ließ meinen Schwanz anschwellen. Der Hyperione in mir wusste, dass es an der Zeit war. Dass es nun kein Zurück mehr gab. Dass ich endlich meine Zähne in meiner perfekten Gefährtin versenken und sie zu meinem Eigentum machen würde.

„Ich werde dich in Besitz nehmen, Gwen." Ich schob ihre Hände weg und öffnete den Verschluss meiner Hose selbst. „Es gibt da nur eine kleine Sache." Ich schob mir den Stoff über die Hüften hinunter und ließ meinen Schwanz endlich hervorspringen. „Also vielleicht nicht ganz so klein."

Gwens Blick fiel auf meinen Schwanz, und ich beobachtete ihre Reaktionen, als er wuchs. Und wuchs. Mein Paarungs-Schwanz war bereit, zu nehmen. Zu ficken. Zu füllen. Zu Ende zu bringen.

Gwen

Du liebe Scheiße. Ernsthaft, du liebe Scheiße. Maks Schwanz war steif. Und groß. Und lang. Und dick. Und wurde steifer. Und größer. Und länger. Und dicker.

„Äh, ich kann mich nicht erinnern, dass er so groß war", sagte ich und starrte. Beäugte. Spannte meine Pussy in freudiger Erwartung an.

„Genau das wollte ich dir sagen", sagte Mak, und ich blickte zu ihm hoch. „Du weißt über den Hyperion-Biss während der Paarung Bescheid, aber ich habe dir noch nicht vom forsianischen Paarungs-Schwanz erzählt."

Mak brauchte ihn gar nicht erst an der Wurzel zu packen, damit er aufrecht stand und direkt auf mich deutete. Nein, die Wurzel war groß und breit, unwahrscheinlich breit. Wie der Dildo eines Pornostars. Er war tiefrot, und dicke Venen liefen an dem beeindruckenden Schaft entlang. Und die Eichel, wow. Sie war breit, gefächert, und ich wimmerte, als ich erkannte, dass sie über jede empfindliche Stelle in meinem Inneren reiben würde. Es war ganz schön viel Arbeit gewesen, ihm beim ersten Mal ganz in mir aufzunehmen; ich war auf ihm gesessen und musste mich daran hinunter arbeiten, hoch und nieder, und mir Zeit nehmen, mich für ihn zu öffnen.

Aber das hier...

Ich räkelte mich auf dem Bett, meine Schenkel ganz nass vor Not. Die Serum-Injektion war wie eine Droge gewesen, eine Dosis zur Erregung, wie ich sie noch nie zuvor verspürt hatte. Meine Brüste wurden empfindlich und schmerzten, meine Nippel waren harte Spitzen. Meine Pussy war sehnsüchtig und zuckte, begierig darauf, gefüllt zu werden. Mein Kitzler schwoll an, wurde empfindsamer, und ich wusste, ich könnte schon von der kleinsten Aufmerksamkeit, die Mak ihm schenkte, kommen.

Aber was ich mir nicht vorgestellt hatte, war... ein Paarungs-Schwanz.

„Also ist er einfach nur größer. Ist gut, damit werde ich fertig."

Er legte mir eine Hand zwischen die Brüste und drückte mich nach hinten. Ich fiel aufs Bett, während er über mir aufragte.

Seine Hand packte den riesigen forsianischen Schwanz und begann, an ihm auf und ab zu streichen. „Er ist nicht nur größer. Wenn ein Forsianer seine Gefährtin in Besitz nimmt, führt er seinen Schwanz schön tief ein—nimmt sich Zeit, ihn zur Gänze in ihre Pussy zu bekommen—und dann verhakt er sich dort."

Ich runzelte die Stirn, aber es fiel mir schwer, mich auf seine Worte zu konzentrieren, denn er war umwerfend schön. Ein riesiger Muskelprotz von einem Mann, mit einer breiten, nackten Brust, und er hielt einen riesigen Schwanz gepackt. Seine Hose war offen, sodass er einfach daraus hervorstand. Wie er aussah, war... voller Lebenskraft. Erregend. Er war so... männlich, und er brachte alle weiblichen Teile an mir dazu, nach ihm zu triefen.

„Sagtest du verhaken?" Ich konnte keine Hive-Integrationen an seinem Schwanz sehen—und ich hatte schon Gelegenheit gehabt, ihn mir aus *nächster* Nähe anzusehen.

„Er schwillt an und verkeilt sich in

deiner Pussy. Ich werde in dir bleiben, bis ich fertig bin, Weib. Bis ich dich mit meinem Samen gefüllt habe. Bis du vollständig mir gehörst."

Ich stütze mich auf die Ellbogen hoch und sah zu, wie ein Lusttropfen aus dem kleinen Schlitz trat. „Und wie lange?"

„Bis die forsianische Paarung abgeschlossen ist", antwortete er. Er zog sich die Hose aus und kletterte aufs Bett. Ich konnte nicht anders, als seinen Schwanz zu beobachten, der direkt auf mich zeigte. Ich schluckte.

„Und wie lange ist das?", fragte ich.

„Stundenlang."

„Stundenlang", wiederholte ich fiepend. „Werden dir da nicht die Eier blau, oder so?"

Er blickte an sich hinunter, dann auf mich. „Ich kenne den Ausdruck nicht, aber ich glaube, ich verstehe ihn. Ich werde viele Male in deiner perfekten Pussy kommen, dich mit meinem Samen füllen."

„Aber brauchst du keine Pause oder so, um, du weißt schon... Kraft zu tanken?"

Seine Hand strich mir übers Haar, sein Daumen über meine Wange. „Ich werde die ganze Zeit über hart bleiben. Ich werde dich... stundenlang beglücken können."

Stundenlang.

„Ich sterbe vielleicht nicht an deinem Biss, aber womöglich vor Lust." Er knurrte, sein Gesicht war mit einem Mal böse. „Kein Sterben."

Scheiße, ja. Das war ein schlechter Scherz. „Es tut mir leid. Ich wollte dich nicht beunruhigen oder verängstigen. Oder verschrecken. Ich wollte nur, dass du verstehst, dass es nichts zu befürchten gibt."

„Außer einem roten Hintern", entgegnete er, und sein Blick fiel auf meinen Mund.

„Was sagtest du darüber, stundenlang durchzuhalten?"

Wenn ihm der Witz über Sterben nicht gefiel, dann ging es mir mit dem Witz über einen versohlten Hintern genauso. Das würde ich ihm aber nicht sagen, denn überraschenderweise war es wirklich scharf. Oder vielleicht ließ mich das Serum so denken. Er hatte mich zuvor schon verhauen, aber vielleicht würde er es noch einmal tun müssen, damit ich mir sicher sein konnte. Ich räkelte mich bei dem Gedanken.

Einer seiner Mundwinkel wanderte nach oben. „Wir werden fortwährend ficken, bis die Besitznahme abgeschlossen ist. Es ist möglich, dass du von der Stärke deiner Orgasmen die Besinnung verlierst, aber keine Sorge, ich werde warten, bis du aufwachst, bevor ich weitermache."

„Oh Gott", flüsterte ich. *Vor Lust in Ohnmacht fallen? Bitte gerne.* „In Ordnung. Ich bin soweit."

Er betrachtete mich eingehend, und sein dunkler Blick traf meinen. „Nein, das bist du nicht."

Ich verzog das Gesicht. „Bin ich doch."

Er schüttelte langsam den Kopf. „Wenn du in ganzen Sätzen sprichst, dann bist du noch nicht bereit."

Dann küsste er mich, hielt meinen Kopf mit seiner Hand fest. Sanft, süß, und beinahe anbetend.

Nach dem Sex-im-Stehen-an-der-Wand, den wir zuvor gehabt hatten, war das geradezu... zahm. Zärtlich. Hier ging es um so viel mehr als nur Sex. Gott, seine Berührung war zart. Sanft. Verehrend.

Mir kamen die Tränen, als mir das Herz in der Brust fast springen wollte, rasch pochte wie Kolibriflügel an meinen Rippen. „Ich liebe dich, Mak." Sein ganzer Körper hielt still, als wäre er auf dem Fleck erstarrt. Scheiße. Vielleicht hätte ich mein dämliches, klammerndes Maul halten sollen.

Er hob den Kopf, starrte schweigend auf mich hinunter.

Jawohl. Ich hätte den schwachen, emotionalen, *bedürftigen* Teil von mir für mich behalten sollen.

Ich wandte den Kopf ab, schämte mich nun, aber sein warnendes Knurren ertönte Sekunden bevor seine riesige Hand sich an meine Wange legte und mein Gesicht wieder zu ihm herumdrehte.

„Nein. Versteck dich nicht vor mir."

Ich starrte in seine Augen hoch und ertrank darin. War verloren. Er war mein Ein und Alles. „Es tut mir leid. Ich hätte das nicht sagen sollen. Du musst nicht—"

„Sei still, Weib. Ich kenne dieses Menschenwort—Liebe. Aber das ist es nicht, was ich für dich empfinde. Dieses Wort bedeutet gar nichts, Gefährtin. Ich lebe und sterbe, um dir Freude zu bereiten, dich zu beschützen, dafür zu sorgen, dass du glücklich bist. Dein Schmerz ist für mich Höllenqual. Ich gehöre dir, Gwendolyn von der Erde. Dir. Ich gebe mich dir hin, verschreibe mein Leben dir und nur dir alleine. Ich werde dir niemals von der Seite weichen."

Die Tränen liefen nun ungehindert, und er beugte sich hinunter und küsste mir die Tropfen von den Schläfen, kostete meinen Schmerz. Ich schien sie nicht aufhalten zu können, als hätte er einen Damm in mir gebrochen, und Jahre der Einsamkeit kamen herausgeflossen.

Ich schlang die Arme um ihn, zog ihn an mich heran. Küsste ihn zum ersten Mal, während jede einzelne Zelle in meinem Körper ihn liebte, ihn begehrte, nur ihn. Ihn begrüßte.

Seine Lippen waren aber nur ein paar Sekunden lang süß, dann wurde es animalisch. Oh ja, mit ganz viel Zunge, und Gott, er schmeckte gut.

Seine Lippen wanderten an mein Kinn, dann meinen Hals, seine Zähne schabten über meinen Puls, dann tiefer. „Hier, Gefährtin. Ich werde dich für immer in Besitz nehmen." Er knabberte an meiner Haut, und mein Rücken hob sich vom Bett ab, begierig. „Ich werde dich hier beißen, während ich in deiner Pussy vergraben bin, mein Samen dich benetzt, dich füllt."

Ich wimmerte und legte den Kopf schief. Er könnte es jetzt tun, und das würde mir auch passen. Aber nein.

Sein Mund wanderte weiter zu meinen Brüsten hinunter, nahm eine harte Knospe in den Mund, saugte daran, leckte und zog. Ich wusste, dass meine Nippel empfindlich waren, aber nicht so. Meine Hände verstrickten sich in seinem Haar, und ich hielt ihn, wo ich ihn haben wollte. Wenn er so weitermachte, könnte ich glatt kommen.

Aber erneut, nein. Er bewegte sich zum anderen Nippel, leckte und küsste die Haut auf dem Weg dorthin. Er wechselte erst von einer Brust auf die andere, bis ich mich unter ihm räkelte und um mehr bettelte.

Erst dann küsste er sich eine Bahn zu meinem Nabel, dann tiefer, setzte seine breiten Schultern ein, um meine Beine zu spreizen und sich dazwischen niederzulassen. Große Hände umfassten meine Innenschenkel und spreizten mich weiter, während er seinen Mund an mich legte.

Ich stemmte mich vom Bett, sobald er mit seiner geschickten Zunge meinen Kitzler berührte. „Mak!", schrie ich auf.

„So empfindsam", raunte er.

„Ich komme gleich", sagte ich. Nur noch ein weiterer Zungenschlag, und ich würde platzen. *So gut* war das Serum. Vor Mak war es mir noch nie gelungen, von Oralsex alleine zu kommen, aber mit ihm— seinem Mund, seiner Zunge, seinen Lippen—wow.

„Noch nicht."

„Noch nicht?", fragte ich. Schweiß benetzte meine Haut, und ich konnte nicht stillhalten, auch wenn seine Hände auf meinen Schenkeln mich auf dem Fleck festhielten. Genauer gesagt krümmte er die Hände, bis er meinen Hintern umfasst hielt, und dann konnte ich mich nicht mehr rühren. Ich lag reglos und genau da, wo er mich haben wollte.

„Du wirst kommen, wenn ich meinen Schwanz in dir versenke."

Und ich wollte ihn genau da haben, wo er war. Zwischen meinen Beinen, sein Gesicht knapp über mir schwebend. Ich konnte seinen warmen Atem spüren. „In mich. Bitte."

„Ach, du bettelst so süß."

Frustriert setzte ich meine gesamte Kraft ein, um uns beide umzudrehen, aber das führte nur dazu, dass ich auf seinem Kopf saß, während seine Hände mich immer noch umfassten. Diesmal schwebte sein Mund wenige Zentimeter unter meiner Pussy.

„So rum passt es auch", bemerkte er

und senkte mich herab, sodass er eine meiner Lippen in seinen Mund saugen konnte, dann die andere, bevor er seine Zunge steif werden ließ und meinen triefenden Eingang damit umkreiste. Dagegen stupste, als Vorgeschmack auf das, was kommen würde. Aber dieser Paarungs-Schwanz war so viel größer.

Mein Kopf fiel nach hinten und ich spürte, wie mir die Haare über den Rücken fielen, so empfindlich war meine Haut. Er war unglaublich geschickt darin, mich bis an die Grenze zu bringen, aber nicht darüber hinaus.

„Mak... ich brauche. Gott, jetzt gleich. Beeilen. Muss—mehr."

„Da haben wir dich. Hirn aus", sagte er und drehte uns wieder herum. Er kroch an meinem Körper hoch, bis er wieder über mir schwebte. Diesmal konnte ich seinen Schwanz gegen meinen Eingang stupsen spüren, über meine triefenden Furchen gleiten. Ich war nass von Maks Mund und von meiner eigenen Not. Mein Körper war aufgewärmt, gut geölt für den großen

Schwanz, den er gleich aufnehmen würde. Vielleicht würde das Serum dabei helfen, stellte etwas mit meinem Körper an, das mich feuchter machte als je zuvor in meinem Leben.

„Willst du, Gwendolyn von der Erde, meine in Besitz genommene Gefährtin sein, für alle Ewigkeit?"

Oh. Das war der große Moment. Es war nicht leicht, den Nebel der Lust weit genug beiseite zu schieben, damit ich denken konnte, aber ich wusste, was er mich da fragte. Danach würde es kein Zurück mehr geben. Nicht nur, dass ich nie wieder einen anderen Schwanz in Betracht ziehen würde, sondern auch keinen anderen Mann.

Nein. Mak gehörte mir. Er war der Richtige für mich. Der einzige.

„Ja, Mak. Ich will deine in Besitz genommene Gefährtin sein. Beiß mich. Fick mich. Mach das forsianische Haken-Ding. Jetzt gleich."

Ich hob die Hüften an, und der breite Kopf seines Schwanzes presste sich an meine Öffnung und glitt ein kleines Stück hinein.

Groß. Verdammt groß.

„Oh Gott."

Er stütze sich auf einen Unterarm, um sein Gewicht von mir zu heben. Seine andere Hand umfasste meine Brust, zupfte am Nippel. „Oh", keuchte ich.

Er drang ein wenig tiefer ein.

„Braves Mädchen. Du fühlst dich so gut an. Perfekt. Du bist für mich geschaffen."

Er säuselte mir zu, flüsterte Koseworte, Ermutigungen, sexy Worte, während er in mich drang, mich mehr und mehr und immer weiter füllte, bis kein Zweifel mehr daran bestand, dass wir eins waren.

Ich beugte die Knie und stellte meine Füße neben seinen Hüften aufs Bett, stemmte mich hoch, und er drang ein wenig tiefer ein.

Mak keuchte schwer, und Schweiß stand ihm auf der Stirn. Ich konnte sehen, dass er sich zurückhielt, zumindest jetzt noch, bis ich ihn ganz aufgenommen hatte, bis ich mich an seinen riesigen, riesigen Schwanz angepasst hatte.

Seine Hand hielt mich in der Kniekehle, drückte sie zur Seite und dann hoch, öffnete mich noch weiter für ihn.

Ich keuchte auf, als er zur Gänze in mir war. Er stieß an, die stumpfe Krone stupste gegen meinen Uterus. Ich war mir sicher, wenn ich nicht auf Verhütung wäre, wäre ich bis zum Morgen schwanger.

„Du fühlst dich so verdammt gut an", knurrte er. „Ach du Scheiße, ich kann spüren, wie ich sogar noch weiter anwachse."

„Die Wurzel", keuchte ich, spürte, wie sie wuchs, mich noch weiter dehnte.

Mak zog sich heraus, aber kam nur einen Zentimeter weit und konnte nicht weiter. „Das war's. Wir sind nun miteinander verhakt. Geht es dir gut?"

Er streichelte mir wieder übers Gesicht, wie es mir gefiel, und blickte auf mich hinunter. So aufmerksam, fürsorglich.

Ich zuckte um ihn herum, gewöhnte mich immer noch erst daran, so weit gedehnt zu sein. Es tat nicht weh, aber wenn er sich nicht bald bewegte, würde ich noch wahnsinnig werden.

„Mak, ich flehe dich an", wimmerte ich. Ich versuchte, mich anzuheben und ihn zu zwingen, mich zu ficken.

Er glitt das kleine Stück zurück in mich hinein.

„Ja!", schrie ich und packte ihn am Rücken.

Er fickte mich gemächlich, gewöhnte sich daran, so... eng zusammen zu sein. Das hier war nicht wild und verrückt, sondern ein Nahegefühl. Etwas Persönliches. Gemeinsames.

Als er sich noch einmal ein Stück herauszog und wieder tief eindrang, kam ich. Mein Kopf krümmte sich nach hinten, mein Schrei erfüllte den Raum. Die Lust hielt immer weiter an, während Mak weiter ein und aus fuhr.

„Gwen", schrie er, und senkte den Kopf in die Kuhle an meinem Hals. Ich hörte ihn stöhnen: „Meins", kurz bevor seine Zähne —seine Giftzähne—in die Stelle einfuhren, wo mein Hals auf meine Schulter traf.

Ich schrie, und der brennende Schmerz des Bisses wurde sofort von einer anderen Art Brennen durch das Serum ersetzt.

Es war unvermittelte Lust, so intensiv, dass ich kam. Es war nicht mein Kitzler, der im Zentrum dieser Lust stand, sondern Mak selbst. Ich spürte seine Lust, und er meine.

„Ja, Gott ja!", schrie ich, während ich mich von den Empfindungen umspülen ließ.

Seine Hand packte mein Knie noch fester, während seine Zähen tief in meinem Fleisch stecken blieben, so wie auch sein Schwanz. Ich spürte, wie die Hitze seines Samens mich füllte, um unsere Verbindung quoll und danach entwich. Es war einfach nicht Platz für die gesamte Menge. Kein Platz für irgendetwas sonst, keine Gedanken, kein Laute, kein Gefühl außer ihn. Außer uns.

Ich hatte kein Zeitgefühl, aber Mak hob den Kopf und leckte über die Wunde. Es fühlte sich schmerzhaft an, empfindlich, aber nur einen Augenblick lang. Ich öffnete blinzelnd die Augen und sah, wie er die Wunde beobachtete, als hätte ich mich vielleicht geirrt und es würde immer noch die Möglichkeit bestehen, dass ich sterben könnte.

Aber ich verspürte nichts als Lust, spürte Mak tief—so tief—in mir.

„Mehr", bettelte ich, zerrte ihn wieder an mich, mit einer Hand an seinem Hinterkopf.

„Mehr", knurrte auch Mak und grinste. Seine Fangzähne waren fort. Er küsste mich und fickte mich noch etwas länger. Als er sich diesmal herauszog, ließ der Paarungs-Schwanz ein wenig mehr Spielraum zu, mehr Reibung, und das nutzte er aus.

Er packte meine Fußgelenke, hob sie an seine Schultern, um direkter zustoßen zu können. Er nahm mich auf diese Art, bis ich kam, berauscht vor Lust. Es hörte nie ganz auf, sondern wirbelte uns nur höher und höher. Ich wusste nicht, wie er mich auf Hände und Knie herumgedreht hatte, während sein Schwanz noch in mir steckte, aber das hatte er. Dann fickte er mich noch ein wenig mehr. Er kam noch einmal, mehr Samen, mehr Lust.

Alles verschmolz zu einem klebrigen, verschwitzten, liebevollen Durcheinander, bis Mak mich vor sich liegen hatte, als wären wir zwei Löffelchen in einer Schublade, und mich noch einmal nahm. Da verlor ich tatsächlich das Bewusstsein, denn als ich wieder aufwachte, umfasste seine Hand meine Brust, und er wiegte weiter seine Hüften. Diesmal war es ein langsames Ficken, sanft und beinahe wie eine Atempause. Aber wir waren *immer noch* miteinander verbunden.

„Hört die Lust jemals auf?", flüsterte ich und bewegte mich mit ihm mit.

„Stundenlang, Gefährtin. Stundenlang."

EPILOG

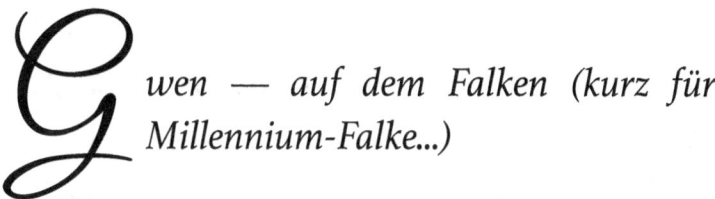

„Du wirst dir die Haare wie Zimtschnecken um die Ohren wickeln müssen", sagte Kristin.

Ich lachte, und Mak blickte mich verwirrt an. Ich hatte ihm alles über *Star Wars* erzählt, als ich unser Schiff taufte, aber er war schon damit überfordert gewesen, was der Zweck eines Erdenfilmes überhaupt war, bevor ich ins Detail gehen konnte.

„Mak sieht nicht pelzig genug aus, um Chewbacca zu sein, aber er faucht jedenfalls genug", fügte Rachel hinzu. Sie wiegte ihren Sohn auf der Hüfte, der freudig an einer Faust voll von Rachels langem Haar kaute und seine ganze Hand vollsabberte... und sie.

Ach, Babys. Wie niedlich. Aber vielleicht ein wenig zu viel Sabber für meinen Geschmack.

Ich lächelte, blickte zu Mak und fuhr ihm mit der Hand über die Wange. „Ich mag es, wenn du fauchst."

Wir waren im Hauptbereich unseres Schiffs und sprachen über Videotelefonie mit unseren Freunden auf der Kolonie. Sie waren im Quartier des Gouverneurs versammelt, damit wir uns alle unterhalten konnten.

Seit der Schlacht in den Höhlen waren zwei Wochen vergangen. Zwei Wochen, seit alle direkten Bedrohungen der Kolonie durch den Hive entfernt worden waren. Die Kolonie lebte in Frieden, und das zeigte sich im Lächeln und den entspannten Ausdrücken auf ihren Gesichtern. Maxim, sein Sekundär Ryston und Rachel waren da. Der Gouverneur nahm den kleinen Jungen Max von seiner Mutter entgegen, und der Kleine schmiegte sich an seinen Vater, glücklich in seinen Armen. Maximus Rone war ein ausgesprochen zufriedenes, rundliches, perfektes kleines Wesen. Rachel hatte mir erklärt, dass es auf Prillon keine Juniors oder „der Dritte" oder so gab, aber den Prillon-Kriegern hatte die Idee gefallen, dass er nach seinem primären Vater benannt werden sollte. Und Rachel hatte mir im Vertrauen gestanden, dass ihr Maximus aus dem Film *Gladiator* so gut gefiel. Win-Win. Dagegen konnte man nicht viel sagen. Mit dunklem Haar wie Rachel, wunderschöner karamellfarbener Haut und einem wilden, störrischen Gemüt wie sein zweiter Vater schien es, als hätte das Baby von jedem von ihnen etwas geerbt. Bestimmt würde er ebenso groß und wild wie alle drei seiner Eltern werden.

Mak grinste. „Ich auch."

„Und du bist dir sicher, dass du mit Mak durchs Universum streifen möchtest? Ich meine, nur ihr beide, ganz allein auf einem Raumschiff...", sagte Kristin. Ihr kleines Mädchen Tia lehnte an ihrer Schulter, und Kristin patschte ihren kleinen hochgestreckten Hintern. Mit ihrem Kurzhaarschnitt und dem hellen blonden Haar sahen sie und ihre Tochter nahezu identisch aus. Nur, dass Tias Augen, als sie mich ansah, eine satte, goldene Bernsteinfarbe hatten. So wie die Augen von Hunt.

Kristin blickte über die Schulter zu ihren Gefährten Tyran und Hunt, die hinter ihrem Stuhl standen. „Ihr solltet auf die Kolonie nach Hause zurückkehren und anfangen, Babys zu machen. Wir sollten auf diesem Planeten nicht alleine leiden müssen. Wir brauchen alles Östrogen, das wir bekommen können."

Außer Sichtweite des Videoschirmes drückte mir Mak die Hand. Wir wussten nicht, ob ich von ihm schwanger werden konnte. Es war noch nicht passiert, bestimmt zum Teil wegen der Verhütungsspritze, die ich in dem Moment gefordert hatte, als ich auf der Kolonie ankam. Und es waren auch erst ein paar Wochen vergangen, seit ich Maks Namen in der Kampfarena gerufen hatte. Gar nicht lange, und doch war schon so viel geschehen.

Ich war noch nicht bereit, Mutter zu sein. War nicht sicher, ob ich je bereit sein würde. Und Mak? Ihm war das recht, er war damit zufrieden, seine Zeit mit mir zu genießen. Wir *übten*.

Und bisher hatte mir all das Üben *richtig* gut gefallen. Mehrmals pro Tag. Ja, mein Gefährte war *äußerst* lüstern. Und mich störte sein riesiger Schwanz auch nicht unbedingt.

„Denkt doch nur, Gefährten", fuhr Kristin fort. „Wenn wir ein Raumschiff nur für uns hätten, dann wäre ich jetzt bereits wieder schwanger."

Tyran zog eine Augenbraue hoch und verschränkte die Arme vor der Brust. „Gefährtin, wir brauchen kein Raumschiff, um dich zu schwängern. Wir brauchen nur mit dir alleine zu sein." Er starrte sie weiter an, und ich merkte, dass sie sich gedanklich über die Kragen austauschten.

„Junge, Junge", sagte Rachel und lachte, während sie zu Kristin ging. „Hier. Ich nehme Tia."

Sobald Rachel das Baby hatte, beugte sich Tyran zu Kristin hinunter und warf sie sich über die Schulter. „Sag auf Wiedersehen zu deinen Freunden", sagte er und drehte sich zur Tür herum, die ich hinter ihm sehen konnte.

„Auf Wiedersehen, Gwen. Wir sprechen uns bald wieder!", rief Kristin lachend. Ich hatte keine Ahnung, was für unanständige Gedanken sie ihren Gefährten übermittelt hatte, aber keiner von ihnen blickte zurück, während sie sie aus dem Zimmer trugen. Die Tür schloss sich hinter ihnen, und einen Moment lang waren alle still.

Ich lächelte. „Ich schätze, das hat sie verdient."

Die Tür öffnete sich, und Rezzer und Caroline traten ein, jeder von ihnen mit einem ihrer neugeborenen Zwillinge auf dem Arm.

„Oh mein Gott, CJ! Du solltest im Bett liegen, Mädel!", schimpfte Rachel, aber CJ verdrehte nur die Augen.

„Und meine Chance verpassen, mich zu bedanken? Auf keinen Fall." Sie wandte sich an mich, ihr Kleines im Arm, und wischte sich eine Träne weg. „Vielen Dank, Gwen. Mak. Ich kann euch gar nicht sagen, wieviel es uns bedeutet, dass er tot und fort ist." Ich wusste, von wem sie sprach. Das wussten wir alle. Nexus 4. Ich war nicht lange genug geblieben, um sicherzustellen, dass die Atlanen in der Höhle ihm ein Ende setzten. Ich brauchte keine weiteren grässlichen Erinnerungen zu denen hinzufügen, die sich bereits in meinem Kopf befanden. Aber ich war froh, dass er tot war. Sehr, sehr froh.

„Ich habe ihn in Stücke gerissen und zu Asche verbrannt, Gefährtin. Er wird dir und unseren Kindern nie wieder etwas tun." Rezzers Gesicht verschob sich, und seine Augen glühten, als er sich teilweise in sein Biest verwandelte. Aber er hatte seine Emotionen schnell wieder unter Kontrolle, als das kleine Kind, in eine flauschige weiße Decke gewickelt, nach seinem Gesicht griff. Winzige Finger packten ihn am Kinn, und Rezzer verwandelte sich mit einem Wimpernschlag vom zornigen Krieger zum hingebungsvollen Vater. Ich hatte keine Ahnung, ob er seine Tochter im Arm hielt—CJ, für Caroline Junior—oder RJ—Rezzer Junior, aber das war auch egal. Die Zwillinge waren sicher und geborgen und von Leuten umgeben, die sie nicht nur liebten, sondern auch sterben würden, um sie zu beschützen.

Rachel gab der kleinen Tia einen Kuss, die sich nach dem kleinen Max ausstreckte. Babys liebten andere Babys. Wer hätte das gedacht? Es erschien mir seltsam und niedlich. Als der kleine Goldschopf Tia sich vornüber beugte und mit offenem Mund Max einen „Kuss" auf den Kopf gab, machte mein Herz einen Sprung und ich verstand endlich die harte Realität dessen, ein Krieger zu sein. Ich wusste, dass ich nie aufhören konnte. Nicht, bis jede Nexus-Einheit tot war. Jeder Hive-Soldat entweder befreit oder aus seinem Elend erlöst. Für diesen Kuss. Dieses Lächeln. Die Unschuld in den kleinen leuchtenden Augen.

Mak zog mich zur Seite und schlang einen Arm um mich, als könnte er meine aufgewühlten Gefühle spüren. Der Beschützerinstinkt, der durch mich rauschte, war nichts Schlimmes... aber er war *stark*. Unerwartet stark. Ich war stärker, schneller, tödlicher als jeder andere auf dem Planeten. Ich konnte mich den Nexus-Einheiten nähern. Ich wusste nun, dass ich Maks Hilfe brauchen würde, um sie zu erledigen, aber er schien mehr als glücklich zu sein, mir den Rücken zu decken.

Und auch ich hatte nun Leute, die mich liebten. Leute, die mir wichtig waren. Eine Familie auf der Kolonie, die mich und meinen Gefährten brauchten, um sie zu beschützen. Für sie zu kämpfen. Also würde ich das tun. Ich würde bis zu meinem letzten Atemzug dafür kämpfen, das zu beschützen, was ich in jenem Zimmer sah. Und ich wusste, dass das auch in unzähligen Wohnzimmern auf hunderten von Welten existierte.

Ich lehnte mich an Mak, und mein ganzer Körper war gefüllt mit Liebe und Vertrauen und Dankbarkeit darüber, dass er mir gehörte.

„Mak, ich bin sicher, der abschließende Bericht wird Sie freuen." Maximus war wieder im Gouverneurs-Modus, was seltsam schlecht zum Kleinkind in seinen Armen passte.

Mak grunzte eine unverbindliche Antwort auf die Worte des Gouverneurs.

„Krael ist tot. Niemand hier hätte ihn lebend vom Planeten gelassen. Wir—Ryston, Tyran, Hunt, Marz, Vance und die anderen Prillonen—waren uns alle einig, dass wir ihm keine Gelegenheit zur Flucht geben würden. Der Gerechtigkeit ist in seinem Fall Genüge getan worden."

Ich sah zu, wie die anderen Männer im Raum nickten.

„Dem Mineraliendiebstahl ist ein Ende gesetzt worden. Neue Protokolle wurden eingerichtet, um zukünftige Ressourcen zu schützen. Die Schemata und Details auf dem Schiff haben uns ihre Pläne verraten. Es sollte ein Leichtes für unsere Krieger hier auf der Kolonie sein, jegliche zukünftige Bedrohung für die Koalition zu beseitigen. Zumindest vorerst."

„Bei euch herrscht Frieden", sagte Mak.

„Gut so."

Der Gouverneur nickte, dann blickte er auf sein Baby hinunter. „So ist es."

Er blickte direkt in den Bildschirm hinein, auf uns. „Ihr beide seid hier jederzeit willkommen. Ihr gehört zur Familie."

Dass der Gouverneur das sagte, bedeutete eine Menge. Ich war nicht gerade der umgänglichste Einwohner gewesen, und Mak auch nicht. „Das ist sehr freundlich von Ihnen, und wir werden es nicht vergessen", sagte ich.

„Aber ihr werdet weiterhin das Universum mit eurem gestohlenen Hive-Schiff durchstreifen und die restlichen Nexus-Einheiten jagen?"

„Das ist nicht fürs Protokoll, Maxim. Wir melden uns wieder", sagte ich.

„Versprochen?", fragte Rachel.

„Versprochen."

Sie nickte.

Ich blickte zu Mak. Lächelte. Alles war in Ordnung auf unserer Welt. *Unsere Welt* war dieses Schiff. Wir beide. Das Universum.

Wir würden die Kolonie wieder besuchen, irgendwann einmal. Fürs erste hatte ich mit Mak genug.

Ich fühlte mich glücklich.

Geliebt.

Frei.

Und anders wollte ich es nicht haben.

WILLKOMMENSGESCHENK!

TRAGE DICH FÜR MEINEN NEWSLETTER EIN, UM LESEPROBEN, VORSCHAUEN UND EIN WILLKOMMENSGESCHENK ZU ERHALTEN!

http://kostenlosescifiromantik.com

INTERSTELLARE BRÄUTE® PROGRAMM

DEIN Partner ist irgendwo da draußen. Mach noch heute den Test und finde deinen perfekten Partner. Bist du bereit für einen sexy Alienpartner (oder zwei)?

Melde dich jetzt freiwillig!
interstellarebraut.com

BÜCHER VON GRACE GOODWIN

Interstellare Bräute® Programm

Im Griff ihrer Partner
An einen Partner vergeben
Von ihren Partnern beherrscht
Den Kriegern hingegeben
Von ihren Partnern entführt
Mit dem Biest verpartnert
Den Vikens hingegeben
Vom Biest gebändigt
Geschwängert vom Partner: ihr heimliches Baby
Im Paarungsfieber
Ihre Partner, die Viken
Kampf um ihre Partnerin
Ihre skrupellosen Partner
Von den Viken erobert
Die Gefährtin des Commanders
Ihr perfektes Match

Interstellare Bräute® Programm: Die Kolonie

Den Cyborgs ausgeliefert

Gespielin der Cyborgs

Verführung der Cyborgs

Ihr Cyborg-Biest

Cyborg-Fieber

Mein Cyborg, der Rebell

Cyborg-Daddy wider Wissen

Interstellare Bräute® Programm: Die Jungfrauen

Mit einem Alien verpartnert

Zusätzliche Bücher

Die eroberte Braut (Bridgewater Ménage)

AUCH VON GRACE GOODWIN

Interstellar Brides® Program

Mastered by Her Mates

Assigned a Mate

Mated to the Warriors

Claimed by Her Mates

Taken by Her Mates

Mated to the Beast

Tamed by the Beast

Mated to the Vikens

Her Mate's Secret Baby

Mating Fever

Her Viken Mates

Fighting For Their Mate

Her Rogue Mates

Claimed By The Vikens

The Commanders' Mate

Matched and Mated

Hunted

Viken Command

Interstellar Brides® Program: The Colony

Surrender to the Cyborgs

Mated to the Cyborgs

Cyborg Seduction

Her Cyborg Beast

Cyborg Fever

Rogue Cyborg

Cyborg's Secret Baby

Interstellar Brides® Program: The Virgins

The Alien's Mate

Claiming His Virgin

His Virgin Mate

His Virgin Bride

Interstellar Brides® Program: Ascension Saga

Ascension Saga, book 1

Ascension Saga, book 2

Ascension Saga, book 3

Trinity: Ascension Saga - Volume 1

Ascension Saga, book 4

Ascension Saga, book 5

Ascension Saga, book 6

Faith: Ascension Saga - Volume 2

Ascension Saga, book 7

Ascension Saga, book 8

Ascension Saga, book 9

Destiny: Ascension Saga - Volume 3

Other Books

Their Conquered Bride

Wild Wolf Claiming: A Howl's Romance

HOLE DIR JETZT DEUTSCHE BÜCHER VON GRACE GOODWIN!

Du kannst sie bei folgenden Händlern kaufen:

Amazon.de
iBooks
Weltbild.de
Thalia.de
Bücher.de
eBook.de
Hugendubel.de
Mayersche.de
Buch.de
Bol.de

Hole dir jetzt deutsche Bücher von Grac...

Osiander.de
Kobo
Google
Barnes & Noble

GRACE GOODWIN LINKS

Du kannst mit Grace Goodwin über ihre Website, ihrer Facebook-Seite, ihren Twitter-Account und ihr Goodreads-Profil mit den folgenden Links in Kontakt bleiben:

Web:
https://gracegoodwin.com

Facebook:
https://www.facebook.com/profile.php?id=100011365683986

Twitter:
https://twitter.com/luvgracegoodwin

ÜBER DIE AUTORIN

Hier kannst Du Dich auf meiner Liste für deutsche VIP-Leser anmelden: **https:// goo.gl/6Btjpy**

Möchtest Du Mitglied meines nicht ganz so geheimen Sci-Fi-Squads werden? Du erhältst exklusive Leseproben, Buchcover und erste Einblicke in meine neuesten Werke. In unserer geschlossenen Facebook-Gruppe teilen wir Bilder und interessante News (auf Englisch). Hier kannst Du Dich anmelden: http:// bit.ly/SciFiSquad

Alle Bücher von Grace können als eigenständige Romane gelesen werden. Die Liebesgeschichten kommen ganz ohne Fremdgehen aus, denn Grace schreibt über Alpha-Männer und nicht Alpha-Arschlöcher. (Du verstehst sicher, was damit gemeint ist.) Aber Vorsicht! Ihre Helden sind heiße Typen und ihre Liebesszenen sind noch heißer. Du bist also gewarnt...

Über Grace:

Grace Goodwin ist eine internationale Bestsellerautorin von Science-Fiction und paranormalen Liebesromanen. Grace ist davon überzeugt, dass jede Frau, egal ob im Schlafzimmer oder anderswo wie eine Prinzessin behandelt werden sollte. Am liebsten schreibt sie Romane, in denen Männer ihre Partnerinnen zu verwöhnen wissen, sie umsorgen und beschützen. Grace hasst den Winter und liebt die Berge (ja, das ist problematisch) und sie wünscht sich, sie könnte ihre Geschichten einfach downloaden, anstatt sie zwanghaft niederzuschreiben. Grace lebt im Westen der USA und ist professionelle Autorin, eifrige Leserin und bekennender Koffein-Junkie.

https://gracegoodwin.com

www.ingramcontent.com/pod-product-compliance
Lightning Source LLC
LaVergne TN
LVHW011756060526
838200LV00053B/3609